隱藏在謊言背後的，是我無法傳遞的真心。

留給你昨日的告白

Confession From Yesterday

真月——著

第一章

「筑嫣，雙翊已經到了！妳準備好了沒？」

「好了好了，我馬上來！」我小心翼翼地塗上唇蜜，輕抿幾下，再對著鏡子檢查妝容和髮型，確定沒問題後，才急忙背起書包，跑到玄關。

「眞是的，人家雙翊好心來接妳上學，妳還讓他等。」媽媽皺起眉頭。

「嘿嘿。」我吐了吐舌，同時趕緊從鞋櫃裡拿出皮鞋穿上。

「阿姨，沒關係，我不介意的。」站在門外的學長禮貌地說道。

「你不能這麼寵她，到時候被你寵成公主病怎麼辦？」媽媽無奈地望向學長，但在見到對方的笑容時，也只能搖搖頭，「好啦，你們趕快出發，再拖下去要遲到了。」

「好，那我們走囉！」我走向學長，而他很自然地在媽媽面前牽起我的手。

走出家門，我馬上就看到學長的機車停在門口。他從車廂內拿出一頂印有薰衣草圖案的淺紫色安全帽，替我戴上。

「你暑假跟同學出去玩，應該沒有把這頂安全帽借給別人戴吧？」我用撒嬌的語氣質問著。

「當然沒有，這是妳專屬的安全帽呀。」學長一邊爲我扣上安全帽，一邊寵溺地微笑。

於是我也跟著笑了開來。

坐上機車，我將手抓在後方的把手上，這時學長卻輕輕拉著我的手，放到他的腰際，「抱好，這樣比較安全。」

「……好。」我稍稍猶豫了一下後，才環抱住他。

「那我們出發囉。」學長的聲音聽起來相當滿意，隨後便催動油門，往學校騎去。

因爲與學長靠得很近，一路上，他衣服上的香氣不斷地順著風灌進我的鼻腔內——是玫瑰的味道。

我聞著聞著，直到被香味薰得有些暈眩，才悄悄別開了頭。

到了學校附近，學長將機車停在一條小巷子內。

「眞的不用陪妳到校門口嗎？」幫我脫安全帽時，學長一臉擔憂地問。

「不用啦，再說，我們一起出現在校門口的話，應該更引人注目？」

「也是。」學長苦笑，「對不起，要讓妳獨自面對了。」

「已經過了一個暑假，早就沒有人在意了啦，所以你也別這麼擔心，好嗎？」我伸出手來，撫了撫他眉間的皺褶。

學長看了我一會後，忽然捉住我的手，飛快地在我的唇上落下一吻。

「嗯，我知道了。」他淺淺一笑，「只要我們過得幸福就好了。」

我回以一個甜甜的笑容。

學長低頭看了一眼手錶，「時間差不多了，妳趕快進去吧。這個星期我打工排的都是下午時段，等妳放學後，我剛好可以來接妳。如果眞的發生什麼事情，記得隨時聯繫我，嗯？」

「好，謝謝你。」我朝著學校走去，途中回過頭，看見學長倚靠在機車上，帶著溫暖的微笑目送我。我感到有些難爲情，迅速揮了揮手後，便小跑步前進。

等到我轉彎離開巷子，確定學長看不見我之後，我才停下來喘口氣，簡單整理一下儀容，然後故作自然地走進學校。

直到我踏入二年十二班的教室裡，都沒有遇到任何像上個學期末那樣顯而易見的唾棄。畢竟事發至今也過一段時間了，熱度早已退去，若非當事人，如今那件事最多也只會被當成茶餘飯後的話題而已。

果然，是學長太緊張了吧？

「唷，暑假過得如何啊？」

正要到講臺上察看座位表時，一道再熟悉不過的男聲傳來，令我錯愕地回頭，「燦熏？我們又同班？」

「小姐，妳都沒先看分班名單？」燦熏看上去相當無言。

「沒有啊，我只確認自己是十二班，至於同班同學有誰就沒管了。」發現座位剛好被排在燦熏後方，我走了過去，「可是你本來不是說要念二類？怎麼會改變心意來念一類？」

「我後來想一想，覺得學商也不錯啦。」他的視線隨著我移動，「我雖然喜歡數學，也不排斥背東西，但很討厭物理跟化學嘛。」

數學……聽見他提起這個科目時，我的內心微微顫了一下。

「這樣聽起來，你好像確實念一類比較適合。」沒有讓異狀顯露，我附和道：「那麼未來兩年又要請你多多指教啦，我即將同班第十一年的好朋友。」

「別提那個數字了，真的是孽緣。從國小到高中都同班，哪有這麼巧的事？」他狀似困擾地聳聳肩，「話說，妳頭髮怎麼看起來毛毛躁躁的？妳爸今天車上的冷氣開很大？」

「才不是，今天是學長騎機車載我來的。」我白了他一眼。

「對欸，學長成年了，可以騎車載妳來上課。」燦熏豁然開朗，「有個大學生男朋友眞不錯喔？」

聞言，我瞪著他。

「好啦，不鬧妳了。」他舉起雙手做出投降的樣子，「不過學長都已經不在學校裡了，妳應該不需要一整天都保持完美的模樣吧？」

「我當然還是要這麼做，畢竟我打扮是爲了我自己啊。」我放下書包，從裡頭拿出化妝包，「你還眞是不了解我，虧你認識我這麼久。」

「妳這麼說就不對了，化妝是上高中之後才開始的吧？前面九年妳可沒有這種習慣。」

「人到了一定的年紀，總要有點改變啊。」我笑了笑，「不跟你廢話了，我出發啦。」

「讓我猜猜——該不會是要去三年級的廁所？」

「這你倒是滿懂的。」我忍俊不禁。

學校是不公平的，年級的高低，與教室所在的教學樓的破舊程度，呈現非常明顯的反比。前幾年整修時，就是從高三的教學樓開始整修，因此那邊廁所的衛生、採光等等都是三個年級之中最好的。

若要補妝，去高三的教學樓絕對是第一選擇。

當然，以上都只是冠冕堂皇之詞，我選擇高三教學樓的原因並不單單只是基於環境條件。

我刻意挑了離三年十五班最近的女廁走進去，從容地從化妝包裡拿出瓶瓶罐罐，準備將自己重新打理一番。

悶熱的天氣，加上剛剛與學長幾乎是貼在一起，臉上的底妝早已經因爲流汗而些微浮粉——那就乾脆全卸了吧。

我毫不猶豫地將卸妝乳塗抹在臉上，並均勻按摩。當我透過鏡子檢視是否把卸妝乳都推開時，目光卻不自主地定格在自己的唇上，方才學長那一吻的觸感，依稀還停留在嘴唇上。

某種情緒忽然湧上，我深呼吸幾遍之後，打開水龍頭，仔細地將全臉清洗乾淨，用毛巾吸乾臉上多餘的水分，接著拿出各種化妝用具，開始重新上妝。

來學校上課，我通常都只畫淡妝，讓自己看上去乾淨整潔就好，因此沒花多久的時間便完成了妝容。當我在收拾東西時，聽見熟悉的聲音正慢慢靠近廁所。我揚起嘴角，看來今天沒有白來了。

「哇，原來現在有這麼方便的露營啊？我也好想去看看喔！」

「對啊，跟學校安排我們去的那種完全不一樣。等畢業之後，我們可以揪班上的同學一起去……」

對方的話還沒說完，我便從鏡中看見來人的身影。

那人的語氣突然一百八十度大反轉，「于筑嫣？妳怎麼會在這裡？」

「學姊們好。」我轉過身望向兩位學姊。

「妳跑來三年級的廁所幹麼？還想對小莓做什麼？」燙著大波浪捲的學姊質問著我。

她那副怒氣沖沖的模樣，我看了不禁覺得有些好笑。我讓她氣到記住了我的全名，但我甚至連她姓什麼都沒有留意過，只知道她是瑄莓學姊的好朋友。

一旁的瑄莓學姊在看見我後，原本就白皙的皮膚明顯地又刷白了一個色階。但她還是拉了拉大波浪捲學姊的手臂，好聲好氣地說：「沒、沒關係啦，她可能只是想用這邊的廁所，畢竟這邊光線比較好……」

大波浪捲學姊憤憤咬牙，惡狠狠地瞪了我一眼，「呿，一大早就看到髒東西，把我整天的心情都毀了。小莓我們走，別再讓她汙染我們的眼睛。」語落，她便拉著瑄莓學姊迅速離開了廁所。

我望著她們的背影，心滿意足地彎了彎嘴角後，才帶著我的東西，踏著輕盈的步伐回到教室。

「『于筑嫣』這個名字好耳熟喔，是不是之前那件事情的主角之一？」

「對啊，自以爲長得漂亮，還不都是靠化妝……」

兩個看起來跟我同班的女生正在走廊上聊天，一見到我出現，便迅速噤了聲。

我瞥了她們一眼，沒表示什麼，繼續哼著歌回到座位上。

「不就補個妝而已，怎麼看起來心情很好？」燦熏轉過頭看著我。

「讓自己變美美的，就值得開心一整天啊，這你們男生就不懂了。」我的嘴角依然上揚著。

「我確實不懂，畢竟我無時無刻都很帥，所以不會有『因爲變好看而開心』這種體驗。」

我冷眼看向他。

「幹麼，嫉妒我喔？」燦熏賊賊一笑，「不過妳確定自己會因此而開心一整天？就算等等開學典禮結束後，馬上就要開始上課趕進度也一樣？」

「什麼，今天不是才開學第一天？」我錯愕地說。

「我也以爲今天可以輕輕鬆鬆地度過，但剛剛班導有來教室宣布這個壞消息，還發了課表給我們。」燦熏指了指我的桌面。

我低下頭，這才注意到學期課表已經默默躺在我的桌上。

「等等第一堂就是歷史課，但我根本還沒收心，昨天打遊戲打到凌晨一點多，我肯定會在課堂上睡死……」

燦熏還在嘀咕些什麼，可我早已沒在專心聽，僅是急忙將目光移向科任老師名單的位置。

在看見那個名字後，我下意識地抿了抿唇。怎麼我都狼狽地逃到一類組來了，卻還是沒能躲過呢？

不過幸好，今天沒有他的課，讓我至少還能先做個心理準備。思及此，我輕輕吐了一口氣。

好不容易熬過一整天，臺上的老師宣布下課後，坐在我前面的燦熏立刻大大地伸了個懶腰，「啊——累死了，終於放學了！」

「你明明大部分的時間都在睡覺。」我毫不留情地吐槽。

「還是會累啊。」他轉過身來看著我，「欸，等等要不要一起去吃豆花，慰勞一下自己啊？」

我正想答應時，才憶起學長放學會來接我，只好一臉抱歉地拒絕燦熏的提議。

「嘖，見色忘友。」燦熏咂了咂嘴。

「你明明就有女朋友，怎麼不去找她？」

「我暑假就跟她分啦，現在是空窗期。」他睨向我，「本來想找朋友訴苦，誰知道朋友的眼裡只有她的學長。算了，我還是滑交友軟體吧，上面的人都比妳有人情味多了。」

「最好啦。」我抗議著。

離開校園後，我走向早上下車的小巷，找到了學長。

對方一瞧見我，便露出燦爛無比的笑容，「筑嫣！」

「學長。」我也彎唇回應。

「怎麼樣，開學第一天還好嗎？」他一邊爲我戴安全帽，一邊問著。

「這種問法好像我爸爸一樣。」我失笑，「你放心，沒有什麼奇怪的事情。啊，我跟燦熏又同班了，很不可思議吧？」

學長的手頓了一下，「妳是說那個從小到大都跟妳同班的關燦熏嗎？」

「對啊，就是他。」

「……這樣啊。」學長的表情似乎稍微黯淡了一些。

察覺到他的變化，我急忙澄清，「我跟燦熏眞的只是朋友啦，認識這麼久了，根本不可能對他有戀愛的感覺！」

「嗯，我知道，妳說過很多次了。」學長笑了笑，同時隔著安全帽拍拍我的頭，「上車吧。」

我很清楚，此刻學長的笑容很勉強，眉宇間的皺褶更是出賣了他的心緒。我本來想再解釋，卻在開口前嚥了回去。

算了，也罷。燦熏對我來說是很重要的朋友，我知道我們之間清清白白就好，至於學長會怎麼想，我也沒辦法控制，至少已經盡力解釋了。

✦

在天氣還沒變冷的這段時間內，學校會針對高二的學生，安排每週一次連續兩堂的游泳課。

我們班的游泳課排在星期三下午的二、三節，代表我們開學第二天就得下水。多數人都很期待，認爲在大熱天泡進泳池裡是件不可多得的享受，但我絕對不是其中的一員。

一定要素顏還是其次，最重要的是——我不諳水性。

說白了，就是我不會游泳。因此，強迫我下水，對我而言，比要我素顏見人還可怕，畢竟我的素顏也不是眞的那麼見不得人。

「不用那麼緊張啦。」聽了我的煩惱後，學長哈哈大笑，「體育老師們通常也不會太嚴格，不至於因爲不會游泳就把妳當掉，妳只要當作自己在水裡乘涼就好了。」

「但我就是覺得很恐怖嘛……」我縮了縮置於學長腰際的雙手。

「不然，妳跟老師說妳生理期？」

「我總不可能整個學期都在生理期吧。」

「好像也是。」趁著紅燈，學長將他的手覆上我的，「要是眞的生理期那麼久，我也會心疼。」

感受到學長掌心的溫度，我有些不自在地喬了喬坐姿。

在抵達學校前，學長都在不斷地安撫我。我表面上說著自己沒問題了，可等我一踏進校園，表情又忍不住垮了下來。

我就這樣抱持著忐忑的心情，一直到早自習結束。而後燦熏隨口說的話，提醒了我另一件重要的事。

「今天第一堂是數學課欸。」

我兀的抬眸，隨即又急忙故作鎮定地回覆：「對啊。」

燦熏瞄了我一眼，「妳應該很高興吧？」

我一愣，「什麼？」

「妳數學成績不是一直都很好嗎？」燦熏轉了回去，「爲了不輸給妳，我要先來預習啦！」

我怔怔地看著燦熏的背，對於他沒頭沒尾的一句話甚是不解，神經卻稍稍緊繃了起來。

此時鐘聲響起，宣告了第一堂課的開始。

我一陣錯愕，沒想到自己竟然把最後能重整心情的時間，浪費在思考燦熏的行爲上。就在我還手足無措的時候，數學老師走進了教室，我趕緊將目光轉向桌面，即便我心裡清楚，這麼做絕對是徒勞。

「大家好，我是你們班的數學老師，同時也是一班的導師，我叫汪傲海。」講臺上的數學老師一邊在黑板上寫下自己的名字，一邊說著：「沒意外的話，我應該會帶你們到高三畢業，因此接下來的兩年要請各位多多指教了。」

我的餘光覷見老師拿起了講桌上的座位表，「這學期第一堂課，我們輕鬆一點，先來互相認識一下吧。我看看……喔，有些同學之前也是我的學生呢。」

老師陸續叫了幾個名字後，接著又說：「筑嫣跟燦熏也在這個班上啊。」

聽見他喊我的名字，我克制不住地顫了一下。可惡，我怎麼這麼沒用？

即使被點名，我也依舊沒有抬起頭來，倒是坐在我前方的燦熏，直接跟老師開始對話，「對啊，之後也要請你多關照啦，汪汪！」

「你這樣一叫，到時候不就全班都會這樣叫我了。」

「全校早就都叫你汪汪了，應該也不差我這一聲吧？」

班上的同學聽見老師和燦熏的對話，都不禁笑出聲，氣氛頓時跟著活絡了起來。老師見狀，也只能無奈地接受。

然而，縱使在這樣的情況之下，我的表情卻依舊僵硬，汗水也自額角滲出。

老師的那一聲呼喚，依然迴響在我的耳畔。

筑嫣。

我緊緊揑住手臂，告訴自己要冷靜。

于筑嫣，妳要冷靜。因爲他是一位認眞的老師，所以才會把學生的名字都記住，這並不代表什麼。

沒錯，他絕對沒有特別的意思。

熬過數學課之後，我走到廁所，簡單地梳洗一下。在走回教室的途中，聽見兩個女生正在走廊上閒聊。

「雖然之前就有耳聞汪汪很帥，但今天近看還眞不得了耶！」

「對啊，而且他在課堂上的氣勢總是壓不過學生，眞的很可愛，相處起來超輕鬆！」

「話說回來，我們跟他應該也差不到很多歲吧？說不定我們還在他的可接受範圍裡喔！」

「跟老師談戀愛，聽起來超不妙的，不過如果是汪汪，我願意試試看！」

兩個女生咯咯笑了起來，而我只是快步從她們身邊走過。

「汪汪還是一如往常地受歡迎。」回到座位之後，燦熏看著外面那兩個女生，悠悠地說著。

「你聽得到她們講話的內容？」我來回看了看，那兩個女生講話的聲音也不是很大，隔著這段距離，燦熏怎麼會聽見？

「沒，我看她們那副興奮的模樣，就大概猜到了。」燦熏癟癟嘴，「我就不懂，明明我也很帥，怎麼沒像他一樣風靡全校？」

我慣例地給了燦熏一個白眼。

「不過這樣看來，班上肯定又有很多女生願意爲了他而努力算數學了。」燦熏的目光轉向我，「妳也是其中之一，對吧？」

「你覺得我也是因爲看老師帥，數學成績才特別好？」我忽然理解燦熏上課之前所說的話。

「難道不是嗎？」燦熏笑嘻嘻的，「如果今天是個美女老師，我鐵定也會努力考高分。」

聽見他這麼說，我才鬆一口氣。幸好，燦熏只是基於常理判斷，才會說出這樣的話。

「我才沒那麼膚淺。」我故作鎮定地反駁，語氣卻似乎有些不穩。

然而，星期三的困難尚未結束。

下午兩點多，我提著泳衣袋，跟班上同學前往游泳池旁的更衣室。雖然我不會游泳，但在學校沒有硬性規定泳衣款式的前提下，我對泳衣的挑選可是一點都不馬虎。

我選擇的是蘇芳色的兩件式泳裝，肩膀的部分有挖空設計，整體看上去不像比基尼那樣大膽，卻又帶點小性感。

當我們魚貫走出更衣間，來到室外泳池時，我感覺到早就已經在熱身的男同學們投向我們女生的熱切目光。我微微揚起嘴角，不著痕跡地抬頭挺胸了起來。

只是得意歸得意，等體育老師帶大家做完暖身操，叫大家下水時，那種自滿的情緒霎時就煙消雲散。因爲我知道，接下來等著我的，絕對不會是什麼開心的狀況。

在體育老師和同學們簡單地互相認識完後，馬上就進入了正式課程。

第一堂教的是漂浮，由於是相當初階的動作，絕大多數的同學早早就完成體育老師所出的課題，到另一頭玩水去了。唯有我，在水中站了許久，始終沒有勇氣將雙腳抬離泳池底部。

體育老師原先也不斷鼓勵我，但反覆幾次下來，他似乎有些無力了，叫我自己先在一旁練習，便去觀察其他同學的狀況。我只能孤零零地在泳池角落，繼續重複嘗試。

「原來妳不會游泳喔？」原本和班上男生們互相潑水玩得正開心的燦熏，發現我獨自待在角落之後，慢悠悠地游了過來，臉上還帶著些許訕笑。

一想到他肯定是來揶揄我的，我就有些不悅，只好故作不在乎地回應：「是又怎樣？」

他盯著我的臉一會兒後，換上比較認眞的口氣，「妳不要想著把腳抬起來，而是要讓身體趴到水面上啦。」

我望向他，滿臉的困惑。

「我示範一次給妳看。」語畢，他俐落地鑽入水中，輕輕鬆鬆就成功漂浮起來，「妳看，很簡單吧？」

「你做起來是很簡單，可是我就很怕會沉下去啊。」我愈說愈小聲，下一秒，眼睛一亮，「不然，你在旁邊看著我，萬一我眞的沉下去，你就把我撈起來？」

「啊？」聞言，燦熏的臉上寫滿了錯愕。

「其實剛剛體育老師也有這樣提議過，但老師畢竟是男的，就算他沒什麼別的意思，我還是覺得有點彆扭。不過如果是你的話，我就覺得沒關係，而且有你在身邊，我也比較安心。」我笑嘻嘻地解釋。

燦熏愣了幾秒才接話，「……好吧，那我就勉爲其難犧牲跟同學玩的時間，大發慈悲地來陪妳好了。」

「謝啦！」我露齒一笑。

確定燦熏會待在一旁後，我吸飽一口氣，勇敢地趴到水面上。當我發現自己成功漂在水面上後，興奮地看向燦熏，同時激動地揮舞著手臂，想叫他看看我的表現。

不料，因爲隨意划水，我整個人突然失去平衡，身體翻了半圈，然後沉入水中。

「喂！」

說時遲那時快，我感覺到有人立刻伸手勾住了我的肩膀和膝蓋內側，施予一股往上的力量，將我整個人抱出水面。

「呼哈！」一接觸到空氣，我便恣意地大口呼吸了幾次，接著望向身側的人，「嘿嘿，還好有你在。」

「我沒想到妳眞的這麼誇張。」燦熏挑眉。

我吐了吐舌。這時，我注意到燦熏的耳朵似乎有些泛紅。

「你耳朵怎麼紅紅的？」我玩心大起，「抱著穿泳裝的我，感到害羞了？」

「哈？怎麼可能？」他一臉嫌棄，「我是看妳落水太緊張好不好，我可不想看妳在我眼前喪命，說不定以後妳的鬼魂還會一直纏著我。不過看妳還能這樣嘲弄我，應該是我白擔心了？」

「好啦、好啦，抱歉嘛。」我重新站穩，「燦熏帥哥大人有大量，能請你再陪小女子練練嗎？」

「眞是拿妳沒辦法。」即便一臉不耐煩，燦熏卻還是靠到了牆邊，抱著胸看向我。

我知道，雖然他嘴巴有點壞，但其實是個貼心的人，於是我放心地笑了開來。

就在這時，鐘聲響起，一堂課已經過去，校園內開始出現嘈雜的人聲。

室外泳池有一側離操場比較近，我跟燦熏慢慢移動到相反側，盡可能避開其他來往的師生。

作爲不會游泳的少數，我覺得有那麼一點丟臉，而燦熏大概也懂我的心思，沒多說什麼，僅是默默隨著我移動。

就在我準備趴到水面上時，對邊戲水的幾個女同學忽然很興奮地喊道：「啊，是汪汪！他剛好路過耶！」

聞言，我的身體又是一僵。

「汪汪你看！」

我偷偷瞄過去，早上愉快的課堂體驗讓老師與學生之間的隔閡瞬間消失，幾個女生立刻爬上岸，隔著鐵網高聲呼喊，「是泳裝喔，青春洋溢的女高中生的泳裝！你覺得誰的比較好看？」

女同學的音量過大，我聽不見老師說了什麼，只見他有些困窘地迴避著她們的熱情，黑色鏡框後的雙眼滿是不知所措。

他的眼神撇開時，恰好與我的目光交會。

我一頓，隨即轉身背對他，暗自祈禱他沒有認出我。

「她們眞吵。」燦熏掏了掏耳朵，漫不經心地抱怨著。

「嗯。」我喉嚨乾澀地附和，接著將自己的臉浸入泳池以降低熱度。

數學作為共通科目之一，每週的堂數自然不會少。

或許是因為隔了整整一個暑假，所以一時還沒有習慣，起初在上課期間，我都會有點坐立不安，但經過兩個星期的適應，已經漸漸不再那麼緊張了。

反正上課的時候，聽進耳裡的都是數字、公式及概念，眼睛也只需要在課本和黑板之間來回就好，沒什麼大不了的。在我無數次重複催眠自己後，似乎就能比較坦然了。

✦

只不過每當到了下課時間，看到幾個學生們湊近講桌前跟老師聊天、問問題時，我的心中還是會有一種難以言喻的情緒浮現，即便我知道那只是正常的師生互動。

不行啊，于筑嫣，妳怎麼還是沒有長進？怎麼還是這麼介意？

於是我收回視線，點了點前座已趴在桌上補眠的燦熏，詢問道：「燦熏，你要不要去合作社？」

燦熏睡眼惺忪地坐起身，儘管表情超臭，卻還是在搔了搔頭後回答：「好啦，陪妳去。」

學校合作社賣的商品種類其實不算多，而其中稱得上好吃、好喝的自然就更少了，有些熱門品項甚至可能不到中午就已經售罄。

很幸運地，我們抵達合作社時，我遠遠便看見我最喜歡的那款奶茶還剩下最後一瓶。準備走上前去拿那瓶奶茶時，眼尖的我注意到，斜前方有另一個高高的男生，也正走往那個方向。

直覺告訴我，他肯定也看上了同一件商品。

對方的腿相對長，與奶茶的距離也比較近，難道我只能將心儀的奶茶拱手讓人了嗎？

怎麼可能。

雖然經過上學期的事件後，我的不良行爲幾乎是眾所皆知，這個方法可能不見得管用，但還是值得一試。

因此我小跑步越過重重人群，然後在那個男生欲拿取那瓶奶茶時，刻意伸出手來碰了他的手。

「啊，抱歉。」我急忙收回手，向他道歉，對方也因此看向我，我趁機瞄了一眼他胸口繡的學號。很好，是學弟，那他應該不認識我，成功的機會大一點。

「學、學姊也要拿這瓶奶茶嗎？」學弟有些口吃。

我猜，他或許是那種比較不常跟女孩子接觸的類型。那眞是太好了。

「對啊，不過既然是你先拿到的，就給你吧。」我稍稍抬眼，笑著對他說。

以他由上往下看的視角，我的樣子應當是楚楚動人的吧？幸好他比我高很多，可以利用這點。

「沒、沒關係，就給學姊吧！我挑別的就好了。」

如我所料，他立刻放棄購買這款奶茶，甚至還貼心地幫我把飲料從架上拿下來，交到我手裡。

「眞的嗎？謝謝你！」我順勢收下。果然人還是該讓自己隨時維持好看的外表，以備不時之需。

等到學弟走遠後，在後方目睹全程的燦熏靠了過來，眼神和語氣皆是滿滿的鄙夷，「妳這招怎麼用不膩？」

「既然有效，幹麼不用？」我微微一笑，「人本來就該想辦法爭取自己想要的事物啊。」

「包括喜歡的人？」

我握緊手中的奶茶，「當然，不然爲什麼要追求？」

「我只是沒想到妳居然那麼喜歡學長而已。」燦熏從旁邊的零食櫃上拿了兩包洋芋片，走去結帳。

「……你又不是我肚子裡的蛔蟲，怎麼可能會知道。」我看準他付完錢的瞬間，直接拿走一包洋芋片，然後跑出合作社，拆開包裝後就吃了起來。

「喂，于筑嫣！」還在整理零錢的他氣急敗壞地追了上來，「我看妳肚子裡住的不是蛔蟲，是貪吃蟲吧！」

我哈哈大笑了幾聲，很沒良心地又吃了幾片後，才將整包洋芋片還給他。

結束週四的課程，隔天開始便是中秋節連假。學長送我回家後，問了我週末要不要一起出去玩。

「我下週開學後，應該會變得比較忙，雖然我們還是待在同一個縣市，但不見得能每天接送妳，也可能沒辦法常常陪妳，所以想說趁開學前的假日再一起去哪裡晃晃。」學長站在我家大門外，向我說明著，同時拿出手機，「今天趁打工的休息時間，我想了一些地點，妳看看有沒有想去的？」

他點開手機內建的記事本，然後交給我自由瀏覽。

我滑動畫面，一一檢視每一個選項。除了沒有新意的看電影、逛街之外，也有列出幾間時下正熱門的咖啡廳或打卡景點。

我刻意讓畫面停留在這個位置。

學長見狀，溫聲問道：「妳想去這些地方嗎？」

「我問你喔，」我仰頭看向他，「你怎麼會知道這些地點呀？」

聞言，學長明顯一愣。

於是我趁勢問了下去，「是你以前約會時，去過的地方嗎？」

大概知道瞞不住了，學長嘆了一口氣後，誠實招供，「……是。」

「那我不要去。」我叫出螢幕鍵盤，將那些選項從學長列的清單中一一刪除。

「抱歉，是我太粗心，沒有考慮到這點。」學長從後面環抱住我，「我下次會多注意的，妳不要生氣，好嗎？」

「我會再選一間店，晚上傳訊息跟你說。」

「好。」學長稍微加重了抱我的力道。

這時媽媽打開了家門，撞見此景，也沒有什麼反應，「我聽到門外有說話的聲音，就想可能是你們回來了。我今天晚餐剛好煮得多了點，雙翊你要不要乾脆留下來吃飯？」

「那我就恭敬不如從命了。」學長態度大方，自然地放開環抱我的手後，對著媽媽客氣地說道。

我佇在原地，看著學長從容走進家門的背影。

學長在高中期間成績名列前茅，現在就讀國立大學資工系，外貌乾乾淨淨、個性積極上進、態度應對得體。匯集這些優點的學長作爲我的交往對象，媽媽應該也相當滿意吧。

我淺淺一笑後，便也跟著進到家裡。

✦

週六中午，我和學長約在車站旁的便利商店碰面，要一起去附近一間主打草莓甜點的餐廳。

我特地比平常早起一些，從衣櫃裡挑選了一件白色休閒襯衫以及雪紡紫色長裙，再用電棒捲完成編髮後，才坐到化妝桌前，仔細地爲全臉上妝。

打扮完成，我站在全身鏡前，確認自己從頭到腳都是完美的狀態後，才拿起包包，走出家門。

我赴約的時間抓得很精準，當我抵達約定地點時，距離我們說好的時間只差五分鐘。我以爲一向都會提早到的學長應該已經在這邊等著我了，可是我左看右看，卻沒看見他的身影……難道他要遲到了？

我拿出手機，這才看見約莫十分鐘前，學長有傳訊息，說他被兩個妹妹纏住，要教她們英文，因此晚了一點出門，可能無法準時抵達。

即便知道是無可奈何的事，我還是有些不滿。

無論再怎麼持久的妝，隨著時間過去，肯定都會慢慢脫落。可惜了，沒辦法讓學長看到最精緻的我，枉費我一早就起來做準備。

室外陽光毒辣，擦了防曬只能保護皮膚，卻無法阻擋熱度。反正學長還不會這麼快出現，我不如就先躲到便利商店裡去吧。

打定主意後，我直接走入店內，享受迎面而來的沁涼空氣。

沒想到，我前腳才踏進去，有兩個男生便緊接著也走了進來，其中一人的手中還牽著一隻黑色的臺灣犬，完全無視除導盲犬外不得攜帶寵物入內的規定。

原先我想，這家便利商店的空間還算大，只要他們不在我附近，對我也不會造成太大的影響。然而，我走到哪一區，他們偏偏就跟著我移動到哪一區，迫使我最終只能選擇離開。

正當我思考著要到哪裡避暑時，那兩個男生竟也隨著我走了出來，牽著狗的那個人甚至與我搭話，「嘿，妹妹，我們剛剛觀察妳一段時間了，妳是一個人吧？是外地人嗎？我們對這附近很熟，要不要我們帶妳逛逛啊？」

我反射性地後退了一步，而那隻黑狗似乎一直想朝我靠近的模樣，更是令我戒備。

「不好意思，我跟人有約了，謝謝你們的好意。」我好聲好氣地拒絕。

「跟誰？男朋友嗎？」對方張望了一下四周，「我沒看到人耶，是不是妳捏造的啊？再說，跟妳這麼漂亮的女生約會還遲到的話，那種男朋友不要也罷吧！」

「妳不用害怕，我們兩個都是好人，真的只是單純想帶妳出去玩而已，沒有什麼奇怪的意圖啦！」

我的目光迅速掃視了他們一遍。姑且不論長相好了，不修邊幅的外表、過時的穿搭，以及拙劣至極的搭訕技巧……就憑這些，也妄想我點頭同意？

但是想歸想，眼下這個狀況，我很清楚自己居於劣勢，如果他們硬要拖我走，我也沒有足夠的力氣與他們抗衡。所以我只能一邊拒絕他們，一邊期待學長趕快出現。

「妳別廢話那麼多了，跟我們走就對了啦！」其中一人耐不住性子，伸手就想把我直接拉走。於此同時，他原先捉著的牽繩也被放掉，黑狗沒了束縛，蓄勢待發就要朝我跑來——

「抱歉，我來晚了。」

在我幾乎就要尖叫出聲的那一刻，後方忽然有另一個人挽過了我的肩膀，伴隨著熟悉的嗓音，將我護在他的身後，黑狗也因此撞上他的腳。

認出來人的聲音之後，我看著對方的背影，心跳聲卻比剛剛更加清晰。

「呿，原來眞的有男朋友啊。」對方一臉不悅，「我還想說，妳打扮得那麼漂亮，應該是想勾引男人，才好心來跟妳講話，免得妳一整天毫無收穫。仔細一看，妳妝畫那麼濃，卸妝後肯定不能見人，我才看不上咧！」

那兩人悻悻然地離開後，前方的人才轉過來，微微彎下身子與我平視，「別聽他們亂講，他們只是惱羞成怒，才會把氣出在妳身上。打扮自己是每個人的權利，況且妳的妝其實一點都不濃，我雖然不懂化妝，但我覺得看上去很自然、很好看。」

我望著他那和平時不同、沒有戴眼鏡的臉龐，心頭忽然竄出一陣複雜的情緒，嗆得我眼眶有點發酸。

「抱歉喔，剛剛擅自拉了妳，」他說著，聲音依然和煦，「如果讓妳感覺不舒服，我向妳道歉。」

我搖搖頭，表示不在意。

「不過幸好，沒讓那隻狗碰到妳。我知道妳怕狗，對吧？」他笑彎了眼。

我一愣，看向他的清亮雙眼，正想開口時，就聽見了學長的聲音。

「筑嫣，不好意思，讓妳久等了……咦？」

看見學長出現，我急忙跑向學長，沒敢再多逗留在他身邊一秒。

學長見狀，很自然地摟住我的腰，同時有些警戒地看著那個人。

「啊，我不是奇怪的人啦。」或許是意識到學長的眼神有些敵意，他急忙擺擺手，「我是汪傲海，你們高中的數學老師。」

「汪汪？」學長的態度瞬間友善許多，「原來是你喔！你沒戴眼鏡看起來跟平常差好多，我一時沒認出來。你怎麼會出現在這邊啊？」

「我的高中同學會今天辦在附近，經過這裡碰巧看到筑嫣被奇怪的人纏上，就幫了她一下。既然你來了，那我就先走啦！」

「原來是這樣，謝謝你啊！」學長與老師道別後，馬上又對我說道：「對不起，都怪我來得太遲了，妳有沒有怎麼樣？」

「我沒事。」我抿了抿唇，猶豫了一陣才開口，「學長，你知道我怕狗嗎？」

「狗？」學長對於話題的轉換似乎有些跟不上，但他還是回覆：「我明白了，我以後會注意的。」

看吧，我明明記得我沒有特別和誰提過我怕狗，連學長都不知道這件事，爲什麼剛才老師卻能清楚地說出，他知道我怕狗？這讓我更加動搖了……

後來，我和學長順利抵達餐廳，享用過正餐後，一人點了一塊草莓蛋糕來品嘗。

「我覺得沒有想像中好吃耶，以後還是不要來了。」吃完之後，學長悄聲對我說。

我點點頭，附和他的意見。我沒有告訴他，這間餐廳只是我上網搜尋車站附近的餐廳後，隨意挑選的，並沒有花時間仔細研究過評價。

當然，我更不可能告訴他，其實今天下午，我滿腦子都在想老師的事情，從他爲了救我而假扮男朋友，到他不知爲何曉得我怕狗的事情。短短一瞬間被老師碰觸到的左邊肩膀，一直到我回家時，似乎都還隱約發燙著……

第二章

星期一，我帶著爸爸從花蓮出差回來時買的麻糬，有些不安地來到數學科辦公室外面。

我送小禮物給老師，只是感謝他那天幫了我，這是很正常的人際互動，應該沒什麼大不了的吧？

說是這麼說，我還是在門口反覆深呼吸了幾遍之後，才走了進去。

老師的座位就在開門後馬上能看見的位置，我朝老師座位的方向望去，沒料到有另外一個人正與老師說著話。那張側臉，我一眼就能認得——是瑄莓學姊。

我的內心頓時冒出複雜的心緒，我默默走過去，也漸漸能聽見他們的對話內容。

「那麼這些題目的解法跟觀念妳都理解了嗎？」

「嗯，謝謝汪汪，還是你的說明最淺顯易懂。」瑄莓學姊朝老師甜甜一笑，轉身要離開時，發現了正緩緩靠近的我。她臉上的笑容霎時僵住，臉色也在頃刻間變得難看許多。

接著，她將手中的課本緊抱在胸口，低著頭，快步繞過我，離開了辦公室。

啊，我忘記跟她打招呼了。

「筑嫣？」當我還在懊悔時，老師注意到了我，「怎麼了？妳也是來找我的嗎？」

被他這麼一喚，我回過神，抬眼對上老師的視線，深吸一口氣後，將手中的小提袋遞了出去，「那個……這是星期六的謝禮。」

老師愣了愣，接著笑笑婉拒，「我只是剛好路過，不用這麼大費周章啦。」

我微微捏緊手中的提袋，「可是……」

「妳知道的，我不收學生禮物。」

明明有過特例，我暗忖。況且，不管怎麼想，我的理由都比那次合情合理多了吧？我在心裡悄悄抱怨，但也知道再堅持下去並沒有意義，只會給老師帶來困擾，因此選擇無力地垂下手，「嗯，我明白了，不好意思給老師添麻煩了。」

「沒什麼，小事一件而已。」老師微微一笑。見我依舊杵在原地，沒有要離開的意思，老師有些疑惑地問道：「還有什麼事嗎？」

「我還想請問一件事。」

「嗯？」老師鏡框後的雙眼彎成美好的弧度。

我稍稍低下頭，一隻手有些不安地抓著裙襬，「老師您……爲什麼知道我怕狗呢？」

儘管只是一件小事，它卻霸道地定居在我的思緒上整整兩天，逼得我決定要鼓足勇氣問出口。

聽見我的疑問，老師眨了眨眼，隔了大約三秒後，才彷彿理解這個問題的來龍去脈，恍然大悟地哦了一聲。

「我是用猜的啦。因爲我有好幾個女生朋友都怕狗，再加上那天妳的視線好像一直集中在黑狗身上，我就猜妳應該也是會怕狗的類型。」

老師的那雙眼睛太過眞誠，讓提出疑問的我羞愧得想哭。

「原來是這樣，老師的直覺很準耶。」我努力撐起一個微笑，向老師鞠躬，「那我回教室了，再次謝謝老師的幫助。」

「不客氣。」

我有些倉促地逃出了數學科辦公室。

于筑嫣，妳實在太可笑了，怎麼會以爲老師原本就知道呢？妳在老師的眼裡，只不過是一個普通的學生，怎麼會妄想老師有特別關注妳？妳明明應該是最清楚這件事情的人，不是嗎？

在回教室的途中，我拿出手機，傳了幾個貼圖給學長，並且讓畫面停留在聊天室，期望能看見他的已讀。

一直以來，學長都會很快讀取我的訊息。我想要學長的快速回覆，來證明確實有人是在乎我、喜歡我的。

可惜事與願違，就如學長先前說過的，他開學後會變得比較忙，我等了幾分鐘，都沒看見「已讀」的字樣跳出來。被打臉的現實令我更加坐立難安，我就這樣呆站在原地一會，才又想到一個點子，然後快步走回教室。

「燦熏！」我直接奔向燦熏的座位，同時把裝著麻糬的袋子扔在他身上，「我有事情要拜託你。」

「啊？」他有些錯愕地看了看身上的袋子，又看看我，「是什麼天大的麻煩事，還要妳花一盒麻糬來賄賂我？」

「跟麻糬無關啦。」這東西拿在手上時時刻刻突顯我的丟臉，我只是想趕緊處理掉而已，「你先前不是說，交友軟體上的人都比我還有人情味？」

「喔，對啊，妳想來扳回一城了嗎？」燦熏喜孜孜地把麻糬盒子拿出來，一副食指大動的模樣。

「不是，」我搖了搖頭，認眞地看著他，「我是想問你，你平常都用什麼交友軟體？」

「我下載了很多種欸，妳問這個幹麼？」他拆開麻糬的包裝，滿面困惑地斜眼看著我。

「我也想玩玩看。」

「……哈？」燦熏本來已經張大嘴巴準備咬下麻糬，卻被我的話給止住了動作。

後來，燦熏將他平常有在使用的交友軟體截圖傳給我，甚至貼心地附上特色及注意事項，像是哪一款比較熱門、哪一款主打語音聊天、哪一款的使用年齡層比較低……

但是我沒管那些，決定都先下載來看看，至於好不好用，親身試用過不就知道了？

再說，我也不是要找戀愛對象，只是想要有能傳訊息的人，最好是能秒讀秒回的那種。反正交友軟體的世界本就虛虛實實，我就算不是眞心的，也無所謂吧？

晚上就寢前，我簡單地和學長聊了幾句，說白天只是心血來潮想傳幾張貼圖給他，沒什麼大不了的之後，就以隔天還有英文單字小考爲由，早早結束了對話。

隨後，我興沖沖地隨意下載了一款交友軟體，註冊了帳號，想要體驗看看其中的樂趣。

依照欄位指示，我迅速輸入年齡、興趣、喜歡的類型等等，直到看見最後一項「備註」時，手指才稍稍停頓了一下。

沒來由地，我塡上了兩個字——怕狗。我要讓這件事情不再是個秘密，資料送出後，便正式進到了主頁面。我瀏覽著系統自動篩選出來的我可能會喜歡的對象，挑了一個看上去還算順眼的大學生，主動傳了訊息過去，「嗨：）。」

對方很快就讀了我的訊息。非常好，符合我的基本要求。

過了一會，他回覆：「妳是高中生？」

我想他剛剛應該是在查看我的個人檔案吧。

「對，現在高二。」我飛快打字。

「詐騙的技術未免也太差了吧？還把年齡設定得這麼小，是不是妳自己的癖好啊？不過妳盜來當頭貼的這個女生還滿好看的，算妳有眼光！」

這一串字冒出來後，對方就立刻封鎖了我……說好的人情味呢？

好吧，至少他說我好看，讓我的心情好了不少，也算是有一點收穫吧。

隔天早晨，我坐在學長的機車後座，側著頭靠在他的背上，一手抱住他的腰際，另一手則偷偷滑著另外一款出門前下載的交友軟體。

「我去參加了模擬聯合國，裡面的人都好厲害。」

這個交友軟體要輸入的資訊怎麼這麼多？連生日、血型等等都要。

「每個學長姊都思路清晰、邏輯通順，我聽了都以爲他們是要代表國家的人……」

對了，燦熏好像有說，這款交友軟體強調的是用星座、血型挑選出適合的對象。

「……嫣。」

勾選我想配對的星座、血型組合？糟糕，我對這方面還真沒什麼研究。

「……筑嫣。」

不如就全選好了？反正我的本意又不是要配對成功，應該不需要太在意。

「妳有在聽我說話嗎，筑嫣？」

學長拍了拍我的手背，我慌忙地把手機螢幕關上，往旁邊一看，這才發現已經抵達學校附近的小巷子內了。

我匆匆自學長身上彈開，下了車之後，低著頭說道：「對不起，昨天晚上沒睡好，早上有點昏昏沉沉的。」

「沒關係，高中課業真的很繁重，我也是過來人。」他替我拿下安全帽，寵溺地摸摸我的頭，「話說回來，妳的功課都還跟得上嗎？我這個假日沒有安排，如果妳有什麼不懂的，我們可以約在咖啡廳一起念書。」

不愧是考上國立大學資工系的人，就是有餘裕能說出要教別人功課這種話。只不過難得的假日，我連放鬆都來不及了，若非必要，怎麼可能把時間花在念書上面？

我搖搖頭，「目前還可以，真的有需要的話，我會主動說的。」

「這樣啊。」學長看上去有些失望，「還是要不要我陪妳練習游泳？雖然距離期中的游泳測驗還有一段時間，但早點熟悉也沒什麼壞處。」

我想起近三個星期，燦熏是如何一遍又一遍地拯救我，我就冷汗直流。叫我去泳池，我不如去念書！

「不用不用，我最近都有跟上老師的進度了！」這當然是謊話。

「眞的？」

「眞的啦，而且燦熏也有教我一些訣竅，沒問題的！」

話說出口後，我才發現學長微微擰起了眉頭。

「啊，那個……我不是——」

「不要緊，是我自己沒調適過來。」學長捏了捏我的鼻子，「我不希望妳因爲我的緣故而失去原本的朋友，況且妳都跟我保證過那麼多次了，所以我會學著去習慣關燦熏的存在。」

我仰頭看向學長，這個位置正好讓他背對陽光，使得他臉上的笑容看起來十分黯淡。

我在心底輕輕嘆了口氣。雖然我很清楚自己跟燦熏之間眞的什麼都沒有，但從學長抑或是旁人的角度看來，他們或許不見得這麼認爲吧。

畢竟他們又不是我，怎麼會知道我的想法？再說，倘若學長眞的看透了我的內心，那才更應該讓人緊張呢。

✦

過了幾天，我甚是氣餒地來到學校，一看見在座位上補眠的燦熏，便毫不客氣地用力戳了他幾下，「喂，你是不是騙我啊？交友軟體上的人到底哪裡有人情味？你跟你前女友眞的是在交友軟體上認識的嗎？」

「啊？」他一臉怨懟地看向我，「我騙妳幹麼，騙妳有錢拿喔？」

「那到底爲什麼我都認識不到人？」我拿出手機，完全無視燦熏本人的意願，直接把手機畫面湊到他眼前，強迫他看我交友失敗的各種紀錄，「要不就是講話沒邏輯、文不對題，要不就是一來便開黃腔，好不容易有稍微聊上話的人，沒多久就問我要不要去旅館！到底哪裡有人情味？」

「交友軟體本來就是要碰運氣的嘛！只能說妳運氣不好囉，都吸引到一些怪人。」燦熏隨意瞄了一下後，又趴回桌上，「又或者是妳沒用對方法吧。」

「對的方法是什麼？」聽見關鍵字，我的眼睛瞬時一亮。

「嗯……長得夠好看？」

我用力地踹了他的桌子一下。

「妳今天沒有要去補妝喔？」燦熏一邊哀怨地揉著被撞到的左腳踝，一邊問道。

「不用，今天是我爸載我來的，我的妝容狀況還很好。」回答的同時，我還是點開了手機的前鏡頭稍作確認，「不過出門得有點趕，還沒吃早餐，所以現在要去合作社買。怎麼樣，要不要陪我去？」

「不了，昨天晚上跟朋友打副本打到太晚，現在不補個眠真的不行。」燦熏無力地揮了揮手，「如果還有剩什麼飯糰的話，妳順手幫我買一個吧，我等等再給妳錢。」

語畢，他再度趴回桌上，不一會兒，他的背部便開始規律起伏。

見狀，我也只能摸摸鼻子，自己前往合作社。

早上的合作社人潮僅次於中午時間，我擠進去之後，又故技重施，順利搶到所剩不多的品項。

結完帳，我抱著戰利品，正準備開心地回教室享用時，卻注意到有一個人站在出口處，視線直勾勾地看著我。

我有些詫異。這是要找我的意思吧？可是事到如今，她還會有什麼事情要找我？

困惑歸困惑，我依然走了過去，向她輕點個頭，「瑄莓學姊早。」

她抿了抿嘴，泛白的雙唇才稍微擠出一些血色，「妳別再那樣做了。」

我看著她，腦袋中不解的事又多了一項。

瑄莓學姊似乎讀懂了我的疑問，補充道：「我已經看過不只一次，妳在合作社裡故意去碰男同學的手了。希望妳有點自覺，不要再這樣去跟其他異性接觸，畢竟都已經……是有男朋友的人了。」

最後那幾個字，我看得出來，她幾乎是用盡了全身的力氣，才把這些話說出口。看著這副模樣的她，我不禁覺得有點滑稽。

不確定是不是她刻意迴避的關係，明明從開學第一天早上後，我就沒有在補妝時遇過她了，沒想到她今天居然主動跑來找罪受？

當然，表面上我還是得做做樣子，「我知道了，謝謝學姊的提醒。」

瑄莓學姊的眼睛泛著些許淚光，我不曉得經過這場對話，她是不是已經快要哭出來了？

她聽完我的回答之後，便迅速轉過身，朝著三年級的教學樓小跑步而去。

我看著她的背影，腦中又再次浮現她方才講的話。

有男朋友了，所以要避免跟其他男生這般互動？這些話應該要先原封不動地說給妳自己聽才對吧。

「現在發下去的是星期一小考的考卷。」

下午的數學課，老師站在臺上唱名，將手中的試卷一張一張交給上前的學生。

「筑嫣。」

聽見我的名字，我捏了捏掌心，舒緩一下緊張的情緒後，才故作輕鬆地起身走到老師面前。

「妳的表現還是跟高一時一樣好，繼續保持喔！」

接過考卷時，聽見老師對我的稱讚，我不敢抬頭、不敢迎向老師的雙眼，但光是知道他有在留意我的成績，就已經足以令我心跳失控。

「謝謝老師。」拿到考卷後，我低著頭走回座位，深吸一口氣，才往分數欄看過去，而後淺淺一笑。

在我的姓名旁邊，一如往常地畫著一個「100」。

爲什麼會說是用畫的？因爲老師有個習慣，會把兩個零畫成方形並連起來，然後爲它們加上眼睛，最後在中間添上一個微笑的嘴巴，就彷彿是他本人的超簡易自畫像。

第一次有同學拿到滿分時，大家還覺得很奇怪，怎麼會有高中老師做這種事？但更加認識老師之後，這樣的舉動也漸漸成了替他的可愛加分的要素之一。

看著那個笑臉，我一早被瑄莓學姊訓了一頓的壞心情頓時消失無蹤。這種程度的喜悅，應該是在允許的範圍之內吧？

「汪汪怎麼還是這麼幼稚啊？」燦熏兀的轉過頭瞟了眼我的分數。

而我像做了什麼虧心事一般，反射性地將笑臉蓋住。察覺他語氣裡的唾棄，我忍不住好奇詢問：「你怎麼好像很不喜歡老師？」

在我的印象中，老師在女生之間的人氣確實比較高，但因爲他有時候也會跟男同學們一起打籃球，因此男生們對他的評價也不差。然而，每每聽見燦熏提起老師的時候，我都覺得他應該是其中的例外。

「我確實不喜歡他。」燦熏大方承認。

「爲什麼，他哪裡惹到你了？」

燦熏睨向我，表情似笑非笑，「我就是看不順眼他比我有人氣。」

關燦熏這個人，一直以來都相當自戀。

還記得國小一年級跟他同班時，老師請大家輪流上臺自我介紹，大多數人都扭扭捏捏地草草講完自己的名字後，便趕緊躲回座位。唯有他，踩著自信的步伐站上講臺，聲音宏亮地道：「大家好，我叫關燦熏，名字很難記沒關係，我有個好記的綽號，就是——帥哥！」

他一邊說，一邊擺了個自以爲帥氣的姿勢，右手還不忘在下巴處比個七。

突如其來的舉動，讓全班先是愣了一下，接著才哄堂大笑，還有些男生無情吐槽他根本不帥。但燦熏這麼一做，瞬間就緩和了一群人緊張的情緒，也讓他在同學之中留下深刻的印象，爲他後來的好人緣奠定了基礎。

因此，我一直以為在自信破表的他心中，沒有人能夠與之匹敵。所以當我知道燦熏對老師的敵意時，便感到非常訝異。

難道他跟老師有什麼過節嗎？還是連他也不得不認同老師的高人氣了？會讓與誰都能融洽相處的燦熏不喜歡的人，到底做了什麼事情？

✦

「這是？」

隔週三早上，學長載我到學校之後，忽然神祕兮兮地從背包裡掏出一個東西，拿到我的眼前。

「這是我自己做的小熊娃娃吊飾。」學長有些不好意思地說著：「我知道游泳課對妳來說是一種折磨，每個星期三看妳總是愁眉苦臉的，我實在很氣自己什麼忙都幫不上。雖然一個手作娃娃也沒有什麼實質上的幫助，但我希望妳看到它的時候能夠想起我，然後明白妳不是孤軍奮戰，有我為妳加油打氣、陪妳一起努力。」

學長將那隻小熊吊在我泳衣袋的拉鍊上，然後給了我一個暖暖的微笑。

我看著那隻小熊，儘管做工有些粗糙、左右也不完全對稱，不過一想到這是學長一針一線親手縫製的禮物，添加在泳衣袋上的重量似乎也跟著實在了起來。

「謝謝，我會珍惜的。」我低聲說道。

到了早自習時間，學藝股長傳了一張大卡片下來，他說因爲今天是教師節，而且班導的生日也正好在十月初，因此希望全班同學在下午最後一節班導的課之前，在卡片上寫好給班導的祝福的話。

因爲只有一天的時間可以準備，卡片傳到自己手上時，大家都盡量抓緊時間寫下想說的話。

第一節數學課的上課鐘聲敲響時，卡片正好從燦熏那裡傳到我的手中。我看了一眼教室門口，老師還沒有來的話，應該可以寫一下吧？

然而，我才寫幾個字，老師便走了進來。我趕緊將卡片塞進抽屜內，卻還是被老師捕捉到了這個畫面。

「在寫大卡片啊？」他笑了笑，「是因爲教師節嗎？」

這下尷尬了，我們只準備了一張卡片要給班導，雖說老師可能也會從自己帶的班級那邊收到祝福，但被目睹寫卡片的現場，還是讓我有種難以言喻的困窘。

「是寫給我們班導的生日卡片啦。話說汪汪，你什麼時候生日？等你生日，我們也會準備一張大卡片給你喔！」燦熏很自然地回了話，不曉得是不是在爲我救場。

經燦熏這麼一問，班上同學的好奇心也被挑起，紛紛開口想知道老師的生日。

「我一向不跟學生說我的生日，不想麻煩你們特地準備什麼給我啦。」老師看上去有點難以招架這股熱情，然而仍是堅決不肯透露。

「老師，拜託啦！」

「我們只是好奇想知道而已嘛！」

面對著大家發亮的雙眼，老師舒了一口氣，說道：「好吧，那我們各退一步，到我生日當天我會跟你們說，這樣你們能知道我的生日，而我也不用擔心你們會提早為我準備禮物或卡片了，如何？」

明白這是老師的底線，班上同學們也只能妥協，但不忘叮囑老師要記得這件事。

等到老師終於開始上課，我點了點前座的燦熏，悄聲道：「你還說你不喜歡老師，結果卻帶頭提議要寫卡片給他。」

「這可真是天大的誤會，我只不過是想造成他的困擾罷了。」燦熏莞爾，「我們高一時不就有人問過他這個問題了?當時他也是給出這樣的答案，可是一年過去，我們也沒聽到他說哪一天是他生日啊。不過班上同學似乎也沒有很介意，大概都忘記有這回事了吧。」

其實我記得，我也有想過，可能老師生日那天剛好是國定假日或寒暑假，所以老師才能每次都用這個理由來搪塞，藉此隱瞞自己的生日。我看著燦熏，卻沒有把這些話說出口。

「今年我就故意再提一次，看看會不會有人發現，汪汪就是個說到做不到的人。」燦熏得意地勾起嘴角。

好吧，看來燦熏對老師的反感，似乎比我想像的還要深呢。

下午的游泳課，我拎著泳衣袋，和燦熏並肩前往泳池。

「妳怎麼掛了一個醜醜的吊飾？」因為小熊會隨著我走路的步伐而晃來晃去，燦熏很快便注意到了它。

「學長親手做的。」我回應。

「哦——」燦熏一副恍然大悟的模樣，「太有心了吧？」

我笑了笑，沒多說什麼。

當我進到更衣室，要打開泳衣袋時，才發現因為多了小熊，開關泳衣袋變得沒那麼順手，需要一些時間去習慣。

從來沒掛過吊飾的我，第一次意識到，原來僅僅是一個吊飾，就能夠散發出這麼強烈的存在感。彷彿只要看著它，就能感受到送禮者的濃濃心意。

然而，出乎我意料的是，放學後，學長來接我時，卻把小熊吊飾拆了下來，放回他的背包裡。

「因為我覺得這隻小熊還不是很完美，但又急著想要為妳做點什麼……所以我想說可以先交給妳，讓它陪妳上完游泳課後，我再把它帶回家加工。之後我也可以每週都幫它更換不同的造型或配件等等，讓妳每週都有期待和新鮮感，不再那麼排斥星期三。」

我看著學長誠摯而盈滿暖意的雙眸，頃刻間有點說不出話來。有那麼一剎那，我的心底冒出了一絲絲的歉疚。

所以當學長的臉緩緩向我靠近時，我也配合地闔上了眼，直到感覺唇上的溫熱離開後，才重新把眼睛睜開。

「咦，汪汪？」

我整個人頓時僵住。根據學長的視線推測，老師現在應該在我的後方。我沒有回頭，也不敢回頭，只是拚了命地在心裡祈禱，祈禱老師無法從我的背影認出我——然而事與願違。

「是筑嫣跟……雙翊，對吧？抱歉，我是不是打擾到你們了？」

「沒想到老師還記得我的名字。」學長笑了笑，「沒有打擾到啦！倒是汪汪，你怎麼會到這條巷子來？」

「我今天早上來得比較晚一點，校內停車場沒空位了，只好把機車停在這……」

老師和學長隨意地聊了幾句，我卻覺得呼吸愈來愈不順暢。老師是從什麼時候出現在巷子裡的呢？剛剛的一切，他都目睹了嗎？他心裡是什麼想法呢？

此外，最重要的是——

就算我這麼在意，又能怎麼樣呢？

可是我快要喘不過氣了。

回到家後，我立刻衝進浴室，用力地清洗我的嘴巴。

洗不掉，怎麼洗都洗不掉！學長的吻好像黏在我的雙唇上似的，無論我如何刷洗，那種感覺依舊非常清晰。

我需要找一個宣洩的出口。

崩潰地回到房間，我抓起手機，卻不知道可以找誰。我的朋友本來就不多了，而我又不想讓燦熏知道這件事。

最後，我下載了燦熏最不推薦的那款交友軟體。

那是以前著名的網路聊天室改版而成的，功能非常陽春，不需填寫任何個人資料或上傳照片，只要點選「開啓新聊天」，系統就會自動配對對象。如果不想跟這個人互動了，就關掉聊天室，你們就不會再有任何聯繫；如果有一方超過一個星期都沒有回覆，系統也會自動將聊天室刪除，讓雙方都能徹底割捨這若有似無的緣分。

這款交友軟體正好適合現在毫無心情登錄資訊，只想隨便找一個人聊天的我。

我迅速開啓一個新的聊天，而對方也很快傳來了訊息，「男，十五歲。」

我打字的指頭停頓了一下，十五歲……這麼小？

這一刻，我忽然有點理解先前那些看到我的年紀後，覺得我是詐欺犯的人的心理。

不過對方的年齡是眞是假，對此刻的我而言根本不是重點。

「女，十六歲。」

「哇，我第一次遇到年紀這麼相近的人耶！」

「我怕狗。」

「我家裡有養一隻博美，很可愛啊！」

「然後，」儘管他很認眞地回覆我，我卻只是自顧自地打著字，「我喜歡的人，是我的老師。」

✦

第一次見到老師，是在高一第一堂數學課上。

「大家好，我叫汪傲海，接下來一年會擔任你們的數學老師。我和你們一樣，都是今年才來到這所學校的，讓我們一起在這個新環境裡加油吧！」

我看著講臺上的老師——休閒襯衫搭配西裝褲，頭髮似乎也有稍微打理過，黑框眼鏡後的雙眼盈滿熱忱，給人斯文認眞的感覺，再搭配端正的五官，整體稱得上好看順眼。

雖說念不念書還是取決於自己，但有些時候，授課老師給人的觀感還是會影響學生讀書的動力。

「今天是第一次見面，我先來認識一下大家吧！」老師拿起桌上的座位表，依序唱名，像是在努力記住大家的臉和名字一般。

每位同學他幾乎都是順順地叫過去，唯獨輪到我的時候，他頓了一下，「于筑……嫣？」

「有。」我舉起手的同時，也對上了老師的視線。

老師愣了幾秒，才不好意思地笑了笑，「抱歉，因爲這個字印得有點小，我剛剛一下子沒看清楚。以後也請多多指教囉！」

「好的。」我回覆道，一邊覺得這個老師冒失得有一點可愛。

這就是我對老師最初的印象。

後來，隨著認識加深，班上同學漸漸發現，老師的確不像我們傳統認知中的師長那樣正經又有距離感。相反的，他相當平易近人，沒有什麼威嚴跟魄力，再加上年齡相對也和大家沒差那麼多，眾人不知不覺中都會把老師當成平輩來對待，甚至還根據他的姓氏幫他取了「汪汪」這個綽號。

「可惡——我太大意了！」

某一節上課鐘響後，燦熏滿身大汗地走進教室，一開口便是哀號。

「怎麼了？」我看向當時坐在我左手邊的他，出聲關心。

「我們剛剛幾個男生跟汪汪一起打籃球，看他那副書生樣，以為他運動應該不太行，就誇下海口說不會讓他投進任何一分，誰知道居然被他成功闖過了好幾次。」燦熏懊惱地撓了撓頭。

「人家好歹是老師嘛。」我笑了笑。

「他是數學老師，不是體育老師好嗎！」燦熏握緊了拳，「不行，下次絕對不會再讓他得分了！」

看著燦熏這般氣憤的模樣，我只覺得很有趣，同時也感到有點意外，原來老師的運動細胞也不錯。

時間走著，轉眼已經接近第二次段考。

那時的我，成績不算突出，生活也沒有什麼別的重心，僅是普通地過著每一天，過著平凡而不起眼的校園生活。

只不過在某位同學因數學小考得到滿分，獲得老師繪製的笑臉之後，我莫名地燃起了一股鬥志，想試試看自己有沒有機會也能獲得一張這樣的考卷，成爲一個稍微有點特別的人。

恰好那陣子數學課教的單元我都滿能融會貫通，小考成績也都還不錯，因此我想，或許再多寫點練習題，自己就能夠得到一百分了。

於是，我幾乎把所有閒暇時間都投注在複習數學上，期望這些付出能有所回報。很幸運地，到了段考當天，忘記帶筆芯、肚子劇痛等等的狀況都沒有發生。我順順地寫完整張考卷，還不忘檢查兩遍，才信心滿滿地交卷。

等到發還考卷時，坐在位子上的我滿心期待，巴不得老師快點叫到我的名字。

「筑嫣。」

我幾乎是立刻從座位上彈起來，內心雀躍卻又不敢表現出來，緩緩地走上前領取考卷。

「這次考得不錯喔。」老師遞給我考卷時，面帶笑容地說了這句話。

只是當右上角的紅色數字映入眼簾時，我傻住了——八十一分。

我愣在原地，腦袋一片空白，一時不知該如何反應。

怎麼會這樣？我明明花了那麼多時間在準備，卻只考了八十一分？這甚至比平時小考的成績還低。

「筑嫣，怎麼了嗎？」

老師的叫喚令我回過神來，不過我沒有望向他，只是抿緊了唇，低著頭狼狽地走回座位。

在檢討考卷的過程中，我一直悶悶不樂。儘管老師說，這次段考的題目出得比較難，全班最高分就是我，然而當我發現我錯的題目其實之前都曾做過類似概念的題型時，我就更加憂鬱了。

「喂，妳幹麼？吃壞肚子喔，臉那麼臭。」下課後，燦熏跑來我的位子旁，一臉嫌棄地看著我。

「沒有好嗎。」我翻了個白眼。

其實我很想對他說出我的失落，但我已經是全班最高分，如果還抱怨自己的成績，是不是有點太不知足了？所以我假裝什麼事都沒有，隨意找了個理由敷衍過去。

只是我的腦袋卻還是忍不住一直去想，如果我再多想清楚一點，如果我能再更細心一點……

但事已成定局，我也僅能在心底默默安慰自己，下一次的表現會更好。

到了下午的打掃時間，我依然對這件事耿耿於懷。身爲副衛生股長的我，在外掃區檢查環境時，忽然聽見有人喚了我的名字。

我愣了愣，我是負責收尾的人，班上同學應該都已經先回教室了才對，怎麼還會有人叫我？

我回過頭望向聲音的來源處，才發現原來是老師。

他面帶微笑朝我招了招手，示意我過去。

想不透老師怎麼會突然找我，我帶著滿滿的疑問朝他走去。

老師領著我走進旁邊的數學科辦公室，回到座位後，他便一臉憂心地問：「妳還好嗎？有沒有什麼需要協助的？」

我眨眨眼，一時沒有意會過來。

或許是看我沒有反應，老師又接著補充，「我看妳今天數學課的時候好像沒什麼精神，想說妳是不是遇到什麼困難了……雖然我不是妳的導師，但如果有我可以幫上忙的地方，妳都可以跟我說。」

聞言，我才恍然大悟，原來我在課堂上的那些情緒，老師全都看在眼裡。

下一秒，我突然覺得很過意不去，明明只是在懊悔自己準備得不夠充分，這樣的小事，卻讓老師誤會成我好像遭遇什麼嚴重的大事。

我急忙澄清，「沒、沒有啦，是因爲我很想拿到老師畫的一百分笑臉，結果卻只考了八十一分，一直在責怪自己怎麼這麼粗心，所以才……」

我愈說愈小聲，到最後乾脆直接低下頭，不敢去看老師的表情。

老師聽完之後，似乎沒有完全相信，不放心地又再問了一遍，「眞的嗎？沒有發生別的事嗎？」

「真的真的！」老師的反覆確認，讓我尷尬到一心只想趕快逃離現場。

「那就好。」老師笑了笑，同時不忘安慰我，「其實這次出題老師真的有故意刁難學生，出了好幾個陷阱題，聽說連他自己教的班級都沒有人考滿分。妳能考到八十一分，已經很優秀了。」

語畢，老師拿了一張新的便條紙，在上面寫下了數字「81」。接著，他在「8」的兩個圓圈中間各點了一個黑點，然後把「1」改得稍微有點弧度，最後再將紙張旋轉九十度展示給我看，「妳瞧，這樣不也是個笑臉嗎？」

我看了看便條紙上的笑臉，再看了看老師，兩者微笑的弧度，竟然驚人地相似。

「妳聰明又認真，下次一定可以獲得真正的滿分笑臉，我相信妳。」老師把便條紙放到我的掌中，「快上課了，我該準備一下，妳也趕快回教室吧。」

「好的，謝謝老師。」

回去的路上，我將便條紙小心翼翼地捏在手裡。很神奇地，縱使最初感到丟臉，但聽了老師那一席話，我忽然就覺得能夠釋懷了，同時也有了下次要再更加把勁的動力。

那張便條紙上殘留的絲絲溫度，就這麼順著我的神經，沁入了我的心窩。

老師對每個人都這麼好嗎？

自那天之後，我的心底就冒出了這樣的困惑。老師並沒有叫我要保密，所以我認爲這應該不是什麼不能告訴其他人的事情，然而我卻從未聽說班上有誰也曾接受過老師這樣的對待。

班上有幾位女孩，可說是老師的大粉絲，幾乎每天都可以聽見她們在談論關於老師的種種。倘若老師也曾私下關心過她們，我相信她們不可能不拿出來說嘴。因此我漸漸忍不住開始猜想——會不會只有我，是被老師特別關注的？所以我擅自把這件事當成我和老師之間的秘密，從未和任何人提起，包括與我相當熟稔的燦熏。

只不過這麼一來，另一個問題就浮現了——爲什麼是我呢？

當這個疑惑在腦中生根後，我無法克制地開始去注意老師，試著從中找出蛛絲馬跡。

不曉得是不是錯覺，有時在課堂上與老師對到眼的時候，他總會對我淺淺彎唇；遇到不會的題目去請教老師的時候，他總是耐心地一一講解，在我終於理解了之後，又會毫不吝嗇地稱讚我；領取小考考卷的時候，我總能看見他眼中散發出滿滿的鼓勵……

這些小秘密一點一滴積累在我的心中，日復一日，等我意識到的時候，已經成了無法輕易抹除的鮮明印象。

後來在數學小考中，我雖然也曾拿過滿分，可是直到第三次段考，確定從老師手中接過畫有一百分笑臉的考卷時，我才眞正覺得自己雪恥了。

「恭喜妳。」

當我的目光從考卷上的笑臉移到老師臉上時，我聽見自己的心臟用力地跳動了一下。

我倉促地別開視線。

完蛋了，我想著。

第三章

「所以，妳因爲那次的關心，漸漸開始在意起老師，到最後發現自己喜歡上他？」

在我簡述完這段故事之後，螢幕彼端的人歸納出了結論。

「是。」我毫不猶豫地承認。

「哇，雖然我有想過可能會在網路聊天室中看見一些離奇的故事，但萬萬沒料到能遇上這麼特別的經歷。」他感覺甚是驚訝。

「你不會覺得我在編故事，很想趕快退出這個聊天嗎？」

「不會啊，反正我們互不認識，妳騙我又沒意義，我就當成眞人眞事聽啦！我倒是比較好奇，從那之後，妳就只是默默暗戀著老師，沒有採取什麼行動嗎？」

我看著這行字，稍稍頓了一下，「沒有。畢竟對方是老師，我能做什麼嗎？我還是有點自知之明。」

「妳的朋友不會起鬨叫妳追老師嗎？」

「我沒有向任何人說過，目前這件事你是唯一一個知道的。」

「這麼榮幸啊？」

「是，」雖然他看不到，但我還是微微笑了，「我很謝謝你聽我說，讓我這份隱瞞已久的心情，終於有了可以傾訴的出口。」

「妳這樣感謝我，我覺得有點不好意思，因爲我好像也沒有做什麼。但如果妳覺得我適合的話，我很樂意之後繼續當妳的傾訴對象喔！對了，妳可以叫我『阿森』，那我要怎麼稱呼妳啊？」

我眨了眨眼，發現自己從來沒取過網路上的化名。我想起以往自我介紹時，都會說自己是「奼紫嫣紅」的「嫣」，不如由此取個綽號吧？

「那就叫我『小紅』吧。」

「沒問題！那麼小紅，以後多指教啦！」

之後，我們又隨意地聊了一下，才互道晚安。

跟阿森聊天讓我覺得很放鬆，他不像以往在其他交友軟體上遇到的人，都有一股急著要找一個對象的壓迫感。

阿森說他和我一樣，只是單純地想透過這個媒介多認識一個朋友罷了。

最重要的是，他接納了我對於老師的那份感情，讓我終於有了能夠抒發心情的所在。

我知道自己是動了眞情，所以才不敢告訴任何人，怕他們覺得我怪、覺得我瘋。然而，如果是對著網路上的陌生人，這種焦慮就減輕了不少，很多難以啓齒的事情，好像也都變得能說出口了。

我多麼幸運，在差點喘不過氣的今天，遇上阿森。

洗過澡後，我開始整理書包，從資料夾內抽出滿分的數學小考考卷，放進房間裡的另一個檔案夾中。

這個檔案夾放的全是畫有笑臉的考卷，當然，最初的那張便條紙，也被我珍藏在其中。

我翻到有著便條紙的那一頁，細細撫摸便條紙上的筆跡。這是全世界只有我一個人擁有的、老師親手畫下的八十一分笑臉。

驀地，我突然想到一件不那麼相關的事。

明明在我的記憶中，燦熏也曾經和老師一起打球過，即使結果令他挫敗，他依然鬥志滿滿。

到底是什麼事情，讓他對老師的好感急遽下降？

後來的日子，過得還算平順。

即便那天被老師看見我和學長接吻，後續也沒有發生什麼事情。老師待我的態度一如往常，彷彿什麼事情都沒有看到過一樣。

這是理所當然的。我比誰都清楚，期望老師會因此介意什麼的，是多麼不切實際的幻想。

而學長也照著他所說過的，週三早上載我到學校時，將小熊吊飾掛在我的泳衣袋上，放學來接我的時候再將其取下。

每一次見到那隻小熊，我確實都有發現到它微妙的變化，像是不同的衣服裝飾，以及一些縫縫補補的痕跡。其實小熊到底好不好看、完不完美，我並不介意，但如果學長熱衷於此，我也不打算干涉他。

至於阿森，我們依然保持著聯絡。他會和我閒話家常、分享在學校遇到的趣事，甚至得意洋洋地告訴我他的生日是二月二十九日，因此要四年才會眞正過一次生日。

我也喜歡這種輕鬆聊天的感覺，但對我來說最重要的，果然還是那些關於老師的無處排解的細膩情緒，終於有了不必擔心會被洩漏的去處。

我告訴阿森，老師很用心，會努力記住每個教過的學生的名字，即使我知道，我也只不過是眾多學生的其中一個，我還是會爲他記住我的名字而開心，每次被老師喊到名字時也忍不住悸動。

我也告訴他，老師的字寫得工整漂亮，在我失去直視老師臉龐的勇氣後，我都只能透過黑板上老師寫下的字，來偷偷欣賞關於老師的一切，接著下一秒再叫自己醒醒。

我甚至還告訴他，其實我是打算放棄這份喜歡的。所以在升高二選組時，我明明比較喜歡數理，卻刻意選了一類組，爲的就是要避開主要負責二、三類組數學課程的他。

萬萬沒料到，卻依然遇上他擔任我的數學老師的狀況，而且在所有一類組班級裡，他只教我們班。

「這不就代表你們很有緣分嗎？該不會是老師刻意要求的吧？」

「別給我無謂的期待，我覺得應該只是我們學校的數學老師不足吧。」我冷冷反駁，「因爲就算看見我和別的男生互動較爲親暱，老師也無動於衷。假如他眞的會介意，他大可以師長的立場來叮嚀我，不是嗎？」

對，我說的是——和別的男生互動較爲親暱。

我有向阿森介紹和我同班已久、早已是對象外的青梅竹馬，但沒有透露學長的存在。

根據我們每次的對話，我感覺阿森是個天眞單純的少年，因此我擔心他知道某些事情以後，會離我而去。所以在感情方面，我只和他提老師的事情。

「妳可不可以傳老師畫的一百分笑臉給我看看啊？每次聽妳這樣努力爭取，我就很好奇到底那個笑臉長什麼樣子。」

「我不要，那是我的寶物，才不隨便跟你分享。」

不過隨著對阿森的認識加深，我發現他只有晚上才會回我訊息，白天則是失蹤的狀態，這算是我對他唯一小小不滿的地方。

「你在學校都不用手機？」

「我沒有行動網路，學校也沒提供無線網路，就算用了手機也不能回妳訊息啊。我反倒很驚訝，我們這個年紀有智慧型手機的已經算少見了，妳居然還有行動網路，妳爸媽應該對妳很好吧？」

我不禁感到錯愕。智慧型手機在高中生之間不是已經很普遍了嗎？莫非阿森的生活環境和我相差非常多？不過其實這也無傷大雅，反正每天晚上阿森基本上都在，就算我白天有什麼想說的話，只要先放在心底，到了夜晚再一口氣向他訴說就好。

比起找一位能秒讀秒回我訊息的人，願意聆聽我對老師的感情，對我來說重要多了。

「而且我在家也都是用電腦版的程式跟妳聊天，手機螢幕太小了，我實在不習慣用那麼小的鍵盤打字。」

我再度訝異了一回。在這個手機依存症嚴重氾濫的二〇二二年，像阿森這樣的學生，應該眞的是極少數了吧。

轉眼間，高二的第一次段考結束了。

犧牲掉其他科目後，我成功在數學考試中拿下一百分，又獲得一個笑臉。

段考過後，緊接著對學生來說比較重要的活動，就是十月底的運動會。一些熱衷運動的同學們早早就在準備，像我這種沒有太大興趣的人則是從現在才開始投入。

由於高中有分類組，各班的男女生人數通常不會很平均，因此學校的大隊接力是分成男子組與女子組在進行的。倘若班上男生或女生的人數不足十人，就允許跨班組隊。

我們班是一類組，七成以上都是女生，但恰好不擅長運動的學生占了相對多數，所以跑步速度不快不慢的我，也被選爲大隊接力的一員。

眼看距離運動會只剩兩週，熱血的體育股長每天中午都會帶接力賽的成員去練習，並希望大家在時間允許的情況下，放學後能再稍微訓練一下，培養接棒的默契。

班上的同學有沒有補習，其實彼此都略知一二，平時放學後總是直接回家的我，自然也只能留下來。

我的棒次被排在中間，且我的前後棒都是可以在學校待久一點的人，所以我們經常把握機會反覆練習，試著摸索出最適當的起跑時機。

某日，當我們練習完，正在收拾東西時，學長打了電話過來，說他今天可以來接我，叫我在學校等他一下。

通話結束後，我發現另外兩個女生的視線都集中在我的身上，一副欲言又止的模樣。

「怎麼了嗎？」我忍不住問道。

「那個……」其中一個女生有些躊躇地開口了，「是趙雙翊學長嗎？」

我看著她們，沉默一會兒，才回覆：「嗯。」

「哦——原來你們還在一起啊……」

「喂，妳說這什麼話，太沒禮貌了吧！」另一個女生輕輕拍了她一下。

「抱歉，我沒有別的意思，妳不要介意！」

「沒關係的。」我淡淡一笑，表示自己沒放在心上。

即使她們解釋了，我還是很清楚，她們心底眞正在想的是什麼。不過無所謂，這是我自己的選擇，我沒有後悔。

與她們道別後，我走進學校附近的一間迷你超市，想買個飲料解渴，順便等學長抵達。

明明已經十月下旬，天氣卻還是相當悶熱，現在的氣候眞的愈來愈怪了。我一邊感嘆，一邊轉進飲料櫃的走道，恰好看見想買的運動飲料只剩下最後一瓶。

我走過去正要拿取時，旁邊有一個中年大叔也正好伸出手，我們兩個人的手就這樣尷尬地停在空中，誰也沒有下一步動作。

「給妳吧，我挑別的就可以了。」最後是中年大叔先出聲，並客氣地收回了手。

「不好意思。」我向他點個頭，謝謝他的退讓。

此時，一道女聲闖入了我們之間，「爸，你不用讓給她啦！」

我轉過頭，發現來者正是瑄苺學姊的好朋友——大波浪捲學姊。

她氣沖沖地走過來，一把拿走架上那瓶飲料，塞進她爸的懷中，不給她爸錯愕的時間，就把她爸推往結帳櫃檯。

「于筑嫣，眞有妳的啊？我聽小苺說過妳會故意在合作社跟男生拿同一件商品的事，沒想到連在校外妳也會用這招，而且對象還是中年大叔，妳到底要不要臉？仗著自己有點姿色就這麼囂張？」

我看著她，沒有答腔，雖然我差一點就要開口謝謝她稱讚我漂亮。

「妳是不是眞的把別人都當笨蛋，以爲不會有人看穿妳的伎倆？」她湊近我，「還是說……妳的興趣，就是搶別人的東西？」

似是餘光發現她爸已經結完帳，大波浪捲學姊哼了一聲。

「給妳個忠告吧。不要以爲永遠都不會有人看穿妳，小心總有一天自食惡果。」

撂下這些話後，學姊便揚長而去。

我盯著架上空空的位置，輕舒了口氣，伸手拿起旁邊另一款飲料去付錢。

雖然我確實滿常在合作社做這種事，但今天這個插曲，眞的完全是意外。然而就這麼不幸，對方剛好是學姊的爸爸，讓我有一種被白白罵了一頓的委屈。

手機響起，學長已抵達。我摸摸鼻子，也只能自認倒楣，接著便前去與學長會合。

至於剛才她給我的忠告？我當然是沒有放在心上。

✦

時間很快地來到了運動會的前一天。可能是因爲比賽近在眼前，今天所有人放學後都配合地留下來練習。

「這幾天我們狀況滿不錯的，明天肯定可以拿到好名次！」天色漸漸轉暗，跑完最後一趟後，體育股長熱血地向所有人喊話，爲大家增添信心。

可惜天公不作美，就在大家士氣高昂的時候，一滴、兩滴的雨水落下，緊接著便是大雨傾盆，瞬間澆熄了我們的氣焰。

「喂，怎麼這麼突然啦！」

「快點去躲雨！」

一群人匆匆忙忙地躲到走廊，幸好我們反應還算快，才不至於被淋成落湯雞。

「大家趕緊回家吧，記得一定要把身體擦乾和做好保暖，萬一感冒就功虧一簣了！」在散會之前，體育股長不忘囑咐。

女孩們三兩成群，一起撐著傘，朝校門口走去，剩下我一個人，還站在原地。望著她們漸漸走遠的身影，我沒什麼太多情緒。在發生上學期的事情之後，我基本上就沒有同性朋友了，女生們和我最多也就維持「同學」這種程度的關係而已，我早就知道了。

拎起靠在牆邊的書包，伸手往裡面翻找了一下後，才發現我忘了帶傘。

這下子該如何是好呢？若是平時的星期五，學長都會來接我，但我記得他說今天社團有活動，還再三跟我道歉，並保證明天一定會到學校爲我的比賽加油。

瞄了一眼外頭的磅礴雨勢，看來只能請爸爸來接我了吧？只是不曉得他今天有沒有要加班，而且我現在也淋濕了，如果不趕快處理，眞的難保明天能健康地出賽。

正當我打算撥電話給爸爸時，一道熟悉而溫柔的聲音傳來。

「還眞的……幸好我有先確認時間，做好準備。」

我登時回頭，只見老師提著一個袋子徑直朝我走來。我還沒搞清楚狀況，他便將袋子遞給我。

「這裡面有一條大毛巾、一套乾的休閒服，還有一個塑膠袋給妳裝濕衣服。妳先趕快去廁所擦乾身體、換衣服，不然著涼了就糟糕了。」

我接過袋子，即使聽完老師迅速的說明，卻依然傻愣愣地杵在原地，腦袋絲毫沒跟上現在發生的一切。

「筑嫣？」

經老師一喚，我才稍稍回過神，恍惚地回應了一聲，然後走進最近的女廁。進入隔間後，我打開袋子，裡頭確實裝著老師所說的那些物品。我換下濕掉的運動服裝入塑膠袋內，接著拿出大毛巾開始擦拭身體和頭髮。

當毛巾覆蓋到臉上時，我聞到一陣洗衣精的清新香氣，和以前還會去找老師問問題時，坐在他身旁聞到的味道一模一樣。

我一驚，第一反應是要急忙將毛巾扯下，可是接著又想到現在不會有任何人看見，躊躇一陣後，我選擇貪婪地多吸了幾口。胸腔瞬間盈滿某種帶點罪惡感的味道，我卻情不自禁地覺得有點幸福。

只是當我將乾衣服從袋子裡拿出來後，又愣住了，雖然尺寸看起來大了一點，不過很明顯是女性的衣服。

如果大毛巾上有著跟老師的襯衫相同的氣味，應該能夠合理推斷，大毛巾是從老師家拿來的吧？手微微地顫抖了一下，我將那套衣服湊近鼻子前——還是同一種味道。

我忽然覺得幾秒前的自己很可笑。

多虧老師的高人氣，關於他的某些資訊早已不是秘密。學生們都知道，老師是去年才調來這個城市的，老家位於其他縣市。

照理說，老師現在並沒有和家人同住，而是獨自一人住在外面。

既然如此，那麼老師爲什麼會有女性的衣服？爲什麼會帶著裝有毛巾、衣物的袋子，這個袋子本來又是爲了誰而準備的？

某種可能性在我的腦中愈來愈清晰，但我倔強地不肯承認。我狼狽地將衣服穿上，然後回去找老師。

「妳換好啦？」老師溫柔一笑，將手中的熱可可遞給我，「我剛剛泡的，妳先喝，暖和一下身體吧。我去把機車牽過來，等等載妳回家。」

語畢，老師便撐起雨傘走往校內停車場。

我凝視著老師的背影，手中的熱可可緩緩上升的熱氣，讓我的視線不爭氣地跟著起了霧。

我是不是太容易滿足了？可是這一瞬間，我眞的覺得，就算這套衣服的主人另有其人，那又如何？我們之間本來就是不可能的，能讓老師這樣對我，已經是不可多得的幸福了吧。

老師回來的時候已經穿好了雨衣，他將一件全新未拆封的輕便雨衣交給我，「穿上吧。」

穿雨衣這種小事，平常兩三下就完成了，偏偏現在的我不管怎麼找，就是找不到雨衣的開口。

人在喜歡的對象面前，是不是會特別容易出糗？

我在心裡咒罵著自己的蠢，同時也顯得更加慌張。

老師見狀，莞爾一笑，「我幫妳吧。」他接過雨衣，不一會兒工夫就找到了開口，並爲我穿上，綁好帶子。

我整個人都僵住了。曾經努力想要迴避的老師，此時此刻就在我的眼前，爲我戴上安全帽，和學長替我戴安全帽時的感覺截然不同，就連呼吸，我都格外謹愼。心臟跳動的聲音震耳欲聾，在這麼近的距離下，老師會不會也聽見了？

即使如此，我卻又無恥地希望這個片刻能維持得再久一點點。

「好了。」老師終究還是退了開來，拍了拍機車後座，「上來吧？」

我的思緒仍然一片混亂，「……學校裡不是不能騎機車嗎？」

「今天雨下這麼大，警衛會睜一隻眼閉一隻眼的。」老師笑得有些孩子氣，「要幫我保密喔。」

那樣的表情令我的心跳又漏跳了一拍，我故作鎭定地坐上後座，視線範圍全被老師的背部占據，我嚥了嚥唾沫，將手伸往後面的扶手。

不能太放肆，我明白。

縱使獲得這般待遇，有些界線依然是不能輕易跨越的。他是老師，我是學生……我必須一遍又一遍地在心底提醒自己，才能克制住那快要衝破牢籠的感情。

順利回到家後，媽媽道：「我剛剛看到外面突然下大雨，又發現妳的傘放在傘架裡，還在想要不要叫妳爸去接妳，幸好有雙翊載妳回來，不然妳鐵定會感冒的！」

我低低應了一聲，沒有多解釋。整路上都暈乎乎的腦袋和逐漸升高的體溫，讓我不禁懷疑，自己是不是已經發燒了？

這時，媽媽注意到我的衣服，詫異地問：「妳身上的衣服是誰的？運動服呢？」

我一頓，低頭看了看身上的服裝，再看了看手中的袋子。

啊，忘記問老師，這些東西本來的用途是什麼，以及老師爲什麼會剛好也出現在那邊了。

✦

運動會這天，豔陽高照，天氣很好，我也沒有生病。我知道的，那些症狀根本不是因淋雨而起。

「妳怎麼黑眼圈這麼重？太緊張了，沒睡好嗎？」學長彎下腰湊近我眼前。

我瞬間從思緒中抽身，當下第一反應是想往後退，但是幸好，我成功地讓自己留在了原地。

「可能有一點。」不好意思地笑了笑，我不著痕跡地說了個謊。其實昨天晚上，我是在和阿森分享我和老師間發生的事，一不小心就聊到半夜才睡覺。

「我不管怎麼想，都覺得老師對妳是特別的欸，不然怎麼會願意載妳回家？」這是阿森的第一個感想。

「可是老師有女生的衣服……」

「他又沒說他有女朋友，妳就當作沒有就好啦！幹麼給自己找煩惱？再說，如果眞的有女朋友的話，就算妳是學生，也是個異性，他應該會知道要避嫌吧？還是妳覺得老師是那種無視女朋友心情的人？」

想了想老師平時各種貼心的行爲後，我不禁覺得阿森講得有點道理。但緊接著，我又甩甩頭，「喂，你不要亂給我希望喔！」

「我才沒有亂給，不然妳說，老師怎麼會那麼剛好出現在那邊？肯定是在偷偷注意妳！」

「一定只是剛好路過啦！」

「不不不，我怎麼聽都覺得他是有備而來，妳說服不了我的！不過其他人也眞的很沒同學愛欸，就算順路跟妳一起撐傘去公車站也不願意喔？」

我的指頭在螢幕上方停滯了一下，「沒辦法，我就班上的邊緣人嘛。」
「邊緣人？什麼意思？」
我愣了愣，他不知道「邊緣人」這個詞嗎？
「就是在班上沒什麼朋友，被排除在整個核心群體以外的人啊。」
「哦——原來你們那邊會這樣形容喔！很生動欸，好像可以想像得出那個畫面！」
我感到有些錯愕，也許這曾經是網路上少部分的人才會使用的詞彙，可是時至今日，我認爲這個用法已經相當普遍了。
縱使我先前就有感覺阿森可能是住在稍微偏僻的地方，但這資訊也未免太不流通了吧？我不禁覺得阿森這個人還眞的是滿稀奇的。
隨後，我們又小聊了一下，才結束對話，「時間不早了，我明天運動會，該睡覺了。」
「好，晚安，祝妳得到好成績！」
關掉交友軟體的程式後，我拿著手機躺在床上，盯著天花板，久久未闔眼。
雖然阿森總是堅持，老師心中的我有著不同於其他學生的地位，而我也每次都努力否認，然而說實話，我並不討厭阿森這樣的想法。
因爲即便嘴上一直說著不可能，但無法否認的是，我的內心深處還是藏有那麼一絲絲的妄想。而被他這樣沒有牽涉其中的人說了之後，就會更加助長我的期待，畢竟當局者迷，旁觀者清。

我在老師的心中，會不會眞的有那麼一點點特別？我是不是眞的能夠抱有這樣的奢望呢？

「恍神啦？要出發囉。」前座的學長出聲提醒。

淡淡說了聲好後，我抱住學長，學長衣服上的玫瑰香味再度竄進我的鼻腔。我皺了皺眉頭，這麼濃郁的香氣，我果然還是不太習慣。

大隊接力的比賽下午才開始，早上並沒有我出場的機會，因此抵達學校後，學長說他會先到附近的圖書館待著，晚點再來找我。

整個上午，我除了去看燦熏的籃球比賽，其餘的時間，我都坐在場邊滑手機。

籃球比賽並非以班級爲單位進行，學生們可以找校隊以外的人組隊參加。燦熏揪了幾個籃球同好一起報名，順利地通過好幾次的小組賽，一路闖進運動會當天的冠亞軍之戰。

對手是由三年級的學生所組成的隊伍，也是去年的冠軍。其中有幾個人長得特別高大，相較之下，燦熏那一隊的人看上去竟有些嬌小。

「小心不要被撞倒喔，我怕你一被壓就骨折了。」上場之前，我叮嚀燦熏。

「妳未免也太小看我了吧？我哪有那麼脆弱。」燦熏不滿地皺起眉頭。

場中央的裁判在哨聲後宣布球員集合，燦熏回頭望了一眼，接著面向我，「筑嫣。」

「嗯？」

「妳不跟我說聲加油？」

我眨了眨眼，還以為他要說什麼，沒想到是這種小孩子要糖吃的內容。本來還想損他幾句的，但想到時間不多，便配合地說道：「加油，打爆他們。」

燦熏笑了，拍了拍我的肩膀，「謝啦！」

雙方人馬列隊，互相打招呼後，便各自到場上就定位。

燦熏是他們那一組負責跳球的，雖然身高上不占優勢，不過憑著出色的跳躍力，他順利地將球拍給了己方球員。

我的內心也跟著激動了起來。可惜，在後續的傳球過程中被敵隊攔截，並且勢不可擋地一路過人至籃下，進球得分。接下來的戰況十分激烈，我並不是很了解籃球，只知道兩邊雖然有來有往，但燦熏這一隊顯然居於劣勢。

長長的哨聲再度迴響於體育館內，宣告著比賽的結束——燦熏那一隊，以六分之差落敗。

「可惡，就差一點！」燦熏走向我，一邊抓著頭，一邊哀怨：「如果我剛剛那顆三分球有投進就好了！還有那個傳球，沒有被擋下來就贏了！」

「我覺得很厲害了啦，對方是去年的第一名耶。能在高二時就拿下冠軍，代表他們實力很堅強吧？」我將他的毛巾跟水瓶交給他。

「所以如果我們能打敗他們，不就更厲害了？可惜沒有啊，我的小小心靈嚴重受創，不找個東西支撐我，我就站不住了⋯⋯」燦熏看上去相當沮喪，作勢就要倒在我的肩膀上。

「你別靠我太近啊，剛打完球滿身大汗的，臭死了。」我立刻往後退開。

「喂，于筑嫣，妳這個人有沒有良心？就當作是安慰一下我受傷的心不行嗎！」

「恕我拒絕。」我回給他一個禮貌的微笑。

一轉眼，上午的賽事就已全數進行完畢，直到下午的比賽開始之前，學生們都可以自由地去覓食。

燦熏原本問我要不要跟班上同學一起去吃午餐，但我想到學長畢竟花了一整天的時間來參與我的運動會，如果我連午餐都不跟他吃，似乎有點太說不過去了。

於是我婉拒了燦熏的邀約，邊前往大門，邊拿出手機打算聯絡學長，然而我卻先一步在人群之中看見了他。

他怎麼會在校門口？該不會提早過來等我吧？可惜了，本來還想給他一點驚喜的。

我收起手機，朝著他走去。等我終於穿過重重人牆，正想著不如繞到他背後小小嚇一下他時，才發現他身邊站了一個女生。

我蹙眉，怎麼又是她？

瑄莓學姊捉著學長的手臂，一臉著急地說著話。學長看上去雖然有些困擾，卻貌似也沒有積極地想甩開瑄莓學姊。

我還沒來得及聽見他們的對話，學長就先注意到了我。這時，他才慌慌張張地將自己的手臂抽離，滿臉焦慮地向我解釋，「筑嫣，妳別誤會，我只是想說先來校門口等妳，是她自己來找我講話——」

「雙翊，我眞的沒有騙你！」瑄莓學姊語帶哭腔地喊著，吸引了一些路人的注意，「求求你再張大眼睛看看，再好好想想吧……」

學長沒有回頭看她，反倒是我跟瑄莓學姊對上了視線。她的眼眶已經溢出淚水，我則是面無表情地走向她。

「學姊，」我湊到她的耳邊，悄聲地道：「原來妳也是那種，會刻意去跟有女朋友的男生說話的人嗎？」

她瞠大了眼，想說什麼卻又說不出口，便倉皇地離開了現場。

我走回學長身邊，罕見地主動勾住他的手臂，「學姊說了什麼嗎？」

「她只是亂編了一些關於妳的故事而已。放心，我根本沒把她的話放在心上，那些內容我現在就已經忘了。」學長似是要我安心，輕輕拍了拍我的手背。

這樣聽來，瑄莓學姊可能是跟學長講了我在合作社裡做的事？好吧，爲了不讓她再抓到把柄，最近稍微收斂一點好了。

「我知道了。」我乖乖地點了點頭，「那我們去吃午餐吧？你很久沒在這附近吃了，有沒有特別想吃的？」

「那就去後門那家日式丼飯吧，我以前是常客呢。」見狀，學長擔憂的神色終於一掃而空，放心地彎了唇。

下午的重頭戲，便是大隊接力比賽。由於班級數眾多，因此會等所有班級都跑完之後，再依據秒數選出各年級的冠軍。

先登場的是男子組，燦熏也有參與大隊接力比賽。雖然他的這支隊伍是跨班組成的，但能挑的人選還是相對較少，因此即便擔任第一棒的燦熏如一陣風般衝了出去，成爲首位交棒成功的人，後面幾個棒次還是陸陸續續被其他班級超過，最終只拿了該小組的第四名，注定與總排名前三無緣。

「我後悔選一類了。」回到班級休息區時，燦熏氣餒地說著。

「你這是瞧不起一類？」我挑眉。

「我開玩笑的好嗎，那麼認真幹麼。」燦熏彈了一下我的額頭，「選組這種事情攸關人生未來方向，當然是審慎考慮過後才做的決定。」

聞言，我偷偷心虛了一下，只好假裝調整坐姿來掩飾自己的內心。

緊接著就是女子組的比賽。我們班抽到高二的最後一組，所以先在場邊熱身，直到即將輪到我們時，才到操場中間集合。

槍聲一響，跑道上就位的學生們瞬間向前奔去。眼見前面棒次的同學一個一個接棒出去了，我也漸漸緊張了起來。

終於，排在我前面的女生也已經接棒跑了出去，換我站上跑道預備。

我的前一棒和別班同學的速度不相上下，我和隔壁的女生一直不曉得誰應該站在最內圈接棒。在過彎的時候，我們班的人搶得先機，也確定由我站在第一道接棒。

我回想平時練習的情景，看準了我跟她之間的距離後，將手伸向後方，開始往前助跑。

棒子交到我手上之後，我拔腿奮力衝刺，不求超越前面的人，至少希望名次不要更往後掉。不料，只比我晚一點點接到棒的女生似乎鐵了心想贏過我，一直緊跟在我的旁邊，甚至試圖要在彎道時超車搶跑道。

不行，不能讓她超越我！我加快腳步，想守住現在的名次。

忽地，我感覺到右後方的一陣撞擊，眼前的世界瞬間傾斜了九十度，連帶著撞上在操場左側加油的人，左膝及小腿因爲刮過跑道而感受到一股灼熱蔓延開來。

我跌倒了，由於後方的人沒抓準距離，在意圖超越我時撞上了我，我們雙雙摔倒在跑道上。接力棒隨之掉落，發出清脆的聲響，我的心也跟著涼了。

說什麼不要讓名次往後掉，這不是完蛋了嗎？我試著爬起身，然而左腿的刺痛令我一時無法支撐全身的重量，因此又再度摔倒在跑道上。

該怎麼辦？現在到底要怎麼做才好？我慌亂地張望四周，也不知道是在尋找什麼，或許只是想要找個能給我一點指示的人。

此時，我瞥見一個身影，正慌張地朝著我的方向跑來，我霎時紅了眼眶——是老師，老師又來幫助我了。

「不然妳說，老師怎麼會那麼剛好出現在那邊？肯定是在偷偷注意妳！」

阿森曾經傳來的文字忽然出現在我的腦中，這一刻，我是眞的相信他了。顧不得壓抑心意，我望向老師，看著他愈跑愈近，期待著他即將給我幫助——

「瑄莓！」

然而老師開口喊出的，並不是我的名字，我看著老師越過我，在我身後不遠處停下腳步。我艱難地回過頭，這才發現，原來我剛才跌倒時撞到的人，是正在爲其他人加油的瑄莓學姊。

瑄莓學姊摔坐在地上，而老師正蹲在她的身邊，關心她的傷勢。

原來不是我……老師那紊亂且焦急的步伐的終點，原來不是我啊。

而且怎麼正好是撞到瑄莓學姊呢？我今天是不是跟她特別不合？妒火灼燒我的胸口，然而僅僅一秒後，我就冷靜下來了。

于筑嫣啊于筑嫣，妳是不是眞的被洗腦了，以爲自己在老師心中是獨一無二的？我早就知道老師和瑄莓學姊認識，在這個情況下，老師選擇關心纖細又脆弱的瑄莓學姊，不是完全可以預期的嗎？這也證明了阿森和我的臆測，全都只是太過美好的假說，可笑至極。

十月底的陽光明明已經不那麼亮了，我卻覺得眼前的畫面好刺眼。羞恥與慚愧的感覺瞬間湧了上來，我咬緊牙關，死命地站了起來，撿起掉在地上的接力棒，豁出去似地往前衝，我想快點逃離這裡。

「喂，別跑了，停下來！」燦熏的聲音從人群中冒了出來，不知道什麼時候，他已經跑到我的身邊，在操場內側和我一起跑著。

然而我沒有理他，仍舊頑固地奔跑。

「于筑嫣，妳聾了是嗎？」燦熏的語氣滿是著急，「妳的腿流血了！快給我停下！」

我倔強地繼續邁步向前，直到將接力棒交給下一棒的同學後，才腿一軟，重心不穩地往一旁倒去。

燦熏牢牢地接住了我。這個時候，我才看見我的左小腿上，肆意張狂的血。

「妳瘋了？那樣一摔，早就不可能追上其他人了，妳幹麼堅持跑完？」

我沒有回應，眼神空洞地望向遠方，直到認出正努力穿過人群，似乎是想走到我身邊的學長。我心一顫，馬上拉了拉燦熏，「帶我去保健室。」

燦熏錯愕了一下，但還是回應我，「妳能走嗎？腳有沒有扭到？」

「可以，沒問題的。」隨著學長愈靠愈近，我也愈來愈緊張。

燦熏將我扶起，我們準備朝保健室前進。

學長也在此時抵達我身邊，「筑嫣……妳還好嗎？要不要我帶妳去醫護站？」

學長口中的醫護站，是臨時設立在操場邊的急救中心。運動會是個受傷機率偏高的活動，保健室阿姨們必須隨時在旁邊待命，才能第一時間協助處理各種狀況。

我搖了搖頭，「我的傷勢有點嚴重，讓燦熏帶我去保健室就可以了，學長你留下來繼續看比賽吧。」

醫護站說到底還是臨時設立的，設備跟藥品比較不齊全，因此到保健室仍舊是比較好的作法。而保健室位在教學樓內，像今天這樣校園對外開放的日子，警衛對於教學樓的管理更加嚴密，若非在校師生是無法進入的，就算是身為校友的學長也一樣。

學長本來還想說些什麼，可最終也只能同意，「好，那妳如果有什麼需要，再隨時聯絡我。」

「嗯，謝謝。」我費盡全力微微牽動嘴角。我不是沒有看見學長攥緊的拳頭，而是選擇視而不見。

此時此刻，我沒有任何力氣應付學長，沒有辦法假裝自己有他在身邊就覺得幸福，更無法虛偽地撐起笑容。所以就算我不曉得自己的傷勢到底嚴不嚴重，我還是堅持要躲到學長無法踏入的保健室裡。

至少在燦熏身邊，我可以不用強顏歡笑。

然而，就在我們起步出發時，我還是克制不住朝老師的方向瞄了一眼。我看見老師也恰好望向這邊，視線似乎是集中在我和燦熏的身上。

如果是幾分鐘前的我，大概會猜想，老師是不是也在擔心我呢？可是現在，我只覺得老師肯定是剛好轉了頭，剛好和我對上目光而已，絕對不是有心的，所以真的別再胡思亂想了……

我跛著腳來到保健室，保健室阿姨先幫我清理、消毒傷口，再敷上一層藥後，才替我包紮起來。

「摔成這樣很嚴重欸！雖然爭取好名次很重要，但也要注意安全啦！」保健室阿姨完成所有步驟後，不忘再度叮嚀。

「阿姨妳知道嗎？她跌倒之後，還不要命地爬起來繼續跑。」站在一旁的燦熏冷冷地補充。

我白了他一眼，保健室阿姨則露出一副不可置信的表情。突然，保健室阿姨放在桌上的手機響了起來。

「喂？什麼？紗布、消毒水跟優碘都用完了？好好好，我現在拿過去。」掛斷電話後，阿姨放了些藥品到一個大袋子裡，接著對我們說：「醫護站那邊很多東西都不夠了，我要送過去，你們就先在這裡休息吧！唉，要是可以選擇，我也想一直待在冷氣房內，不然外面天氣眞的好熱……」

保健室阿姨一邊咕噥，一邊離開了保健室，留下我跟燦熏兩個人。

「妳看，連保健室阿姨都覺得妳很誇張。」

「你不要多嘴的話，阿姨會知道嗎？」

我們慣例地互嗆完後，便是一陣沉默。我不曉得燦熏此時此刻在想什麼，然而一安靜下來，方才目睹老師跑向學姊的畫面，就不斷在我腦海重播，令我的眼眶漸漸酸澀了起來。

自尊心不容許我在燦熏面前落淚，我只能拚命忍耐，並期望他不會發現。

「你不回去操場看比賽嗎？等等有教師組的接力賽，錯過的話很可惜耶。」我找了個藉口，希望能支開他。

他盯著我的臉瞧了一會兒後，開口道：「有這麼嚴重？」

「咦？」

「眞的有這麼痛？」他換了個說法。

驚覺可能是情緒暴露了，我一愣，急忙思索還有沒有什麼藉口可以搪塞。不料下一秒，燦熏就將我的頭靠至他的腹部，手還輕拍著我的後腦杓。

他的舉動令我嚇了一大跳，「你、你做什——」

「好了，這樣我就什麼都看不到啦！」他淺淺一笑，語調乍聽隨意輕快，語氣卻是前所未聞的溫柔，「所以妳想做什麼都可以喔。」

啊，果然還是被看穿了嗎？我知道再嘴硬下去也沒什麼意義了，直接投降，「那你離開保健室不就好了？」

「我想吹冷氣嘛。」

「你知不知道，幾分鐘前還在操場上曬太陽的男生，身上眞的很臭？」

「反正妳哭一哭鼻塞就聞不到啦。」

「喂！」被直接了當地點破，我有些氣急，「你怎麼說出來了啦！」

或許正是因爲被燦熏說破，我的眼淚頓時憋不住，如同失控的水龍頭一般奔騰而出。

「可惡，都是你害的！」我抽抽噎噎地說著，「到時候你的運動服上全是鼻涕也不能怪我！」

燦熏輕笑出聲，「怎麼可能？我一定找妳討洗衣費。」

儘管他嘴上這麼說，他拍著我後腦杓的手卻沒有停下，一次又一次，輕柔而規律地。

我將積累的情緒全部宣洩在他的安撫中，他靜靜地聽著，始終沒有嫌棄，也沒有嘲笑。因爲老師跑向瑄莓學姊而被緊緊鉗住的心，也總算稍稍找到一點喘息空間。從他的角度來看，應該會覺得我是因爲傷口痛到忍不住才落淚吧？但無論如何，我依然十分感激，在認識了這麼多年的他面前，我可以不用顧及無謂的形象，展現出最脆弱的一面。

他每一次的輕拍，若有似無地在我的心湖泛起了陣陣漣漪……

等我的情緒稍微平復了之後，燦熏勾起嘴角，「我還眞是心胸寬闊、以德報怨欸。上午我輸球，某人完全不讓我倚靠。」

我無言以對，說好的溫馨氣氛呢？

「所以眞的很臭嗎？」

「臭死了。」我撇過頭。誰叫他最後這麼煞風景，所以我決定不要告訴他，其實我並不覺得難聞，或者該說，早就習慣了。畢竟是陪伴在我身邊長達十年以上的，屬於燦熏的熟悉氣味啊。

運動會結束後，我聯絡了原先因爲參加親友婚禮而無法來看我比賽的爸媽，請他們接我回家。學長陪我在校門口等待，將我平安扶上車之後，又跟我爸媽簡單寒暄了幾句，才與我們道別。

「雙翊眞的是個很不錯的孩子呢，老公你也這麼覺得吧？筑嫣，妳怎麼有辦法跟這樣的對象交往啊？」回程的路上，媽媽感嘆道。

駕駛座上的爸爸板著臉，沒有表達認同，也沒有反對，畢竟做爸爸的總是不捨女兒，我想，沒有否認，大概已經是他最大的讓步。而我只是輕輕一笑，沒有再多說什麼。

回到家，千辛萬苦地避開傷口洗好澡後，我躺在床上，拿起手機，毫不猶豫地點開了與阿森的聊天室。

「阿森，在嗎？」

「嗨，小紅，運動會結束啦？如何，有沒有得名？」

「完全沒有，而且還跌倒受傷了，超慘。」

「眞的假的？還好吧？很嚴重嗎？」

「還可以走。不過比起這個，有件更重要的事情要跟你說。」

「什麼事啊？」

「我下定決心……」這幾個字，我打得很慎重，「要放棄老師了。」

「欸？爲什麼這麼突然？」

「沒什麼。」腦中閃過下午的種種，無力感令我不想多談，「只是徹底認清了……對他來說，我就眞的只是一名學生而已。」與所有人無異的，一名學生。

「是嗎……」即使隔著螢幕，阿森似乎也感覺到我的落寞，「總覺得有點可惜啊。」

「其實也沒什麼，我一直都知道這是一場不會有結果的暗戀，也早就打算放棄了。只不過最近恰巧跟老師多了一些接觸，才會讓我一度產生無謂的錯覺。」

「抱歉，這樣講起來我應該也有份，每次都是我在那邊亂說話，才害妳產生那些期待。」

「沒事啦，是我選擇相信你的。再說，當初要是沒有你，我心中滿溢而出的感情還眞不知該何去何從呢！」

「但是這樣一來，妳以後是不是也不會再上線了？」

「咦，爲什麼這麼說？」我驀地有點跟不上話題。

「因爲最初，妳不就是爲了跟我說老師的事情，才會和我聊起來的嗎？那如果妳放棄了，不就沒有必要跟我講話了？」

我看著螢幕上這幾行字，忍俊不禁，「我才沒那麼絕情好嗎？都聊這麼久了，你也是我的朋友啦。況且我們到目前爲止，除了老師，也有聊過別的事吧？」

「也是喔。」

雖然我從沒見過他，卻彷彿能想像到他現在尷尬傻笑的表情。

「那以後……就還是請妳多多指教囉？」

「嗯，你也是。」

關上螢幕後，我將前臂覆蓋在眼睛上。

沒錯，這樣就好了。知道我喜歡老師的人只有阿森，所以只要對阿森說出我的決心，肯定就能夠完全斬斷這份感情。我一定做得到的。

只是爲什麼，我又不小心流下眼淚了？那套老師借給我，現在被我收在角落的衣服，又該如何是好呢？

第四章

受傷之後，爲了不要讓我的腳有太多活動，有一段時間，都是由爸爸開車接送我上下學。到了學校後，燦熏會在門口等我，陪我一起走到教室，放學時也會扶著我到一樓等爸爸。

自從上次在燦熏面前大哭一場後，我見到他時都會有一點困窘，總覺得讓他看見了我丟臉的一面。然而他從來都沒提起那天的事，對待我的態度也和先前一樣，時間久了，我也就沒放在心上了。

「妳的腳到底什麼時候才會好啊？這樣害我每天早上都不能睡晚一點欸。」

「那你早點睡不就好了，爲什麼怪到我頭上？」我們總是邊吵鬧邊走到教室。

我很清楚，即使燦熏嘴上那麼說，隔天早上我還是會看見他在校門口等我。這是我們之間固有的相處模式。

然而，從旁人的眼裡看來，或許就不是這麼一回事了。

雖然早有人覺得我和燦熏過於親密，但只要稍有認識，就會知道我們之間眞的什麼都沒有。可是最近天天上演這樣的溫馨接送，有些愛八卦的人終於忍不住開始嚼舌。

「他們那樣，還能說是純友誼嗎？」

「她不就是上學期那件事的當事者之一？學長當初肯定沒想到，畢業之後會被綠。」

「不過當初學長決定跟她交往，就應該要有覺悟了吧？畢竟學長自己——」

「喂，」燦熏毫不客氣地走到她們面前，「妳們擋到路了。」

「哼，」那個女生並沒有收斂，僅是往旁邊踏了一步，「撿回收的，還以為自己了不起啊？」

燦熏沒再搭理她的酸言酸語，只是拉著我繼續向前。

經過她們的時候，我看向她們，微微一笑，「學長是知情的喔，謝謝妳們的關心。」

沒錯，作為原先會送我上下學的人，學長非常清楚現在的狀況。但他沒有表現出絲毫介意，甚至要我轉告燦熏，這段時間要多麻煩他了。

「不要讓妳的生活有太多困難才是最重要的。」學長笑著解釋，「我知道關燦熏是妳的好朋友，有他就近照料，我也比較安心。」

學長的這番話，令我覺得有些欣慰。至少在他的眼裡，我和燦熏之間，已經不再是需要讓他提心吊膽的關係了吧。

星期三早上，數學課。

由於上週六是運動會，星期一補假，星期二沒有數學課，因此這是睽違三天後首次見到老師。老師依舊是一身休閒西裝，講課的方式有條不紊，寫在黑板上的字工整漂亮。

我看著這一切，落入了思緒之中。

當被我看到和瑄莓學姊有接觸時，學長會慌慌張張地解釋，然而老師不會，也沒有必要。因爲我並不是老師的誰，只是眾多學生的其中一個，所以老師的態度就像什麼事都沒有發生過，是再合理不過的事。

認清這個事實，令我更加心酸。我挪開了視線，不再注意講臺上的動靜。

這是我下定決心要獲得畫著笑臉的考卷以來，第一次選擇不專心上課。即使我很清楚，這麼做對老師來說根本無關痛癢，只會害到我自己而已……可惡。

我努力抑制發酸的眼眶，直到下午的游泳課，由於傷口不適合碰水，我獨自留在教室內時，才拿外套蓋住頭，低聲抒發了一下情緒。

沒事的，我安慰自己。這只是必經的陣痛期，等時間久了，一定就能平常心看待了。

——才怪。

一個星期過去了，我的不適絲毫沒有減輕半分。我以爲我能夠漸漸釋懷，但這份情感始終壓在胸口上，教我喘不過氣來。

「傷口還是很痛嗎？」某天晚上和學長視訊時，他心疼地問著。

看來是我一時恍神，讓表情暴露了心情。

「已經好多了，現在碰水也沒問題了。」我努力揚起嘴角回覆。

「這樣十一月中的公民訓練，妳要參加嗎？」

「還是會吧，錢都繳了。」雖然曾經耳聞，那就是一個到山上餵蚊子的活動而已，但畢竟是和全班一起露營的難得經驗，因此我仍希望能夠參與。

「那妳到時候千萬別勉強自己，眞的有什麼不舒服，一定要說出來喔。」

我望著螢幕彼端滿臉擔憂的學長，心中不禁又有些愧疚。在他全心全意爲我著想時，我卻苦惱著關於另一個人的事。

當初我選擇學長時，不就已經決定要好好地注視著他了嗎？我還眞的是有待加強啊。

隔日，老師發下數學小考的考卷。

「筑嫣。」

老師喊我名字的方式沒有任何改變，我卻想摀住耳朵，不想讓那道聲音再次勾動心弦。

「我幫她拿吧。」前方的燦熏自告奮勇上前，拿了我的考卷後，再放回我的桌上。

「謝謝，」我小聲地說道：「不過我其實可以自己去拿的。」

「是嗎？」燦熏挑眉笑笑，「別太逞強吧。」

知道燦熏是一片好意，我也就沒再多說什麼。視線移向桌面上的考卷，我的眼神暗了下來。

六十二分？沒想到還有及格啊，可是這個數字，怎麼樣都無法畫成笑臉了吧……

放學時間，燦熏陪著我緩緩走下樓，要到校門口去等爸爸。

「欸，抱歉，我突然想到有本習作忘了帶回家。」走到一半，燦熏忽然說道。

「那你回去拿吧，我可以自己慢慢走過去。」

「反正妳爸從公司過來也沒這麼快，妳一個人在校門口等不是很無聊？妳在這邊等我一下，我馬上回來！」語畢，他發揮跑接力賽時的速度，迅速地消失在我的視線範圍之中。

想想燦熏講得也有道理，我索性靠在走廊的牆上，打算滑手機等他，卻沒想到會聽見意料之外的聲音。

「筑嫣？」

我嚇得手機差點掉到地上，僵硬地抬頭看向聲音來源處，「……老師。」

夕陽自斜前方照下，老師整個人沐浴在橙黃色的光芒之中，讓我覺得有點耀眼。

他朝我走近，在距離我三步之處停了下來，「妳還好嗎？」

似曾相識的對話，讓我的神經緗緊了一下。

「我看妳最近上課都沒什麼精神，考試成績相比之前也有點退步……不曉得妳是不是遇到什麼困難了？」

不要、不要再說了！我好不容易說服自己，在老師的心中，我和其他學生並沒有不同，爲什麼現在又要來說這種會讓我以爲自己有被格外關注的話？

我的心跳開始加快，喉嚨也一陣乾澀。

「我沒事，謝謝老師的關心。」狼狽地移開目光，我顫抖著從口中擠出這幾個字。

「眞的沒事嗎？我總覺得妳的樣子不太對勁，妳現在臉色看起來也不太好……」

「眞的沒事！」我毫不客氣地打斷，音量也克制不住地大了起來，「老師，我知道是因爲您人很好，才會這樣關心學生，可是有的時候，您這麼做很容易造成誤會，讓我以爲自己是特別的——」

我的聲音戛然而止。

我瞠著眼，徹底當機。我說了什麼？一時激動之下，我剛剛到底脫口而出了什麼話？老師不是笨蛋，聽我這樣講，他一定已經發現……

顧不得自己的腳尚未完全康復，我扭頭就往反方向跑，不敢再多看老師一秒。心臟像瘋了一樣劇烈跳動著，我大口喘著氣，卻吸不到什麼氧氣。

我沒有目的地奮力跑著，只想逃離。

「于筑嫣，妳幹麼？又發瘋了喔！」

我撞進燦熏的懷抱，因爲反作用力而向後跌倒，接著被對方牢牢扣在臂彎中，直到此刻，我才重新接上思緒。

燦熏的神色相當慌亂，我看著他，雙眼卻無法聚焦。

「你說得沒錯，」我啞著嗓，淒楚一笑，「我大概眞的瘋了。」

後來，我沒有向燦熏多做解釋，而他也沒有追問。燦熏對於我的情感一無所知，現在這個時機我也不願再去訴說。

即使對象是阿森，關於這一切，我也隻字未提。我不願去回想，也不願去面對。我只想快點遺忘這件事，裝作什麼都沒有發生過。

可是發生過的事不可能被抹滅，那件事就像一條毒蛇，用牠的毒牙，在我的心臟反覆啃咬，讓毒液不斷蔓延。

「我跟妳說，昨天送妳上車之後，我心血來潮跑去一個比較遠的籃球場，還在那邊遇到其他學校的學生，跟他們打了一場。結果我回家一查，才發現他們都是小有名氣的人。」

不曉得是不是因爲察覺到我低落的情緒，燦熏這幾天的話似乎變得比平常還多。他拿出手機，從社群網站上找到對方學校的官方帳號，「妳看，其中一個就是這個叫江燃的男生，是游泳隊的成員，他們學校還放了好幾張他的照片來宣傳；另外一個是這位叫蘇年的，看起來也是校內的風雲人物，還曾經被找去擔任平面廣告的模特兒。」他將手機放在我面前的桌上，「如何？」

「什麼如何？」我有氣無力地問。

「我帥還是他們帥？」

我白了他一眼後，才勉爲其難仔細地看了一下燦熏手機裡的照片。

或許是因爲長年練習游泳的緣故，名爲江燃的男生，有著一身精壯而線條分明的肌肉，沒有太多表情的臉爲他增添了一絲冷冽的帥氣；名爲蘇年的男生，看上去陽光外向，身材雖然不如江燃，但也是結實勻稱，面對鏡頭時展現的燦爛笑容，給人一種很好親近的感覺。

客觀來說，兩人的外表絕對都是頂標等級，可是我卻沒有太多悸動。

「他們帥。」這是我給燦熏的答案。

「妳看起來沒覺得他們有多帥就是了。」燦熏收回手機，「沒想到妳這麼專情啊？」

我瞪向燦熏，而他又如以往般，舉起雙手投降。雖然知道他是在調侃我和學長，但我的腦中，卻在那一刻浮現老師的臉，我的心又因此抽痛了一下。

至於老師，他依然是沒有任何變化。一如往常地上課、下課，我那天吼出來的近乎告白的言語，他似乎根本沒放在心上。

仔細想想，他可是備受學生歡迎的老師，被學生告白這種事，肯定不是第一次，大概也不會是最後一次。我不過就是那麼多人的其中之一，頂多是特別失控的一位而已。

對老師來說，無論是我、瑄莓學姊，抑或是其他人，都是他的學生，在我們有需要的時候，他都不吝於幫助我們。老師只是在盡他身爲老師的本分罷了，是我自己好傻好天眞，擅自誤會、擅自想像，甚至不講理地把氣出在他的身上。

從上個學期到現在，我的所作所爲根本就是多餘的，老師本來就不屬於誰。

我眞的是蠢斃了。

✦

這天，是舉辦兩天一夜公民訓練的日子。我的腳已經復原得差不多了，醫生說，這就是青春的力量。

跟著大家搭上遊覽車，我們的目的地是一個相當著名的露營園區，許多學校都會選在該地舉行公民訓練。

當我和阿森說，因爲公民訓練要到山上住小木屋，不確定到時候手機收不收得到訊號，或許會斷聯一天時，阿森很驚訝地回覆我，「妳說你們要住小木屋？」

「對啊，怎麼了嗎？」

「也太好了吧！小木屋欸！該不會還有床跟熱水吧？我國中去隔宿露營時，我們是六個男生擠在一個帳篷，睡在硬邦邦的地上，而且洗澡還只能洗五分鐘，水龍頭打開又全都是冰水，又冷又不舒服……」

阿森滔滔不絕抱怨了好多，多到我快要產生學校是不是挑了個豪華版行程給我們的錯覺。

一抵達目的地，將行李拿到小木屋放好後，我們立刻就被要求換上迷彩服，分批進行一連串的活動。

有些班級被帶去上軍訓與野外求生基本常識的課程，包括搭帳棚、三角巾包紮等等；有些則是去體能訓練場，體驗攀岩、垂降、高空繩索等項目。

雖然我的腳已經近乎痊癒，但爲了避免二次傷害，在體能訓練的時候，我只能待在休息區，看其他同學玩得不亦樂乎。

「喂，這個高度也太高了吧！」我看著燦熏在繩索上微微哆嗦的模樣，不禁爲無法將此刻的畫面拍下來而感到惋惜。若不是因爲手機被規定要放在小木屋內，我日後就可以拿著他的黑歷史照片無情地嘲笑他。

很快地，太陽西落，來到大家最期待的烤肉時間。然而，由於學生人數眾多，烤肉架有些不敷使用，因此搶不到食物變成常態，即使好不容易有了食物，通常要不是還沒熟，要不就是已經烤到半焦不焦的狀態了。

最後，我拉了張塑膠椅，坐在一旁，默默啃著白吐司，就在這時，我看見了老師。他是一班的導師，而一班的所有分組活動都和十二班錯開，所以在進行活動時，我們才一直沒有遇見。

他穿梭在他們班的烤肉架之間，正積極關心學生們有沒有吃飽。果然，他就是這樣一位會爲學生著想的老師，不是嗎？

「喏，給妳。」

忽然，一盤放著好幾個夾著肉片的吐司出現在我的眼前，將走神的我拉了回來。我看了看盤子，再看了看手的主人，「你不吃嗎？這幾片肉難得烤得不錯耶。」

「我已經吃飽啦！」燦熏滿不在乎地說著，「只是剛好看到有烤好的，想說不拿白不拿，況且妳的腳也不方便跟人家在那邊擠來擠去吧？」

「你太小題大作了啦。」我有些無奈，卻還是接下了燦熏拿來的食物，「謝謝。」

烤肉結束後，便是營火晚會，依照規定，各班都要準備一個表演，上場的順序則是直接按照班級來進行。也就是說，爲整個營火晚會表演揭開序幕的，正是老師的班級。

其實各班能表演的項目，不外乎就是舞蹈跟戲劇，所以我原先對這個營火晚會並不抱有什麼期待。直到我看見老師在一班學生的簇擁下被推上舞臺時，才稍稍提起了興趣，視線也不爭氣地朝老師看了過去。

不給老師推辭的機會，負責音控的輔導員立刻播放音樂，老師的臉色也更加困窘。然而，等到要進拍的時候，老師還是站定了位，和他們班上的學生一起隨著節奏擺動身體。

儘管與學生相比，老師的動作相對沒有那麼熟練，但絕大多數的舞步都有跟上，就連結束的姿勢都完美地融合在學生隊形之中，絲毫不顯突兀。

若不是平常學生練習時，他都有專注在看的話，根本不可能做到。

掌聲與歡呼圍繞著舞臺響起，也有不少人吹著口哨喝采。

「汪汪好帥！」

「安可！安可！」

我環視了一下整個場地，好多來自不同班級的學生都在替老師鼓掌，共同讚賞著老師的表現。是呢，他是大家的老師啊，而我只不過是一個，連爲他拍手叫好的勇氣都沒有的膽小學生罷了。

營火晚會在一片熱鬧之中畫下了句點。回到小木屋時，大家都已經筋疲力盡，輪流沖完澡後就關了大燈，要爲明天的闖關活動補充體力。

我卻不知怎麼了，遲遲無法入睡。

該不會是因爲顧慮到腳傷，很多會耗體力的事情我都沒參與，所以現在才不覺得累的緣故吧？

我已數不清自己翻來覆去了幾次，最後終於放棄，悄悄地從床上爬起來，摸黑找到手機，想看看有沒有人可以陪我聊天，或者滑個社群軟體也好。

可惜眞的被我猜中，山上訊號差得可以，動態下滑了幾十次都無法更新，訊息也屢屢傳送失敗，更別提要登入交友軟體了。

看了眼一旁皆已熟睡的室友們，我忽然覺得孤單又無力。雖說即使她們醒著，應該也不會和我聊天就是了。

月光透過窗戶照了進來，我望向窗外，昏暗的景色散發出某種幽靜而神祕的氛圍。手機上的時間顯示爲半夜兩點，我嚥了嚥唾沫，雖說現在是規定的就寢時間，但這麼晚了，負責看管的人應該也都已經去睡覺了吧？

我鼓起勇氣，推開小木屋的門，躡手躡腳地走了出去。少了人聲的喧囂，深夜的露營園區給人截然不同的感覺，所有生命皆已沉沉睡去，一片靜謐之下，再微小的聲音也都會被放大好幾倍。

我小心翼翼地走著，伴隨著踩過落葉的細碎沙沙聲，好奇地四處冒險。

山上的空氣比較清新，我仰望夜空，在沒有光害干擾之下，群星閃耀著，才從東邊升起不久的下弦月也已十分明亮。明亮到足以照亮我視線前方，那個坐在長椅上的身影，光線揮灑在他的側臉，我很確定我沒有認錯人。

怎麼這個時間，他還沒有回房間？我該逃跑嗎？撇開私情不談，我可是在禁止外出的時間跑出來閒晃的人，無論如何都該避免被看見。

然而，就在我往後退一步的時候，恰好踩到了掉落在地上的枯枝，發出清脆響亮的聲音，瞬間就引起對方的注意。

我們四目相接，卻都沒有下一步動作。

最後，是他拍了拍身旁的空位，溫聲問道：「要過來嗎？」

我看著他的笑臉，心跳微微加速。不要過去比較好吧？別忘了自己已經下定決心要放棄，更別提上次在走廊上鬧出的尷尬狀況，我想我應該還沒做好心理準備去面對。

我曾聽說，月亮擁有蠱惑人心的力量。在清冷銀光的照映下，我想，我大概是中了月亮的魔咒。

恍恍惚惚地，我朝著他走去，在與他間隔一個人的距離處落坐。

「睡不著嗎？」他問。

「有一點。」我點點頭，眼睛卻只敢看向正前方，想要盡可能自然地與老師說話，「老師呢？」

「抽到下下籤，所以要負責站哨，明明好不容易可以體驗住小木屋的感覺。」老師苦笑著，「以前我當學生時，學校辦的露營活動，我們都是住在帳篷裡，各項設備也沒有現在這麼高級。眞羨慕現在的學生啊……」

那一瞬間，我想起了阿森。

「其實還是有學校的露營是住帳篷的啦，是我們學校選的行程比較高級而已。」

「妳怎麼知道？」

「我聽我……朋友說的。」雖說是交友軟體上認識的朋友。

「朋友……」老師喃喃地複誦了一遍，接著輕哂，「這樣啊，朋友。」

我不曉得老師爲何而笑，然而此時，有另一件事讓我更加在意。總覺得老師給人的感覺和平常不太一樣？似乎變得比較健談？我偷偷往老師的方向瞄了一眼，才看見他的身側放著一瓶易開罐式的水果酒。

「老師偷偷喝酒嗎？」

「這個啊？」他將飲料拿到我面前，「這個酒精含量不到百分之三，稱不上是酒啦。不過未成年的話，還是不能喝就是了。」

但我仍舊覺得老師醉了，否則怎麼會跟我說這麼多話呢？明明我們平常私底下也沒有太多交流。

老師舉起飲料，宛如與月亮乾杯一般，「今晚月色眞美。」

我一愣，壓抑著內心深處的躁動，聲音有些顫抖地回覆，「……嗯。」

倘若今天出來遊蕩的人不是我，而是其他學生的話，老師也會邀請他一起賞月嗎？也會對他說「月色眞美」嗎？一定會的吧？畢竟我們都一樣，只是他的學生而已啊。

十一月中旬的山上已有了些許涼意，只穿著單薄睡衣就出來蹓躂的我，在吹了風之後，終究還是忍不住打了個噴嚏。

「會冷嗎？」老師馬上脫下外套披在我的身上，「穿這麼少就跑出來，還是年輕人勇猛。」

老師的體溫透過外套間接傳來，洗衣精的氣味包覆著我，讓我瞬間整個人都溫暖了起來。我捉緊外套，低下頭，「老、老師也還很年輕啦。」

「二十六歲在社會上來說是算年輕，但對高中生而言已經很老了吧。」他語氣無奈地道。

「我覺得不會。」

「是嗎？」老師笑了笑，「筑嫣，妳人眞好。」

我想，學校裡大多數的人，一定也都覺得不會。我不是特別的，我不是……盤旋在我腦中的疑問正無止境地擴大著，我終於忍不住地問道：「老師，您爲什麼沒有趕我回房間呢？」爲什麼願意讓我待在你的身邊？

「照理說確實是要這麼做呢。」老師失笑，「不過都這個時間了，妳會跑出來，想必應該是眞的睡不著吧。況且，本來規定的目的也只是要防止學生亂跑導致受傷或迷路，但我知道筑嫣妳不是會這麼做的人。再說山上沒辦法滑手機，既然如此，那多一個人陪我待在這裡聊聊天，也沒什麼不好啊。」

所以，是因爲是我，才沒關係的嗎？我能不要臉地這麼想嗎？

「不過有件事情，我倒是眞的有點好奇，希望妳不要覺得我多管閒事。」輕啜了口水果酒後，老師說道。

我靜靜地聽著。

「筑嫣……」老師頓了頓，「妳是眞的喜歡雙翊嗎？」

我錯愕地睜大眼。

「抱歉，我知道身爲老師，沒什麼立場干涉學生的感情。只是……從我上次不小心目擊的場景看來，我感覺妳並不喜歡雙翊吻妳。」

這確定是醉了吧？怎麼會有老師直接對學生說這種話？

「我還注意到，運動會那天，明明雙翊也到妳身邊了，妳卻選擇讓燦熏扶妳。或許是我思想過時了吧，可是假如是我，在那種情況之下，我肯定會比較想依靠我喜歡的對象。」

我一驚，張口就想解釋，「我對燦熏並不是——」

「我知道，這一點妳一直都沒變過。」老師莞爾，「然而，在朋友與男朋友之間，妳選擇了朋友，我唯一能得到的結論，就是妳並沒有那麼喜歡妳的男朋友了。」

我愣愣地聽著，一時不知該如何反應。更荒唐的是，即便是在被詢問的狀況下，我心上的某一處，卻依然爲了老師有注意到這些事而竊喜著。

原來老師當時並不是隨意地看過來，而是眞的有將一景一幕記在腦海之中。

內心雀躍的這一刻，我在想，是月亮的魔力生效？還是神祕的氣氛使然？

因爲我突然覺得，既然已經被看透，何不乾脆說出口呢？

「老師，您知道嗎？」我仰頭看向月亮，下弦月升得比剛才更高了，「我一直認爲，在這個世界上，能跟喜歡的對象一起終老的，是少數。多數的人，或許是因故錯過，或許是從未遇見，無論如何，最終可能只是選了一個當下最適合自己的人，便攜手走向未來。」

老師聽著，沒有作聲。

「如您所說，我並不是眞的那麼喜歡學長，但我知道學長是喜歡我的。雖然十六歲的年紀要講未來還不太夠資格，可是客觀而言，我認爲學長的條件是很不錯的。跟學長交往，我能有一個優秀的對象，他也能滿足跟喜歡的人在一起的願望，這不是兩全其美嗎？」

「妳沒有嘗試去追求妳喜歡的人嗎？」老師問。

一朵雲正緩緩蓋過月亮，使周圍的景色暗了下來，「……沒有。」

「爲什麼？」

這是明知故問嗎？「因爲我知道不可能。」

老師輕輕嘆了口氣，「雙翊知道妳的想法嗎？知道妳其實不那麼喜歡他？」

「當然不知道了。」我忍俊不禁。

「那這樣他不是很可憐嗎？」

「他能跟喜歡的人在一起，而且我也會和他牽手擁抱，甚至與他親吻，他怎麼會可憐？」

「但我記得當初是妳追他的？追自己的人其實不喜歡自己，如果我知道這件事，一定會非常難過。」

我一時語塞。

「再說……妳知道，如果親吻的對象，並沒有懷著和自己相同的幸福與悸動，是一件很悲傷的事嗎？」

「怎麼會呢？」連番的責備讓我有些不悅，「願意讓他親，他應該已經很高興了吧，反正不就是圖個形式而已嗎？」

「妳真的這麼覺得？」

月亮重新露臉，我藉著月光瞄了老師一眼，發現他的表情相當認真嚴肅，平日的親和在此時此刻完全不見蹤影。

下一秒，他伸手托起我的下巴，將他的唇覆上我的。

我瞪大了眼。彼此接觸的地方彷彿竄出一股電流，頃刻便蔓延到我的全身，一時之間令我不知所措。

心跳亂了方寸、腦袋一片空白，唯有唇上的觸感清晰無比，所有的神經細胞似乎都集中在嘴唇，有點飄飄然，有點不切實際。原來和心儀的對象親吻，感受是如此不同嗎？

當老師退開後，我清楚地看見他臉上平靜如水的表情，就好像在宣告著，方才我心中所有的體驗，在老師那邊，全部都不存在。認清這個事實後，我瞬間覺得自己可悲至極。

「對不起。」老師說完後，便離開了長椅，徒留我一人在原地，任憑眼淚放肆在臉上。

好痛……好痛啊……

「妳知道，如果親吻的對象，並沒有懷著和自己相同的幸福與悸動，是一件很悲傷的事情嗎？」

幾秒鐘前聽過的話在我腦袋中重複迴響著，我只能讓淚水恣意落下。老師果然知道我的心意，否則，他怎麼會在這個時候吻我？

眞的，好痛好痛啊。

那一晚，我徹夜難眠。

隔天，我以身體不適爲由向班導請了假，整天躲在小木屋內，逃避了闖關活動。我窩在棉被裡，睜眼閉眼看到的卻都是近在我眼前的老師的臉。一想到那個吻，某種既愉悅又痛苦的感覺就會霎時布滿所有感官，教我不知如何自處。

不同於每次被學長親完後，反射性地就想要盡快抹去的那種感覺，那一晚從外面回來之後，縱使我滿臉都是眼淚與鼻涕，也沒有去洗臉。

老師吻我的觸感還在，直到現在，我都還是忍不住會反覆地去觸碰。和老師接吻固然是幸福的，那卻是老師意圖給我的切身懲罰。

這麼說起來，老師此刻在做什麼呢？畢竟是負責帶班的人，想必是認眞在工作吧？他會因爲我們之間的事而受到動搖嗎？還是像他一直以來那樣，過得與平常無異呢？

我將老師借給我的外套留在長椅上，不敢將它拿回房間，深怕有人會因此發現我的外出，甚至察覺我與老師的接觸。不曉得那件外套最後有沒有回到它的主人身邊呢？

就這樣，我在房間內待到準備回程的時間，簡單整理了儀容，然後拖著行李離開小木屋。

在排隊等候遊覽車時，我遠遠地看見了在整隊的老師。一班與十二班，隔著十個班級的距離，我還是認出他來了。

他看上去精神奕奕，宛若什麼事情都沒有發生過。

昨天，老師說我是年輕人所以身強體壯；今天，我在想是不是因爲老師是成熟的大人了，所以知道要公私分明，不會讓個人的事情耽誤了該盡的義務？又或者是他眞的不介意？

移開目光，我拍了拍自己的臉頰。別再去想了，于筑嫣，妳受到的折磨還不夠嗎？

下山的路崎嶇顚簸，又有許多轉彎處，對於睡眠不足又沒準備暈車藥的我來說，成了一大考驗。雖然我已經坐在遊覽車前半段靠窗的位子，卻依然覺得腦袋好像被劇烈搖晃著，噁心的感覺也隨著一次又一次的震動而逐漸加劇。

坐在隔壁的女生正和後面的同學們開心地聊著天，我努力遏止著想吐的衝動，就怕會破壞其他人的興致。

「妳們知道嗎？關燦熏明明已經把帶來的泡麵都吃掉了，半夜還想跑出去找東西吃，我們都笑他肯定是晚餐時沒搶到食物！」

「眞的假的？怎麼印象中他拿了不少啊？還是他其實是個大胃王？」

他們交談的聲音此時此刻對我來說就像噪音，讓我的頭愈來愈痛，整個腦袋也愈來愈暈。

忽然，我聽見班導的聲音，「燦熏，車輛在移動時不要離開座位喔！」

我勉強地睜開一隻眼，看見燦熏拍了拍我隔壁女生的肩膀，「我跟妳換個位子吧，後面那群人說有勁爆的故事想跟妳分享。」

熱愛八卦的她當然答應了，蹦蹦跳跳地就往後面去了，完美示範何謂無視班導的警告。

我旁邊的位子空出來後，燦熏馬上坐了下來，接著又扭頭對附近的人說：「欸，我想睡覺，你們如果要聊天，記得小聲一點啊。」

「關燦熏你未免太大牌了吧！」一位男同學這麼說，但兩人平時其實感情很好，因此說完之後，他還是盡可能地沒有再大聲講話了。

我默默看著這一切，不禁覺得有點莫名其妙，燦熏這是在做什麼？隨後，我便注意到了他手中的塑膠袋。

或許是捕捉到了我的視線焦點，燦熏將塑膠袋遞給我，「有需要時就用吧。」

「……會有異味飄出來。」我有些猶豫，講起話來已是有氣無力的。

「放心，妳旁邊現在有我，妳吐完我會馬上把塑膠袋捏得緊緊的。」

「這樣豈不是太麻煩你？」

「我們的孽緣都持續這麼久了，還差這麼一件小事？」燦熏痞痞一笑，「再說，妳很麻煩，我早就知道了。」

我眞恨自己現在連翻白眼的力氣都沒有，「謝謝喔。」

熬過蜿蜒的路程後，終於抵達了學校。下車之後，我立刻聯絡了爸爸，燦熏則在處理掉我的嘔吐物後，陪我一起在校門旁等候。

「所以妳爲什麼失眠？」燦熏開口。

「我怎麼知道。」我用手按摩著額頭，「可能是認床吧。」

「少來，以前畢旅都沒聽妳說過會認床，何況這個小木屋的床睡起來超舒服。」

「我上高中之後突然會認床了，不行嗎？」

燦熏沉默了一陣，我依稀瞥見他的拳頭握緊又鬆開，「……應該跟汪汪有關吧？」

我萬分震驚地朝他看過去，「你、你在說什麼？為什麼會跟老師有關啊？」我乾笑了幾聲，想要掩飾不自然的語調。

「妳心虛了。」

燦熏說得太過肯定，我半晌都找不出言語來回應。

「于筑嫣，妳是不是真的太瞧不起我了啊？不管是今天在車上的事，還是關於汪汪的事。」燦熏轉頭面向我，神情是少有的認真，「很多關於妳的事情，我都知道，包括妳喜歡汪汪，還有上一次運動會時，妳究竟為何而哭。我猜妳在走廊上發瘋的那次也八九不離十吧？」

我還是怔怔地盯著燦熏，始終組織不出語言回覆他。

「看妳的反應，我應該都說中了。」他煩躁地抓了抓頭髮，「可惡，怎麼又是他啊？那種傢伙到底哪裡好了？」

「為什麼……」喉嚨極度乾澀，我終於喃喃地道：「為什麼你會知道？」

「我不是才說過嗎，妳到底有沒有在聽？」燦熏很是無奈，「身為認識妳最久的同學兼朋友，妳的事情，我怎麼可能看不出來？像是高一時，妳突然開始化妝打扮，應該也是因為汪汪吧？」

「那是……」我停頓了一下，才忽然意識到，「等等，既然你早就知道了，那關於我和學長，你都不覺得奇怪嗎？」

「那倒是還好，反正我本來就搞不太懂妳到底在想什麼。」他嘴角一勾，「況且，要跟汪汪在一起實在太難了，也沒有人規定只能和喜歡的人交往吧？不過，正是因為我知道妳不是真心的，所以才會時不時揶揄你們，原來妳是真的都沒發現啊？」

手機恰好在這時響了起來，是爸爸打來的，他告訴我再轉個彎就到了。燦熏見狀，也沒再繼續這個話題，送我上車後便與我道別。

我的整顆腦袋亂哄哄的。這趟公民訓練，發生了太多預期之外的事，我的頭腦一時已無法負荷。

回到家後，我立刻傳了訊息給阿森，想要拉他一起陪我陷入混亂的漩渦中，「老師跟我的青梅竹馬，好像都知道我喜歡老師了。」

然而，在晚上總是會很快已讀的阿森，今天卻反常地還沒有上線，或許是不在電腦前吧？

等到我要準備睡覺了，都還沒收到阿森的訊息。我雖然困惑，但又覺得可能只是他剛好在忙，便沒放在心上，畢竟最近令我煩心的事已經太多。

那一晚，我仍舊沒能睡好。

第五章

這週六，是學長的大學舉辦學系博覽會的日子。儘管時間上挨著公民訓練，學長擔心我會不會太累，但我還是告訴他，沒關係，我可以去。

早上起來後，我看著鏡中自己深深的黑眼圈，重重地嘆了口氣，看來今天要用掉不少遮瑕膏了。

費了一番工夫將自己打理漂亮後，我準時出門，坐上學長的機車，讓他載我到目的地。坐在後座時，我偷偷拿起手機看了一眼，阿森還是沒有讀取訊息。

在學系博覽會上負責介紹的主要是大二的學生，學長才大一，不需要做什麼工作，因此大部分的時間都可以陪我逛。

「妳有想要先看什麼學系嗎？」站在校門口的學系攤位地圖前，學長問我。各個學系的攤位位置是依照學院去區分的，而所有學院又依據類組大致被分成三大區塊。我的目光朝著理學院的方向看過去。

「都可以。」最後，我這麼回答。

「那我們先去商學院那邊看看？妳是一類的學生，而且我記得妳的數學成績滿好的。如果都沒興趣的話，我們再去社會科學院或文學院繞繞，反正都在附近。」

我的心悄悄地揪了一下，「好。」

學長牽起我的手，準備往校園內走去。

我正想回握住時，腦中卻閃過老師那天晚上說的話，「學長。」

「嗯？」

「你喜歡跟我牽手嗎？」

學長愣了一下，接著失笑，「沒有人會不喜歡跟女朋友牽手吧？」

看吧，學長是開心的。所以只要學長沒發現，和他牽手的我心裡其實毫無波瀾，那不就皆大歡喜了嗎？也不知道是在和誰賭氣，我用力地回握住學長的手。

學長感覺到我緊握的力道後，笑得更加燦爛了。

整個上午，我們都在一類組的區塊晃來晃去，幾乎逛遍一類組所有科系後，才到校外去吃午餐。

「過了午餐的尖峰時段，排隊的人少，也不用等那麼久了。」點完餐後，學長淺淺一笑，「如何，妳有比較感興趣的學系嗎？雖然妳才高二，距離大學還有一段時間，但我真的很希望能跟妳念同一所學校，所以才會迫不及待地想要帶妳來認識科系……」學長好像有些害羞，臉頰微微紅了起來。

我看著這樣的他，卻沒有太多觸動。想必老師看著我的時候，也差不多是這樣的心情吧……不對，我怎麼又想起老師了？

「要考上同一所學校，難度很高耶。不過，我回家會研究看看的，到時候如果有什麼問題，再來請教你。」我逃避地將視線挪向一旁收集到的資料，細聲說著。

「如果需要課業指導，可以隨時跟我說。」學長笑得開懷，「我很樂意，而且我知道妳天資聰穎，一定沒問題的。」

學長的期待剎那間轉變成某種壓力，無形地掐著我的脖子，讓我一時呼吸有點不順暢，只能不自然地牽動嘴角，說了聲謝謝。

這時，學長放在桌上的手機震動起來，畫面上跳出一串電話號碼，而非聯絡人名稱。學長瞄了一眼後，便直接掛斷，「最近這種莫名其妙的電話真多。」

「嗯。」我應聲。可是那串數字，我是認得的，學長應該也是。

用完餐後，學長問我，還有想去哪裡嗎？儘管我的腦中浮現了二三類組的學系攤位，我還是搖了搖頭，告訴學長我沒有特別的想法。

「那……」學長欲言又止了一陣，才彷彿鼓起勇氣般地說：「妳要不要來我家？」

我眨了眨眼，「欸？」這未免太突然了吧？

「怎麼說呢……雖然不是必要的，但我想把妳介紹給我家人認識。我很高興妳讓我跟妳的爸媽接觸，所以我想，我應該也要用同樣的方式對待妳才是。」見我有些猶豫的模樣，學長又補充，「妳放心，我的家人都很好相處，而且也不是什麼多正式的見面，妳就當來玩的就好。」

學長的語氣相當誠懇，眼眸中閃著隱隱的期待。在這個狀況之下，我實在很難拒絕，所以我點了點頭。

「太好了。」學長貌似也鬆了一口氣，「謝謝妳。」

面對學長如此純粹而直接的喜悅，我有些生硬地迴避了他的視線。幸好，今天出門前有費心打扮，至少應該不會讓學長的家人覺得不夠正式吧？

抵達學長家後，他在家門口又再次握了握我的手，似乎是在給我打氣，然後才拿出鑰匙打開家門。

「我回來了。」學長對著家裡喊道。

可裡面卻是一片漆黑，也完全沒聽到人聲或看見有人在活動的跡象。

「奇怪？」學長探頭看了看，「他們該不會都出門了吧？」

學長留下一句「妳等我一下喔」，便走進家裡。

約莫一分鐘後，他走了出來，「他們好像都不在家……對不起，這是我臨時起意的規畫，沒有事先跟他們確認好是我的疏失。」

「沒關係啦。」我擺了擺手，表示不介意。事實上，我原本緊張的情緒反而因此逐漸舒緩下來，畢竟我根本還沒準備好要讓學長的家人認識我。

「不過，都已經到這邊了……」學長的眼珠左右移動了一下，「妳要進來嗎？」

進去他家？和學長單獨待在一個室內？我的神經頃刻間又緊繃起來。

在他的認知裡，我就是他的女朋友，這個邀約並沒有什麼奇怪的地方，如果我現在拒絕，簡直就像是在說我不信任他一樣。

「好。」於是我這麼回應。

學長家中的裝潢走的是北歐風，家具與擺設以白色和木頭色系爲主，放眼望去清新宜人。地板使用的是淺色的耐磨地板，入內無需穿拖鞋，赤腳走在上面也不會太冰冷或堅硬。

帶我到房間後，學長又匆匆跑進廚房，說是要準備果汁給我。

我環顧四周，房間相當整潔乾淨，連床鋪上的被子也折得方方正正，像是刻意整理過一般。莫非學長本來就計畫好，今天要帶我來他家嗎？

這時，學長放在書桌上的手機又再次震動起來，來電號碼與剛剛吃飯時是同一個。我瞅了一眼，隨後擅自拿起手機，按下接聽鍵。

「喂，雙翊，你今天怎麼都不接我電話？我跟你說，我向學妹問到了，公民訓練的時候，那個叫關燦熏的學弟，好像還是有特別照顧筑嫣的樣子。我眞的覺得那已經超出『朋友』的關心範圍——」

「瑄莓學姊，」我打斷她的話，語帶笑意，「我就說嘛，我們果然是同類，尤其是喜歡接近有對象的男生這點。」

電話那端的人倒吸了一口氣，「筑嫣？怎、怎麼會是妳……」

「我沒資格請妳不要打擾學長，我知道。」我的口氣清冷，「但我有自信，不會讓妳再次得到學長。」

語畢，沒等她回覆，我就掛了電話，並且迅速解鎖學長手機，將這筆通話紀錄刪除。

學長的手機密碼是他自願告訴我的，說是爲了讓我安心，因此我就算這麼做，也無所謂吧？只是一連串的動作結束後，我卻覺得莫名地空虛。

我知道，這麼做一點意義都沒有，不過就是牽扯了一些無辜的人，讓他們陪著我一起受苦罷了。

然而，既然都已經做了，我也不願半途而廢，否則前面那些所作所爲，豈不都成了笑話？

「我回來了。」學長端著兩杯果汁回來，完美地錯過了剛才的鬧劇，「抱歉，花了比較久的時間，這是我用芭樂汁和柳橙汁調製的飲料，我滿喜歡的，妳喝喝看。」

「謝謝。」我看著那杯飲料，感到有些歉疚。

平心而論，學長對我並沒有什麼不好，或許偶爾有點不靈光，有時會吃醋，可是他很努力在改進了，我並非沒有看見。若他某部分的生活已被我弄得一團糟，起碼在其餘的地方，我可以對他好一點。

我應該要表現得更喜歡他，至少，不要讓他感覺自己很可憐，不要讓他體會到像我那一天，因老師不帶感情的吻落下後的撕心裂肺。

「妳要不要看我以前的畢業紀念冊？」學長提議，「抱歉，雖然是我說要來我家的，但其實我也不曉得能做什麼，只想到這個……」

「好呀。」我爽快地同意。

學長從他的書櫃上抽出幾本厚厚的畢業紀念冊放到床上，我和他一起坐在地板上翻看著。從幼稚園到高中，他一一向我介紹他的班級、他的好朋友，以及一些印象深刻的趣事。

「你的生活怎麼這麼多采多姿。」不得不說，學長講了許多精彩的故事，使我忍不住感嘆，「好可惜我都沒參與到。」

「但我的未來，妳都會是其中一分子。」學長看著我的雙眼飽含深情，「而且我敢肯定，有妳在其中的日子，肯定會更加閃閃動人。」

氣氛一瞬間曖昧了起來。我回望他，而他舉起一隻手，托起我的臉頰，緩緩地朝我靠近。

我明白，學長是想要接吻了，我配合地把眼睛閉起來，然而在那一刻，我腦中忽然浮現老師的臉——不要蓋掉老師的吻。腦袋裡冒出如此乖謬的念頭，我強壓下心中那份抗拒，闔上眼，讓學長的唇貼上我的。

沒事的，只要在心裡數個三秒左右就好，一直以來不都是這樣的嗎？

然而三秒過去了，學長卻沒有退開，彷彿還有些意猶未盡，甚至意圖想要索求更多。同時，他的手也變得不安分了起來，自我的衣服下襬緩緩地探入。

慢著，現在是什麼情況？

我知道自己是不願意繼續進行下一步的，但我該抵抗嗎？這個發展對於交往中的戀人來說，是不是很正常的事？學長是不是壓抑很久了？

我們已經交往一段時間，也是我自己同意來他家的，我是不是沒有權利在這個時間點說不？況且我剛剛才決定，要表現出喜歡他的樣子……

在我還未理出頭緒時，恍惚之間，我已被他放倒在地板上。他撩起我的外衣，一隻手先在我的腹部遊走，隨後緩緩滑至我背後，準備將我的內衣扣子解開。

「筑嫣……」

聽見學長喚我的低沉聲音，我感覺到密密麻麻的恐懼爬滿全身上下。不要、不要，我不想進展到這一步！但我沒有尖叫，沒有推開他，只是緊閉雙眼，靜靜忍耐著。

幾秒鐘過去，學長似乎沒有下一步的動作，壓在我身上的重量也消失了。我怯怯地睜開眼，發現學長滿臉愧疚地坐在我前方的地上。

「對不起，是我太心急了。」他抱著頭，看上去十分懊惱，「妳還沒準備好的話，我不該這樣半推半就地勉強妳，害妳嚇壞了……眞的很抱歉。」

這時，我才注意到，原來我的眼角已經滑下了幾顆淚珠。

「我去沖個冷水澡，妳趕快整理一下衣服吧。」學長說完，便離開了房間。

我躺在地上，等紊亂的呼吸平復後，才坐起身，將上衣重新穿好。

眼淚還沒止住，老師的話又再次迴盪在我的腦海。

雖然是未經我同意的學長有錯在先，但我知道，我的反應也讓他受挫了。我明明不想傷害他的，可是在這個關鍵的時刻，我終究無法背叛自己的心。

而這樣的我，竟然會經自以爲是地對老師說，這些親密行爲，也不過是圖個形式……

房外傳來嘩啦啦的水聲，我眼神空洞地呆坐著，視線好巧不巧覷見了放在書桌一角，學長親手製作的小熊吊飾。它穿著蘇芳色的兩件式泳衣，款式與我的如出一轍。

它看著我，我看著它……沒多久，我的眼淚又再次滑落。

因爲接下來就是期中游泳測驗了，所以學長才會爲它製作這樣的衣服吧？學長如此用心地在對待這份關係，懷著半調子心態的我，眞的還有自信能夠跟他交往下去嗎？頭一次，我產生了迷惑。

學長送我回家後，我習慣地點開交友軟體。只不過這一次我還沒點進阿森的聊天室，阿森就先傳了訊息過來，「好久沒收到妳的訊息了欸！公民訓練好玩嗎？」

我點進去後，看到這行字，瞬間充滿了困惑。

「不是你不讀我的訊息嗎？」我回覆道。

「我不讀訊息？哪有？我沒有收到任何妳傳來的訊息啊！」

我往上滑了一點，發現前一次我傳的訊息，眞的沒有出現已讀的字樣。

我截圖傳給阿森，「我眞的有傳，不曉得是不是系統出問題了。」

「哇，那不就還好我今天有主動問候，萬一我們誰都沒講話，七天一過，這個聊天室就會自動被刪掉了。對了，他們怎麼會知道妳喜歡的人是誰啊？妳告白了喔？」

我本來想回「才沒有」，然而仔細一想，似乎也不能這樣說，因此我改了字句，「可能是我表現得太明顯，所以被發現了吧。」

「妳才說要放棄的，結果怎麼反而被看穿了？」

被阿森直接點破，連我自己都覺得很可笑。

「老師知道後有說什麼嗎？明確拒絕妳了？」

「這……倒是沒有。」

「他只是吻了我，讓我知道沒有感情的戀愛談起來有多痛苦而已。」

我看著對話框內的這行字，最終還是刪掉了，沒有送出。畢竟這解釋起來，就得把學長的事也一併道出，實在太麻煩了。

「那不就表示妳其實是有機會的？如果我不喜歡的人喜歡我，我當然是馬上請對方放棄，怎麼會不把話說清楚呢？」

「雖然他沒有直接說，但也算是迂迴地表示我們不可能了啦。」

「妳確定？」

「確定。」

「好吧，畢竟我不是老師，也不好隨便猜測他的想法。」這一回，阿森稍微收斂了點，「不過……我還是覺得妳可以等明確被拒絕後再放棄。以前是妳覺得你們不可能，然而現在狀況不一樣，是妳告白了他卻沒有給答覆，說不定老師是因爲有些顧慮，所以才無法光明正大接受妳，但又不忍心回絕妳。」

有可能是這樣嗎？我看著阿森的訊息，落入了思緒之中。

可倘若眞是如此，老師又爲什麼要給我那個吻呢？在那個話題之後吻我，不管怎麼想，都只能覺得老師是在暗示我，他對我沒有意思吧。

「……我再考慮看看吧。」我和阿森繼續討論下去也不可能有結果，所以最後我只給出了這樣的回覆。

老師在躲我。發現這件事的時候，我很訝異，沒想到老師竟然也會受到影響。

當然，老師並不是很明顯地躲著我。平時上課時依然會有看向我的時候，發考卷時同樣會喊我的名字。

但我很清楚，老師的態度有那麼一點不同了，有一種不知道該如何與我接觸的膽怯。我一直注意著老師的點點滴滴，所以我很篤定老師的變化。

確實，撇開感情因素不談，吻了學生的確是件大事，如果我去告發的話，我深夜外出根本無關痛癢，但老師可能連飯碗都不保。可是我想要任性地相信，老師並不是因爲這麼現實的藉口而迴避我。

只是眞正的原因到底是什麼？我也不曉得。

在這種狀況下，我根本不可能去問老師，而且，我也還沒做好心理準備，要與老師交談——因爲我想我的視線只會朝他的嘴唇看去而已。

十一月底的週三，是期中游泳測驗的日子。

聽說以前游泳測驗並沒有辦得這麼晚，但因爲近年的夏天一年比一年長，即使到了十一月，有時氣溫甚至逼近酷夏，因此游泳測驗的日期也跟著年年往後。校方說法是讓學生能多學習一些游泳技巧……我眞是恨透了自己出生在這個時代。

不過，一想到未來或許只會炎熱得更久，我又覺得幸好現在還只是二〇二一年。

這天早上，學長一如往常地將穿著泳衣的小熊吊飾掛到了我的泳衣袋上。

「加油，妳沒問題的。」他對我微微一笑。

上次去學長家之後，學長沒有再對我做出任何出格的行爲，甚至連騎機車載我時，也不曾像先前那樣叫我要抱著他，徹底地尊重我的身體自主權。

我能感受到他眞心想要悔改的態度，因此我也選擇原諒他，畢竟眞正無法被原諒的，是我自己。

「謝謝。」看著小熊吊飾，我說道。

轉眼，就到了游泳課的時間。體育老師說，只要我們能在不著地的情況下，游完二十五公尺，就會給出及格的分數，而游得愈長，分數就會隨著游的距離再提升。

我的目標當然是游完二十五公尺就好，只求不要被當，免得還要重修。

測驗順序是男生先，接著才換女生。在男生們輪番上陣時，女生們可以先在旁邊的水道練習。

身爲男生的燦熏自然是去準備考試了，這成了我近期首次在沒有燦熏陪伴的狀況下練習游泳。

我反覆告訴自己，沒有問題的，後面幾次課程，在燦熏的協助與提點之下，我幾乎都有跟上進度，所以今天只要放輕鬆，一定能夠順利過關。

班上的座號是依照姓氏筆畫的多寡排列，而姓氏筆畫較少的我，成了第一位考試的女生。我們班的男生不多，且大多數男生都擅長游泳，因此很快就會輪到我。

儘管剛剛老師已經先帶大家一起暖身，我還是決定再多練習，熟悉一下水性。

我試著游了幾公尺，覺得狀況還算不錯，於是得意的我，想著或許可以再多游一點，便又鑽入了水中。

游到一半，我忽然感覺右腳底一陣抽痛，使我無法繼續踢水前進。我一驚，正想著要趕緊停下察看時，全身的肌肉驀地一陣緊繃，讓我瞬間下沉了不少，一眨眼間便吸進了一大口水。

我登時慌了，著急地想要往水面上游，胡亂地划動手臂，好不容易才讓口鼻探出水面，可無論我怎麼努力，卻好像只是吸進了水分，而不是空氣。

驚覺狀況不對，我想呼救，卻發現喉嚨已經不在自己的掌握之中，它只貪圖著氧氣，不肯發出任何聲音。

怎麼辦？我該怎麼辦？腳因抽筋而使不上力，拚命拍水的手也漸漸失去了力氣。口與鼻還在渴求著氧氣，手卻慢慢停下了動作，意識也開始模糊不清。

「筑嫣！」

那聲驚慌失措的呼喊，以及水花聲，是我眼一黑之前，接收到的最後訊息。

「咳！咳咳！」

「醒了！她醒過來了！」

吐出一堆水後，我擰了擰眉，緩緩張開眼睛，映入眼簾的，是老師無比擔憂的臉。

老師？他怎麼會在這裡？只見他身上的衣服都濕透了，總是梳得整整齊齊的頭髮也塌掉了，髮絲稀稀落落黏在臉上，髮尾不斷滴著水。看著這樣的他，我的心底泛起些微心疼，是我害老師變得這麼狼狽的嗎？

「太好了……」老師用氣音說著，聲音甚至有些顫抖。

「汪老師，謝謝你跳下水救人，還爲她做了心肺復甦術跟人工呼吸，後面交給我處理就行了，你趕快去體育室找件衣服來換——」

「不要緊，我帶她去保健室，順便在那邊借吹風機吹一下就好了。」老師拒絕了體育老師的提議，一把將我打橫抱起。

前往保健室的途中，老師還不忘先到更衣室拿我的泳衣袋，並從中找出浴巾蓋在我的身上。

「失禮了。」他說。

我就這樣無力地依偎在老師的懷中，兩個人都濕漉漉的，而水宛若有了黏性，讓我們兩個緊緊貼在一起。我的耳朵靠著他的胸膛，聆聽他的心跳，一聲一聲鏗鏘有力，跳得好快。

這樣的心跳頻率，是因爲緊張和擔心嗎？還是有別的理由？然而此時的我沒有精力再去思考那麼多，只是放任著我的心跳，在這麼近的距離之下，與老師的心跳聲一同共鳴。

抵達保健室後，保健室阿姨爲了預防萬一，執意要將我送往醫院做進一步的檢查。原本校方要聯絡我的家長，但考量到他們還在工作，或許無法這麼快趕來，這時，老師自告奮勇要陪我到醫院。

「反正我接下來沒課了，先送筑嫣到醫院，我再通知家長。」老師解釋道。

就這樣，我進了急診室，經過一系列的檢查，確定身體沒有狀況後，院方才允許我離開。

「是的，已經都做過檢查，沒有任何問題。好的，我會陪著筑嫣，請您放心。」講完電話之後，老師將手機交還給我，「已經跟妳父親聯絡了，他馬上就會來接妳。」

「好，謝謝老師。」我拿回手機，暗自握緊，「不好意思，今天一整天給您添麻煩了。」

「別放在心上，發生溺水這種意外也不是妳自願的。」老師朝我笑了笑，「妳沒事就好。」

我的心跳又失了穩定。那一天在山上與老師的約會、月光下的那一個親吻又再次重回我的腦海中。

下午的時候，體育老師說，老師爲我做了人工呼吸。我想，即使那是緊急狀況，肯定還是會有同學想著「哇，汪汪和筑嫣嘴對嘴接觸了」，可是誰又曉得，這其實並不是我們的第一次。

我好想知道，對老師而言，我到底特不特別？如果是特別的，那他爲什麼要給一個冰冷的親吻？如果不是特別的，那他今天爲什麼要爲我做到這種地步？

他既不是我的體育老師，更不是我的導師，不過是個科任老師而已，我哪裡值得他這樣耗費心力？更何況，這也不是他第一次協助我了，究竟是什麼原因，會讓他一而再，再而三地幫助我？

指尖摩娑過制服裙襬，阿森的文字浮現眼前，我終究按捺不住心中的困惑，出聲問道：「老師，您今天……怎麼會剛好出現在泳池邊呢？」

「其實我幾乎每個星期三下午都會經過這條路，因爲要換教室，走這裡是最快的，又剛好看見妳的狀況有點不太對勁，就——」

「那您爲什麼又要一路陪我到醫院來呢？」

「體育老師還有其他學生要照顧，不方便突然離開，而我既然都主動說要幫他了，不如就一路幫到底。」

「所以無論溺水的學生是誰，老師都會幫忙，是嗎？」我看向老師，不再逃避，「如果公民訓練的那天晚上，出來閒晃的人不是我，您也會邀請他一起賞月嗎？也會吻他嗎？」我任性地將兩人間的芥蒂說了出口。

「老師您是知道我的心意的吧？其實我本來不抱希望，老師跟學生嘛，怎麼可能有機會呢？然而老師您常常會有一些舉動，讓我燃起若有似無的希望，會妄想著，在您心裡，我是否也是特別的？您甚至，還吻了我……」

老師一愣，接話也不若方才那般順暢，「……對不起。」

「我要的不是您的道歉，您已經是大人了，請您像大人一樣負起責任，不要再這樣曖昧不清。如果您眞的對我沒意思，那就果斷地拒絕我吧。」我深吸一口氣，「老師，我喜歡您。」

老師的眼睛微微睜大，並沒有馬上回答我。

我緊張得手汗直流，卻沒有退縮，因為我很清楚，如果不強硬地要一個答案，我大概永遠也摸不清老師的想法。即便我從來沒想過要向老師告白，而且還是以這麼難堪的形式。

我屏住呼吸，等待老師的回覆。

老師顯然面有難色，蹙緊眉頭，重重地呼了一口氣後才出聲，「我很抱歉，自己一些無心的舉動，造成妳的誤會，我對妳……並沒有懷著那樣的情感。吻妳的事情是我不對，當下可能是有點睏了，只想著要讓妳醒悟過來，衝動之下就——」

老師後來還說了些什麼，我已經聽不進去了。明明是預料之中的結果，卻在聽見老師親口表明他的想法後，一瞬間感到難以呼吸，彷彿我又再一次溺水，沉入那片名爲老師的海裡。

傻啊，于筑嫣，妳眞是太傻了，師生戀這種事，本來就不該抱有任何期待。所有的一切都是妳自作多情，只有妳以爲你們在曖昧，老師只不過是在盡他的本分罷了。

淚水當場潰堤，老師見了，有些手足無措，慌忙地伸手想安慰我——

「不要碰我。」我冷聲說道，老師也隨即停住動作，「如果您還願意施捨最後一絲憐憫給我的話，就請您不要再對我好了。」否則，我會永遠無法浮出海面的。

老師聽了之後，猶豫了一會，最後還是默默收回手。

我的眼淚失控地掉得更凶了。「對了，您是有女朋友的吧？我對著有女朋友的您告白，您一定很困擾吧？上次下雨天，您借給我她的衣服還在我家，我明天還給您——」

「不必了。」這一次，是老師打斷了我，「那套衣服就給妳吧。」

我愣了愣，「爲什麼？」

「因爲本來……就沒有歸還的必要。」

這句話令我摸不著頭緒，但我現在也無心探究了。

「是嗎？」我哀戚笑了笑，「可是我也不想要了。」畢竟是關於老師的物品，留在身邊，該有多痛啊。

從坐上爸爸的車，一直到回家後，我都沒有太多的情緒。爸媽以爲我是嚇壞了，給了我個擁抱，就讓我早點休息。

我回到房間後，迅速將那個收藏著一百分數學考卷的檔案夾抽了出來，連同老師借給我的衣服，全部扔進垃圾桶裡。已經沒必要再珍惜這些東西了，無論我怎麼寶貝這些物品，都是徒勞。

只是當我看見它們躺在垃圾桶中毫無生氣的模樣時，我竟還是感到痛徹心腑。然後，我又發狂似地把它們全部撿起來，將考卷重新按順序歸位，再小心翼翼地放回書架上。

我還是捨不得，那每一個笑臉，都是我用無數個夜晚的苦讀換來的。

儘管經常覺得累得半死，但只要看見考卷上的一百分，以及遞給我考卷時，老師臉上讚許的神情，我就覺得值得了。如今要我突然之間全數割捨，我哪狠得下心？

我忽然覺得自己剛剛一連串的行爲，根本就是一場鬧劇。繞了一圈，我終究還是回到了起點，一如這場注定無疾而終的戀愛一般。

既然事已至此，那就給一個乾脆的句點，讓所有人都得到解脫吧。我拿起手機，撥了通電話給學長。

「喂，筑嫣？」電話接通後，傳來的是學長焦急不安的聲音，「我今天放學要去接妳時，才聽關燦熏說妳溺水了，送醫之後就直接回家……現在還好嗎？身體有沒有不舒服？」

聽著學長一字一句的關心，心中盡是濃濃酸楚。

「我沒事，抱歉讓你擔心了。」我盡可能不讓他聽出我的情緒，「不過……我有件事想要跟你說。」

「嗯？」

「我們分手吧。」

彼端是一陣長得令人窒息的沉默。

「為、為什麼？」良久，學長才找回他的嗓音，「是不是我哪裡做不好了？還是上次那件事，妳依然不能原諒我？對不起，我向天發誓我再也不會那樣不尊重妳了，妳能不能再給我一次機會？」

「跟那件事沒關係，就是我發現我好像不那麼喜歡你了。」正確說來，是從未真正喜歡過。老師說得沒錯，如果交往的對象不愛自己，確實是一件令人絕望的事。

我曾愚昧地以爲我能夠瞞過學長，然而經歷上次的親密接觸，我才終於醒悟，在重要關頭，身和心終究是騙不了人。既然如此，就讓一切都結束吧，把被我搗亂的所有事情，通通歸還到原本的位置。

「總有個原因吧？妳不說的話，我實在無法接受……」學長的聲音顫抖了起來，「當初是妳主動追我的，不是嗎？妳明明知道，我們背負了什麼樣的罪名，才終於走在一起，爲什麼現在忽然說不愛就不愛？」

「……對不起。」

「我不要妳的對不起，妳給我個理由啊……」

眞是似曾相識的發展，情感較爲強烈的一方，總會企圖要從另一人口中問出點什麼，然而情感較弱的那一方，除了道歉與愧疚，也無法再多說什麼。從這點看來，我跟學長應該算是同病相憐吧，只不過我從受害者，轉變成了加害者。

最終，爲了不讓學長受到更大的打擊，我沒有說出實情，沒有告訴他，我其實從未喜歡過他，僅是回答對他的感覺淡了。而他也在啜泣聲中，心死般地掛了電話。

我的視線移向泳衣袋上的小熊吊飾，因爲今天學長沒有來接我，所以它就直接跟著我回家了。我想，它大概也不會有機會再回到它出生的地方去了。

我懸在眼角的淚，在此刻終於滑落。

對不起，對不起。我僅能在心中，一遍又一遍地呢喃著。

✦

要說起我怎麼跟學長認識的，就不得不先提瑄莓學姊。

在我升高一的暑假，學校舉辦了一個為期三天的新生訓練營隊，當時擔任我所在的小隊隊輔的人，正是瑄莓學姊。

我對瑄莓學姊的第一印象很好，一頭烏黑亮麗的長髮、白皙細嫩的皮膚，身高略矮我一點點，整個人散發出一種惹人疼愛的氣息。

儘管她不是那種事事精通、樣樣得意的全能型學姊，但感覺得出來她非常認眞地在擔任隊輔，無論我們遇到什麼問題，她都會盡可能想辦法幫我們解決。倘若是她一個人無法處理的事情，她也會趕緊去找其他人來協助。

暑假的天氣很熱，她經常東奔西跑的，臉頰上總是浮著天然的腮紅，搭配上她的身材和外型，完完全全就是個可人的存在。

高中的新生訓練營隊並不需要住宿，第二天的活動結束後，由於爸爸臨時要開個會，耽誤了下班時間，我便留在學校等了一下。

我就是在這個時候，第一次見到學長。

他跟我一樣站在校門口，一身穿搭有型的便服搭配高䠷身材，教人不注意都難。

他一下子看手機，一下子又朝著校園內張望，顯然是在等人。

我正好奇他在等的人是誰，就聽見一道甜甜的嗓音。

「雙翊！」

嬌小的身軀自校內跑了過來，精準無誤地撞進學長的胸口。隨後，她又在他的懷中蹭了蹭，才抬起頭來，露出一個幸福的笑容，來人正是瑄莓學姊。

這時，瑄莓學姊才注意到站在不遠處的我，嚇得馬上從學長身上彈開，頓時整個臉都紅了。她手足無措又害羞的模樣，連同爲女孩子的我看了都覺得可愛。

「……是、是筑嫣對吧？」她歪著頭，努力地回想我的名字，「眞不好意思，讓妳看到丟臉的場景了。跟妳介紹一下，這是我的男朋友，即將升高三的趙雙翊。雙翊，她是我這次帶的小隊員，于筑嫣。」

「學長好。」我向他微微點頭。

「妳好。」他也對我禮貌地笑了笑。

那時的我們不過是一面之緣，狗血的一見鍾情並沒有發生，我甚至連他的名字都沒記住，只知道他是「瑄莓學姊的男朋友」。

直到開學以後，透過一些校內八卦，我才得知，瑄莓學姊他們是相當受到注目的一對。

儘管稱不上是俊男美女的組合，但兩人的外表相當般配，甚至經常被人戲稱有夫妻臉，而巧妙的身高差所形成的浪漫，也成了許多人的嚮往與憧憬。天造地設的一對——縱使這可能有些誇大，然而當時校內就是如此形容他們。

據傳最初是瑄莓學姊先向學長告白的，看見他們那麼幸福的模樣，我也很替瑄莓學姊開心。

新生訓練營隊結束後，對於我們這群小隊員，瑄莓學姊仍舊非常關心。例如考試前，她會特地送給我們她以前的筆記；若有什麼煩惱，她也很樂於傾聽並給予建議。有時放學後沒事，她也會拉著有空的人一起在學校附近晃晃，推薦她喜歡的店家給我們。對我來說，瑄莓學姊是我在這所學校裡交到的第一個朋友，跟她在一起的時光輕鬆愉快，爲平淡日子增添不少色彩。

我以爲我的高中生活會一直這樣普通而單純地持續下去——直到我發現自己喜歡上老師。

一旦察覺這種感情之後，某種貪得無厭的感覺就開始不斷膨脹。我希望老師能多注意我一些，希望老師對我與對其他人不同，希望老師眼裡只有我……

但他是老師，而我是學生啊。就算感性的我再怎麼不切實際，理性的我依舊清楚明白這個現實。

於是有好長一段期間，我每天都在這種矛盾的心情之中拉扯。明知這是一場無果的戀愛，我卻還是無可自拔地陷了進去。

終於有一天，我自作聰明地想出一個解法——我轉移目標不就好了？

我們是一所男女合校的高中，將近一半的學生都是異性，在這麼多人之中，我怎麼可能找不到另一個喜歡的對象？

但是我要如何讓別人喜歡上我呢？人類基本上還是相當仰賴視覺，我還算有自知之明，知道自己外貌平凡無奇，絕非別人一眼會注意到的類型，因此我開始學習化妝與保養。

高一的寒假，我省吃儉用，將零用錢一點一滴存下來，拿去買了很多彩妝品；也上網看了無數個教學文章及影片，努力仿照那些美妝網紅的作法，讓自己能畫出清新自然的妝容。

我認眞的程度超乎自己的想像，大概只比我準備數學考試還要不努力一點點而已。

高一下學期開學那天，我抵達學校時，甚至有同班同學問我是不是轉學生。

「這就是所謂的佛要金裝，人要衣裝，臉要化妝？」這是燦熏對我的評語。

自此，我也開始留意妝容的狀況，畢竟待在學校的時間很長，一整天下來勢必需要補妝。也多虧我下了這般工夫，開始有男同學徘徊在我的身邊，甚至向我告白。

成功了，我在心裡想著。

然而，無論我多麼努力告訴自己，心動吧，跟眼前的男生交往吧，這樣才能忘掉老師啊，我卻始終無法跨出那一步，並不是來告白的人條件差，甚至高人氣的男排隊長都曾經向我提出交往的請求。是我自己的問題，我覺得這樣好像在利用別人的心意。

就這樣拖著拖著，直到高一下學期的校外教學都準備結束了。在回程前，班上有人提議要用班費合買土產，回去送給沒有擔任高一導師的科任師長。

那時老師才剛到這所學校，因此並沒有被指派要帶班。隔天，我們幾個代表的同學浩浩蕩蕩地跑去數學科辦公室，將全班合買的土產送給老師。

「給我的？」老師顯然有些訝異，「這怎麼好意思，我不能收。」

「這是用班費買的，是大家的心意，汪汪你就收下吧！」領頭的總務股長說著，甚至還掏出使用班費的證明。

老師看了看土產，又看了看我們，最終才妥協，「好吧，既然是全班一起買的，我就收下了。但我要聲明，如果是學生個人送的東西，我是不會收的喔。」

站在這群人的最末端，我微微一驚。我手上提著一個紙袋，裡面裝的是在遊樂園裡買的一個紀念鑰匙圈。

我原先想著，也許有機會可以交給老師，就算他不會使用也無所謂，只要他願意收下就好了。可是老師卻說，他不會收學生送的東西。

我捏緊了紙袋，覺得懷有這種念頭的自己有點可笑，不過也無所謂，往好處想，只是被一視同仁而已。

然而那天放學後，看著掛在桌子旁的紙袋，我忽然覺得沒有嘗試過就放棄是一件很可惜的事。嘗試了也許會失敗，可是不嘗試一定不會成功，不是嗎？而且如果失敗了，也正好能成爲自己一定要放棄老師的理由。

「筑嫣，妳今天要不要去吃豆花？」燦熏將書包提在身後，隨口問我。

「我想起來我有點急事，下次再說吧！」我拎著紙袋，準備再一次前往數學科辦公室，卻在途經校園生態池時，發現隱身在樹叢小徑中的瑄苺學姊和老師。

他們兩個人怎麼會私下湊在一起？我印象中，瑄苺學姊的數學老師跟我並不相同啊。好奇心作祟之下，我躡手躡腳地走到附近，豎起耳朵，想聽清楚他們的對話。

「汪汪，這是我今天綜合課上做的親子丼，你帶回家當晚餐吃吧！我記得你住的小套房沒辦法開伙吧？」

「不用這麼麻煩啦，我買便利商店的微波食品就好，妳帶回家跟妳爸媽分享吧。」

「你也知道我媽煮的東西那麼好吃，我爸的口味早就被她養挑了，才不會想吃我做的東西呢。我帶回去高機率也是被當廚餘，你就收下啦。」

「……好吧，那我就不客氣了。」老師無奈地接過那個便當盒。

「你講話怎麼這麼生疏，好奇怪喔。」瑄莓學姊咯咯笑了幾聲。

「瑄莓，我——」

「像平常一樣叫我小莓就好了啦，反正這邊也沒什麼人會經過，你喊我名字，我聽得好不習慣。」

我整個人都在顫抖，後續他們還說了什麼，我已經沒有辦法再聽下去。

我倉皇逃離現場，加速的心跳卻未能得到控制。爲什麼老師會收下瑄莓學姊的料理？老師不是說過不會接受學生個人送的東西嗎？

話又說回來，他們是什麼關係？從他們的對話聽起來，兩人好像早就熟識。

我可以接受老師不屬於我，但同時我也任性地希望他不屬於任何人，尤其是跟我一樣身爲學生的瑄莓學姊。

嫉妒的感覺在我的胸口悶燒著，遠比過去任何一次都還要強烈，甚至到了我有點無法負荷的程度。於是我蹲下身，大口大口地呼吸著，想要讓自己冷靜下來。

「妳是……于筑嫣，對嗎？」

暖陽般的嗓音自頭頂落下，我抬起頭，看見學長擔憂的神情。

「學……」

「雙翊！」

我還沒開口叫他，便聽見瑄莓學姊遠遠傳來的叫喚聲。她蹦蹦跳跳地來到我們附近，這才注意到蹲在地上的我。

「筑嫣？妳怎麼了，身體不舒服嗎？」瑄莓學姊見狀，匆匆蹲下，摟著我的肩膀關心地問道。

我看向她的眼眸暗了下來。是啊，瑄莓學姊不是有一個感情穩定的男朋友嗎？既然如此，那我剛剛在生態池旁邊目睹的一切，又是怎麼一回事？那些帶點撒嬌語氣的話語響在耳畔，助長了我內心的熊熊妒火。

我的眼神在學長和瑄莓學姊之間來回移動了幾次後，一個邪惡的念頭在我心底萌芽。憑什麼瑄莓學姊可以得到老師的特例對待？憑什麼瑄莓學姊能夠擁有兩個人的寵溺？一個人只需要一份專有的關心就足夠了吧？就算那個人是對我很好的瑄莓學姊也一樣……

既然我無法成爲老師眼中特別的存在，那麼……我不就只能奪走另一個了嗎？

後來的事情，也沒有什麼特別的。我任由惡魔侵蝕自己的心靈，開始蓄意接近學長，讓學長慢慢習慣我的存在，進而一點一滴入侵他的生活。

對於利用別人會造成的良心不安，早已在我決定實施計畫時消失得無影無蹤。

起初學長只當我是瑄莓學姊親近的學妹，所以不排斥與我接觸，或許是抱持著一種愛屋及烏的心態，對我也相當不錯。

於是時間一久，我的膽子也大了起來，偶爾對他做出嬌態，偶爾對他欲擒故縱，牢牢地將他的心情變化掌握在我的手中，學長也傻傻地就這樣被我牽引。畢竟一個女生這麼主動地投懷送抱，要抵擋也不太容易吧？

而作為正牌女友的瑄莓學姊當然也發現了我不尋常的舉止，可惜瑄莓學姊的弱點就是她太善良了，善良到她不願懷疑我，只覺得是她自己多心了，讓我的計畫得以順利進展下去。

如果問我，看到瑄莓學姊落寞的樣子，我會不會有點愧疚？答案是會的。然而，每每遇到這種時候，我就又會瞧見瑄莓學姊與老師的互動，輕輕鬆鬆就將我的愧疚驅逐得一乾二淨。

終於到了某天，我覺得時機成熟了，便向學長告白。學長也許早有察覺我的心意，不過顯然沒料到我會真的告白，嚇得就想拒絕我。

「我知道你已經有瑄莓學姊了，可是我實在無法控制自己的心意……拜託你，不要這麼快就判我出局，給我一點機會，好嗎？」我清楚知道學長本來就有那麼一絲的心動，因此聽見我這麼說之後，他理所當然地動搖了。

不是我不拒絕，是學妹央求我不要那麼快拒絕的。想必學長的心中，是這樣哄騙他自己的吧。

我倒追學長的事情逐漸浮上檯面，到後來，知道這一對神仙眷侶的人，幾乎也都知道了我這個破壞他們感情的小三。

我遭到謾罵、唾棄，結交的朋友也幾乎都離我而去。即使如此，我也沒有退縮。

「追求自己喜歡的人，錯了嗎？」面對鋪天蓋地的責難，我回得理直氣壯，「比起瑄莓學姊，我覺得自己更適合學長，更能給學長帶來幸福，這樣也不對嗎？我才不要假惺惺地因爲學長已經名草有主了就放棄，那根本不是自我犧牲的偉大情操，只不過是害怕被拒絕的膽小懦弱的人罷了。」

講出這麼一段大道理，連我都佩服自己，卻也感到分外空虛。我何嘗不也是我口中膽小懦弱的人呢？

不曉得是不是這番話觸動了學長，某一天，在我又被一群瑄莓學姊的好朋友圍著指責時，學長挺身而出了。

「我眞的沒辦法再違背自己的心意了。」他一邊說，一邊將我擁入懷中，「筑嫣，我喜歡妳，已經比對瑄莓的喜歡還要多了。」

戲劇化地，瑄莓學姊恰好在那時路過。

當我看見瑄莓學姊眼中滿滿的絕望時，我得意地笑了。

是我贏了。但這麼做，又有什麼意義呢？

口口聲聲說著不要讓自己的目光鎖定在老師身上，最後卻還是因爲老師而大費周章地搞了這一齣。我的所作所爲，實在是空泛到讓人覺得好笑啊。

第六章

翌日，我向學校請了假。被老師拒絕、和學長分手……兩件事情讓我心力交瘁，只想躲在家裡一整天，不去面對任何人。

爸媽也只當我是尚未從溺水恐懼中平復，毫不猶豫地就爲我辦了請假手續。

昨天晚上，我本來想找阿森抒發一下心情，可是不管我傳了幾則訊息，他都沒有讀取，不曉得是不是軟體又出了問題，難怪燦熏不推薦。

本以爲今天就會這樣與世隔絕地度過了，萬萬沒料到，一放學，燦熏就直接跑到我家，還拚命打電話給我，強迫我一定要開門讓他進來。這是不是就是所謂的誤交損友？

於是現在，我和他兩個人坐在房間地板上，中間隔著一張小桌子，面對面，大眼瞪小眼。

「所以妳的眼睛是怎麼一回事？我可沒聽說過溺水會併發核桃眼啊？」他問。

「……要你管。」我微微低下頭，想掩飾自己哭了將近一整晚的證據。

「于筑嫣，妳很不夠意思欸。」燦熏換了個盤腿的坐姿，雙手撐在大腿處，「我這麼不順路千里迢迢來看妳，妳居然還有事瞞我？」

又不是我求你來的！我本想這樣說，但在我看見他眸底隱約透露的擔心之後，我還是忍住了。事實上，燦熏早已什麼都看穿了不是嗎？在聯絡不到阿森的情況下，或許燦熏是目前最適合陪我談心的人了。

只是我從未以如此認眞的態度面對過燦熏，開口時還是有些彆扭。

「就是我……」迴避著燦熏的眼神，我支支吾吾地說：「跟老師告白，然後被拒絕了。」

「哈？」燦熏瞪大雙眼，「又是他？又是因爲汪傲海那傢伙，妳才哭成這樣？」

聽見燦熏毫不客氣地直呼老師的名諱，我感受得到他有多麼生氣。

「其實不只啦……」還有懺悔了一下關於利用學長的種種事情。

我話還來不及說出口，燦熏就又說著，「妳自己想想，妳已經爲那傢伙流過多少眼淚了？他有好到值得妳爲他變成這樣？妳就眞的那麼喜歡他？」

莫名其妙被罵了一頓，我登時滿腹委屈，咬緊了下唇，「我、我也是有努力想要放棄的啊！你看，我不是試著改變自己的外貌來吸引其他異性，甚至還跟學長在一起了嗎……」

「啊？」燦熏的音量再度拉高，「所以妳大動作去搶學長，只是因爲妳想轉移注意力？既然如此，妳找一個沒有女朋友的人不就好了？我記得當時有滿多單身的人跟妳告白，而且條件都還不錯吧！」

「因、因爲，」我做好了再度被批評的心理準備，「那個時候，我恰好撞見瑄莓學姊跟老師私底下有接觸，所以……」

「我的天啊，妳這樣不是本末倒置？」燦熏果然又一次地打斷了我。他抱著頭，相當苦惱的模樣，「我原本以爲妳是爲了吸引汪汪才開始化妝打扮，還一度覺得很不爽……雖然後來我的確不明白妳爲什麼突然要去搶一個妳不喜歡的人，卻又想著，只要能讓妳不再一心只看著汪汪那種不可能的對象，就覺得其實也無所謂，誰知道妳根本沒放下過他。」

我看著面前的燦熏，不敢多說什麼，深怕隨意開口，又會觸怒他緊繃的神經。可是燦熏爲什麼要這麼介意？不管怎麼說，我做的一切只是把自己弄得一團亂而已，對他並沒有造成絲毫影響，他大可像平時那樣，在一旁哈哈大笑著我的失敗，不是嗎？

「既然如此，」燦熏抬眼看向我，「妳當初爲什麼不和我交往就好了？」

……什麼？我懷疑自己方才所聽到的話。他是認眞的嗎？不，絕對不可能。畢竟對方是那個我從小看到大、看到膩的關燦熏，倘若我這時候信了他的話，下一秒他肯定會嘲笑我被他愚弄了。

我以爲自己看破了他的伎倆，正打算得意地揭穿他的詭計，卻在對上他的目光時，說不出話來。正因爲我看他看到膩了，所以我很清楚，十多年來，我未曾看過他這麼正經的表情。

「你、你在說什麼啊？我怎麼可能會問你？都這種時候了，你還在開玩笑……」我伸手推了他一下，想緩和現在的氣氛。

他卻一把捉住我的手腕，「于筑嫣，妳是不是眞的腦袋不太靈光？以我們的交情，我是什麼意思，我有沒有在開玩笑，我想妳心知肚明。還是妳眞的都不知道，我到底爲什麼會那麼討厭汪汪？」

我感覺到他的手微微地發顫，那個在我的印象中天不怕地不怕，對自己懷有無限自信的燦熏，對著我說出這些話時，竟然膽怯了。他是鼓起多大的勇氣，才說出口的？

「不可能的。」我搖頭，依然不敢相信，「你明明就交過女朋友，如果你現在是認眞的，那你怎麼會跟別人交往？」

「關於這點，妳沒資格說我吧？」燦熏無奈地笑了笑，「反正我喜歡的人看起來注定不會喜歡我的樣子，那我跟誰交往，不都沒差了？」

「喜歡的人」那四個字讓我猝不及防地紅了臉，我想把手抽走，卻被燦熏牢牢地握住。

「你這樣也太渣了吧。」我嗔道。

「應該沒有妳渣喔。」燦熏嘴角上揚，「我跟那些女孩子交往的時候，都有清楚告訴她們，我不喜歡她們，如果她們不介意，我們才在一起。相比之下，把學長蒙在鼓裡的妳才更過分吧？」

我被反駁得無話可說，只能賭氣地瞪著他。

「所以我現在不是給妳扳回一城的機會了？」他眉開眼笑地說：「我是知情的人，和我在一起，妳就沒有欺騙別人啦。」

「等等，你又讓我混亂了。」我扶著頭，「你現在的意思是，你明知道我喜歡的人是老師，卻還是要我跟你在一起？你到底是講眞的，還是只是在鬧我啊？」

「我都講得這麼明白了，妳還是不懂喔？看來妳會這麼久都沒發現我的感情，眞的是情有可原。」燦熏重新坐正，趁隙牽住我的手，「好吧，我就爲了妳，特地清清楚楚地說一遍。聽好了，于筑嫣，我喜歡妳，請問妳願不願意做我的女朋友？」

儘管燦熏的語氣帶了點笑意，我依然很確定，他說的話沒有一絲虛假。

「你是不是瘋了？」我想到他經常這樣罵我，沒想到我也有回擊的一天，「就算我已經被老師拒絕，也不代表我能馬上放下他啊。」

「我當然知道。」他笑得很燦爛，「所以我在邀請妳，利用我來忘記他。反正妳最初不也是想找個人這麼做嗎？」

「可是這樣做，對你有什麼好處？」

「至少能給我一次機會，讓妳意識到我的存在，讓我名正言順地對妳好。說不定哪一天，妳就會日久生情，發現我是個不可錯過的好對象。」

「……你瘋了。」眼前的視線逐漸模糊了起來。

「如果妳堅持，那就當作我瘋了吧。」燦熏悄悄地與我十指緊扣，「反正一個瘋子配一個瘋子，不也挺好的？」

當我的眼眶再也無法承載眼淚的重量時，燦熏伸出了另一隻手的食指，溫柔地我爲接住了淚珠。

燦熏，關燦熏，我十年的朋友，告訴我，他其實喜歡我。最令我詫異的是，聽見他的告白之後，我的心臟，反常地亂撞了幾下……

✦

隔天早上的陽光依然刺眼，我在床上掙扎了一會，才心不甘情不願地坐起身。頭好痛。這幾天發生了太多事情，我的大腦總是還沒來得及消化，就又有新的資訊被灌入。

昨天燦熏臨走前，我向他坦承，其實我已經對學長提出分手，但我暫時還不想那麼快接受新的感情。蓄意介入及利用他人的罪惡感，還是深深地扎在我的心中。

「這倒是無所謂，反正其他阻礙都消除了，現在妳身邊除了我，沒有別人有機會親近妳了吧？」他笑得欠打，「既然妳沒有拒絕我，我就當作妳遲早會答應我啦。」

最後，我只能氣呼呼地將他推出家門外。

昏昏沉沉地盥洗完畢後，我回到房間，發現我放在床頭的手機正在震動著。該不會是我忘記把鬧鐘關掉吧？我一面這麼想著，一面伸手去拿手機，這才發現是燦熏打來的。

我蹙眉，他從沒這麼早打電話給我過，今天是怎麼回事？

我正要接起，然而下一秒，卻突然覺得，他該不會只是因爲表明心意了，所以打算積極採取行動，像是每天早上叫我起床之類的吧？不知爲何，我愈想愈覺得這並非不可能的事，索性就將手機扔回床上，繼續爲出門上學做準備，想著待會到學校再虧他一頓就好了。

我坐到化妝桌前，精心地爲自己打扮了一番。我下定決心，要捨去先前那個荒唐的自己，以美好的樣貌來迎接全新的開始。

出門前，我拿起手機，才看見燦熏幾乎是一直不間斷地撥電話給我，除此之外，他也傳了很多訊息，而我們的班級群組也反常地有數十則未讀訊息，甚至還有人標記我。奇怪了，怎麼大家今天早上都這麼有精神？

我點開通訊軟體，還沒點進聊天室內，只看見燦熏最後傳的訊息是「千萬不要點開班級群組！」，而班級群組則是「確實不意外」。

到底是怎麼一回事？我還在思考到底要不要探究時，就聽見爸爸喊我的聲音。

「筑嫣，該出門囉！」

「好——」我回覆，同時將手機收進口袋中。算了，等抵達學校後再去了解狀況，應該也不遲吧？

坐上爸爸的車後，我習慣性地就閉目養神了起來，直到快到學校時，爸爸才將我喚醒。

「我放學後再來接妳，如果有什麼不舒服，記得要第一時間通知老師跟我。」

我下車後，爸爸仍不忘叮嚀我幾句，顯然對於我溺水的事還心有餘悸。

「好，謝謝爸爸。」我笑著對爸爸揮揮手。

等我目送爸爸的車子離去，轉身要踏入校園時，才發現周圍似乎很多學生的視線都聚焦在我的身上，甚至還有些人好像正對著我指指點點……是我多心了嗎？

我正感到困惑的時候，就看見燦熏從學校裡急急忙忙地跑了出來。我有點訝異於他的熱情，反射性地想要退後一步，卻被他直接捉住雙肩。

「妳爲什麼都不接我電話？」他跑得上氣不接下氣，眼裡滿是焦慮。

難得看見他如此慌亂的模樣，我一時驚訝，沒有答話。

「妳沒有點開班級群組吧？」見我搖了頭，他緊接著道：「那妳現在趕快回家去，今天就請假了，好嗎？」

我眨了眨眼，完全不理解燦熏爲何要這麼說，好端端地，爲什麼不能來學校？此時，我瞥見大波浪捲學姊朝我走來，劈頭就道：「于筑嫣，雖然我早就知道妳不是什麼好東西，但眞沒想到妳這麼誇張啊？妳靠這些賺了多少？十萬？百萬？」

我一頭霧水，她到底在說什麼？

「筑嫣，別理她。」燦熏拉著我就要走掉。

「妳還想裝傻啊？都已經在校內傳得沸沸揚揚了，妳還以爲沒有人知道？」大波浪捲學姊的憤怒又提升了不少，「難道非得要我把證據拿到妳眼前，妳才會承認？」語畢，她將手機畫面直接展示給我看。

「住手！」

即使燦熏第一時間就將她的手甩了開來，我還是瞄到最上方的一行大字——女高中生全裸泳裝更衣照！畫質高無馬賽克！

我的腦袋登時一片空白，那是什麼東西？主角是我嗎？可是我又沒拍過這種照片，怎麼會是我？

「妳看到了嗎？」或許是察覺我的臉色瞬間刷白，燦熏低聲咒罵了一句，「可惡！」

「敢做敢當啊，既然要放這種照片在網路上，就不要怕有一天會被公開。」大波浪捲學姊說著，眼裡滿是鄙視。

「我沒有……」我有氣無力地反駁著。

「都已經罪證確鑿了，妳還狡辯？」她再度將手機遞給我，「不然妳說，照片中的這個女生，不是妳的話是誰？」

燦熏本來要擋下，我卻主動伸手接過手機。那是一個雲端資料夾，名稱正如我剛剛所看見的，裡頭則放著數十張相片。

我顫抖著手指瀏覽了一下，只覺得一陣反胃。每一張照片的主角，都是我。因爲我能清楚認得那是學校更衣室的背景，還有我的蘇芳色兩件式泳衣。

從我脫下制服，一絲不掛，一直到緩緩穿上泳衣的過程，都被記錄了下來。我的臉、我的肌膚、我的私密部位，就這樣清清楚楚地呈現在畫面上，在整個網路世界廣傳。

一陣惡寒自腳底竄至全身，我瞬間腿軟，還好燦熏及時接住了我。

「就叫妳不要看了。」他的口吻是不忍責備的心疼。

「爲什麼……」我感覺自己全身的力氣都被抽離，「爲什麼會有這樣的照片？」

「妳是想問『爲什麼會流出來』才對吧？畢竟這本來是妳放在付費的色情網站上的內容，現在大家都能免費看到了，妳就賺不到錢了，不是嗎？」

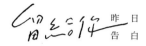

「我才沒有！」我極力捍衛自己，「這一定是被偷拍的，我根本沒有做這種事。」

「如果是偷拍，學校更衣室有多少女生在用啊，爲什麼被流出來的照片只有妳？應該要有很多人受害啊，這樣對偷拍者而言也比較賺吧，各種類型的女生都有。」大波浪捲學姊得意地揚了揚下巴，「但很顯然地，這整個資料夾裡都是妳的照片而已，妳還有什麼藉口嗎？」

即便我很清楚自己並沒有做這種事，然而此時此刻，我卻是想解釋也發不出聲來。

事情來得太過突然，子虛烏有的罪名措手不及地被硬加在身上，聞聲前來看熱鬧的人愈聚愈多，卻沒有人懷疑他們所認定的事實。他們僅是面帶嘲笑竊竊私語著，好像滿心期待著這齣戲劇會如何發展，迫不及待想看見我認罪的淒慘模樣。

我只能眼睜睜地看著事態往如此惡劣的方向發展，對一切都束手無策。

我幻想中的全新開始，以最糟糕的姿態揭開了序幕。

我逃跑了。幸好爸爸的車子還沒有開得太遠，接到我的電話之後，馬上就折返至校門口，載我回家。

我嚇得腦袋幾乎是一片空白，爸爸也沒有多問，只當我還未能完全調適過來。

這種事情，要我怎麼開口？就連我自己都還沒搞清楚到底發生了什麼。

坐上爸爸的車之前，燦熏叫我不要去看相關的資訊，可人類終究是犯賤的，看到班級群組的未讀記號亮著，我還是忍不住點了開來。

「我今天早上在論壇上看到的，照片裡的人是不是……」

「哇這太狂了吧！」

「@于筑嫣，這眞的是妳嗎？」

「就算是她也不奇怪吧，想想她做過的事情，她這個人的觀念不是本來就有點扭曲？」

「喂你們講話客氣一點，她本人也在這個群組裡欸！」

我看著這些文字，覺得自己的喉嚨好像被人狠狠掐住一樣，就算想爲自己辯解，也擠不出隻言片語。

在他們的心中，我就是個會搶別人男友的不檢點之人。這個事件的發生，也不過是呼應了他們對我那水性楊花的印象而已，至於眞相爲何，他們壓根不在乎。

接著，我又去了流出這批照片的論壇，想了解事情的經過。

根據發文者所述，這是他在某個私人社團裡買到的付費照片，因爲覺得品質相當不錯，特地「無私地」傳上來與大家分享。言下之意就是，其實這位發文者也已經不是第一手放出照片的人了。

該論壇的曝光率較高，很快地就被炒起了熱度，除了有不少人感謝分享、敲碗想看更多之外，更有人查出了我的學校及姓名，我的隱私可說是已經完全被公開在網路上。我頓時覺得自己失去了自由，彷彿我的一舉一動，都將成爲眾人注目的焦點。

而在這其中，有則熱門留言，更是令我在意。

「我跟這個女生同校，她人品超有問題，之前搶過別人男朋友，但就算有了男朋友，她在校內還是會勾引別的男生，所以做出這種事也是不意外啦！」

這則留言底下的回應，除了想知道更多細節之外，也有不少人附和。

「本來還擔心會不會是被偷拍，結果原來是個婊子，那就沒差了，她應該早就跟一堆人睡過了吧？」

「就算眞的是偷拍，也是剛好啦，讓她也體驗看看被別人玩弄的感覺啊哈哈哈！」

「贊同樓上，不然這種人永遠不會知道自己有多糟糕。雖然我敢說，這一定是她自己放到網路上的，既然這麼想給人看，我們就讓她徹底紅起來！」

「說不定是她陪睡時價格沒談好，才會被報復流出照片吧！但說眞的，胸部形狀那麼難看，竟然還有人願意花錢買喔？」

我讀著這些留言，心也跟著慢慢沉了下去。從我的身材到這些照片流出的原因，頃刻之間都成了大家聊天的話題，這些人在匿名的世界中大肆發表著自己的看法。

儘管有少數人表示，可能是未經同意被拍攝或外流，絕大多數的人都還是在看戲與謾罵，以及愈來愈多加油添醋的誇張描述。

「想紅」、「活該」、「自導自演」，留言者們抱持的觀點不盡相同，但這些字眼反覆出現，在我的心上劃下一刀又一刀的傷痕。

我知道這並非我所策畫的事，因此我不禁猜想，會不會真的是報復？畢竟照片上的人只有我，肯定是針對我而來。或許主謀是我曾拒絕過的人、我曾在合作社愚弄過的人……可是他們絕大多數都是生理男性，要如何偷拍女更衣室？學校的更衣室外面都有監視器，他們要潛進去也不容易。

驀地，我的腦中浮現了一個人。如果是那個人的話，要進女更衣室不是什麼難事，而且，她或許是最有資格採取這些行動的人……

接下來的好幾天，我都足不出戶。論壇上的文章沒幾個小時就被管理員撤下了，然而這並不代表事情能夠船過水無痕。有幾間媒體做了小幅的報導，讓這件事又持續延燒了一陣子。

雖說他們秉持最低底線的職業道德，並未公開我的資訊，但在這些新聞的底下，總會有人留言「發文怎麼沒附圖」、「求上車」等等的字句，隨後也總會有人貼出連結，讓那些照片被更多人看見，被存入更多人的電腦硬碟之中。

我雖然偕同家人去報了警，可是換來的只是更多的失望。

「如果是偷拍，就觸犯了《妨害秘密罪》，散播又觸犯了《刑法》第兩百三十五條的散播猥褻物品罪，再加上妳未成年，適用《兒少性剝削條例》，因此抓到犯人的話，他肯定會被判刑跟重罰……」

我在一旁聽著，胸口卻愈來愈沉悶，因爲就算能抓到犯人，最迫切希望解決的問題卻不可能根治。即使沒收他手上的原始資料，這些照片也不會消失，只會一直被複製再複製，永永遠遠地存在這個世界上。

犯人的刑期有時限，重罰也有個數字，我卻感覺自己才是被判了無期徒刑的那個人，甚至沒有任何假釋機會。

而且，也或許是我太鑽牛角尖，當我聽見犯人會因爲「散播猥褻物品」而受到懲罰時，我不禁感到有些刺耳。我的身體在法律標準之下，居然被判定爲「猥褻物」，彷彿在宣告我是條文認證的髒東西一般。

此外，我的個人社群帳號也被肉搜出來，許多陌生的私訊與追蹤湧入，有人問我什麼時候要釋出下一集，有人問我花多少錢可以跟我做更進一步的事情。

在這些紛紛擾擾之下，我毅然關閉了所有社群帳號，先前使用過的一些交友軟體帳號也全數刪除，將自己與外界徹底隔絕。

我知道這麼做並沒有實質的意義，就連現在，那些照片的份數或許都還在某個地方，憑藉著好心人的「分享」而不斷增生。但我知道，如果不這麼做，我可能會先精神崩潰。

我感覺自己今後無論穿著多少衣服，旁人看著我的時候，都會像是戴了透視眼鏡一般。從我身體的曲線，一直到我背上有幾顆痣，隨便一個與我擦身而過的陌生人都能夠輕而易舉地說出口。

思及此，我就沒有辦法面對人群，一想到未來都必須在這樣的恐懼之中度過，我甚至想過是否乾脆自我了斷。

這是我的報應，搶走學姊的男朋友後，又恣意地在她的傷口上撒鹽，事到如今我又有什麼資格央求對方原諒？

在這段期間裡，燦熏持續地與我聯繫，一方面安撫我的情緒，一方面阻止我做出衝動而不可挽回的事。

「事情的熱度過一陣子就會退了，妳不要放在心上。」電話那頭的燦熏說著，「妳放心，我一定會找出犯人的。敢做出這種事，我絕對要他好看！」

「……嗯，謝謝。」

燦熏終究不是當事人。我沒告訴他，雖然我當下的第一反應也是想知道到底是誰做了這種事，然而過一陣子之後，我發現是誰做的好像根本不重要，因爲擴散與蔓延已經無法遏止了。

我其實不指望燦熏能爲我做什麼，他只是個跟我同齡的普通少年而已，如果連我都不曉得該如何處理了，又怎麼能奢望他採取行動？再者，當我想到不論是有意還是無意，燦熏可能也看過那整組照片時，我就覺得自己沒有辦法再像從前那樣面對他。

我不想懷疑他，可是我沒辦法阻止自己去猜想，他看著我的時候，腦中會不會也浮現出我的裸體？他在爲我打抱不平的同時，會不會仍順從著慾望，存下全部的照片，私底下偷偷欣賞？我好討厭這樣疑神疑鬼的自己，卻又無法停下。

夜深人靜時，我曾想，還是乾脆一不做二不休，藉著這樣的機會，眞的開始去賣相關的照片或影片算了？趁現在有話題跟熱度，說不定能哄抬到一個好價格。反正都已經這樣了，被看見一次跟一萬次，有什麼差別呢？

當初誤會老師知道我怕狗，是對我有特殊情感，後來我爲了不要再讓自己誤會下去，不也開始到處告訴別人自己怕狗嗎？我就是這樣一個容易自暴自棄的人啊。

只是當我脫下衣服，對著鏡子拿起手機時，卻還是無法按下快門……根本就辦不到啊。

說自己怕狗僅是無傷大雅的陳述，跟要主動拍下裸照上傳是完全不同等級，兩者要做的心理準備壓根無法相提並論。一度想著要這麼做的我，腦袋大概眞的壞掉了吧。

✦

星期二的晚上，我首次收到除了燦熏與家人之外的，來自外界的訊息。

「小紅，妳在嗎？妳已經快要一個星期都沒理我了耶！」

我怔怔地看著手機上跳出來的通知，遲遲沒有點開。

照片流出的當下，我把其他交友軟體都刪掉了，唯獨保留了這一個。理由很簡單，一方面是因爲這是唯一一款我眞的覺得有交到朋友的軟體，另一方面，當初申請帳號時什麼資料都不用填寫，因此只要我不說，就不會有人知道我是誰。

當時莫名其妙地又和阿森失聯這點，雖然令我有點介懷，但因爲裸照事件，我幾乎都要忘了這件事，直到今天收到他的訊息，我才想起來。

即便他傳來的內容與裸照一點關聯都沒有，我卻忍不住想，阿森會不會也看過那些照片了呢？可是我好不容易又跟他取得聯繫，況且他也不曉得我就是「于筑嫣」，倘若就這樣跟他錯過，似乎有點可惜。

猶豫幾分鐘後，我還是選擇打開與阿森的聊天室。

「啊！妳終於讀了！」我都還沒打字，就看到阿森的訊息再度跳了出來，「我還擔心該怎麼辦呢，馬上又要七天了，我們差點就要永久失聯了！」

我往上滑了一下，果然，先前我傳的訊息又都呈現未讀的狀態。

「你這星期有傳很多訊息給我嗎？」我問。

「有啊，我幾乎天天都傳耶！」他回覆的速度很快，「不過我現在往上看，那些訊息也都沒有已讀，看來是系統又出問題了。嚇死我了！」

「這麼擔心我們失聯啊？」我露出了這段日子以來難得的笑容。

「當然啊！妳可是我好不容易在網路上交到的朋友欸！老實說，我還曾經想過，如果有機會，我們要不要約出來碰面……妳放心，一定會是選在人多的公眾場合，絕對不會有危險的！」

或許阿森會特意強調這點只是想讓我安心，卻不經意地觸動到了我的敏感神經。

「你會這樣再三保證，是不是因爲最近那個照片外流事件呀？」我終究是主動提起了這個話題。

「照片外流？什麼事件啊？」

是一時沒有意會過來嗎？我握緊了手機後，再度傳送訊息，「就是那個叫『于筑媽』的女高中生，在更衣室被偷拍後放到網路上的事件啊！」

我感覺整個人都在冒著冷汗。沒事的，這個名字早就人人皆知，阿森也不會知道我就是當事者，他不會發現異狀的。

「于筑媽？我沒有聽說過耶。」

看到這行字跳出來時，我才終於鬆了一口氣。儘管一開始對於阿森資訊遲鈍的程度感到有點錯愕，然而此時此刻，我由衷感謝他生活在一個偏僻的地方。

他不曉得我就是于筑嫣，所以沒有必要對我說謊。經由阿森這麼一講，我的心底某處也得到了些許安慰，我的照片並沒有如我想像的那樣，擴散到世界的每一個角落去。

「但是被偷拍感覺很慘耶，偷拍的人也太不道德了吧？」阿森補上了一句。

「聽說那個女生平時行爲也沒有很檢點，還玩弄別人感情，會遇到這種事，也是自作自受啦。」大概是因爲近期看見的評論都是這樣，不知不覺中，我也下意識地覺得事情理當如此。

「這是兩回事吧？我不認識她，不知道她平常是怎麼樣的人，可是用偷拍來懲罰，本身就是犯法的行爲啊。舉個極端的例子，難道有個人被劈腿了，他就可以去放火燒對方家或拿刀砍死對方嗎？」

阿森的回覆令我一時語塞。

「而且，就連我是男生，被偷拍都會不舒服了，何況是女生，甚至還放到網路上？網路很可怕的，放上去的東西永遠不可能消失！感情傷害嘛，或許不可能完全痊癒，但隨時間經過多少會淡忘，可是照片只要被人存下來，不管過多久都可能被人拿出來分享，這個傷害嚴重多了吧？更何況，妳也只是『聽說』她不檢點而已，說不定連這個謠言本身都是誣賴，只是偷拍者試圖讓自己的行爲合理化的藉口！在這個資訊愈來愈流通的時代，我們都要小心，不能只依靠片面的訊息就相信了某些事情。」

我盯著阿森傳來的字字句句，滿是震驚，沒想到比我小一歲的他，在這種時候居然看得比我還透澈。阿森講的話不完全正確，我知道我的不檢點在某些部分是事實，可是他點醒了我，這不該成爲對方偷拍的正當理由，更不代表我應該受到這樣的對待。

我現在選擇躲起來，不就好像坐實了網路上滿天飛的謠言，包括我有在賣、我是蓄意流出照片等等。只有我知道其中的眞假，我不能再讓自己的名聲一路敗壞下去。

對於那些空穴來風的指控，我不甘心就這樣蒙受冤枉。沒有的事情就是沒有，關於這一點，我堂堂正正，我願承擔我所犯之錯的罪名，偷拍的元兇也應該有這樣的擔當。

「嗯，你說得對，」我感覺自己的眼眶微微發燙，「謝謝你點醒了我。」

「小事啦！」

我拿著手機輕輕一笑。眞可惜，無法告訴阿森，那聲謝謝眞正的含意是什麼。

「話說回來，我有件事一直耿耿於懷，但不知道能不能由我來開口問。」阿森的訊息又冒了出來。

「怎麼了？」我回覆。

「就是……妳跟老師怎麼樣了？」

我一頓，這麼說起來，上一次跟他提起老師，應該是在老師吻了我之後，我跟他說我大概是被間接拒絕的時候吧。明明沒多久之前的事，現在的我卻有一種已恍如隔世的錯覺，當時他還鼓勵我，沒有明確被拒絕的話，都還是有機會的。

我苦笑，「這次眞的被清楚地拒絕了。」

「妳又告白了？」

「嗯，老師說，他對我並沒有懷著戀愛的情感。」

「哇，那我這樣貿然提起，是不是很沒神經啊？對不起，我不是故意的！」

「沒關係啦，我已經看開了。」

我沒有說謊。事實上，若沒有後來的風波，我或許依然會陷在傷痛之中。然而，跟現在鬧得沸沸揚揚的裸照事件相比，失戀也只是小巫見大巫。

證據就是，剛剛再度憶起這件事，我僅是覺得內心有點苦澀而已，並沒有太多情緒湧現。我登時覺得有點無奈，被拒絕時還曾一度覺得世界失去了色彩，直到此刻才知道原來地獄是見不到底的，原來慘痛也是比較出來的。

第七章

「妳確定要去學校嗎？不用逞強沒關係，我們不會責怪妳，也可以幫妳辦休學。眞的有需要的話，轉學或搬家我們也有考慮過……」

隔天早上，即便我已準備完畢，在出門前，爸爸還是忍不住問了一句，媽媽也在旁邊一臉擔憂地看著我。

「嗯，我要去。」我喬了喬書包背帶的位置，「如果我沒有做，那我就沒有理由要逃避。」更何況，網路世界是沒有界線的，我逃到哪裡都無所遁形，只能調整好自己的心態來面對這一切。

爸媽交換了一個眼神，縱使看上去仍然很不放心，爸爸還是載著我前往學校。在下車之前，爸爸又千叮嚀萬囑咐，如果眞的無法承受，就打電話給他，他說什麼都會立刻趕來接我回家。

「好，我知道了，謝謝爸爸。」我給了他一個微笑，意圖使他放心。

然而，當我走過校門，偶然看見右方的一位同學似乎朝我瞥了一眼時，我就動彈不得了。他是不是認出我了？他剛剛心裡在想什麼？是不是在嘲笑我活該？

此時，我又瞄到左邊有另一個同學背靠在牆上，正使用著手機。

他的鏡頭恰好就對著我的方向，我不禁感到恐懼，他是不是在拍我？也許，他正在上傳我的照片到校板上，以便告訴所有想圍觀的人，我已經來學校了。又或者，他正在翻出他存下來的那些照片，比對著我本人，順道再重溫一遍關於我全身上下肌膚的細節……

這麼說起來，我突然停在原地，豈不更引人注目？那些剛剛從我身邊經過的人肯定都發現，這個人就是那個事件的主角，那個把自己沒穿衣服的照片放到網路上的不知羞恥的女生。

忽然之間，我覺得周圍幾百道視線全都毫不留情地刺在我身上，將我的制服一層一層褪下，犀利地審視我的身體，然後盡情訕笑，彷彿我正在大庭廣眾之下赤裸著身軀。

這和先前公然搶學長，然後被唾棄的感覺截然不同，當時我早就知道我會被鄙視，我也從未試圖假裝我沒有那麼做。可是現在，我卻因爲未犯之罪而被嘲弄，我頓時感覺眼前一片黑，整個人也吸不到氧氣。

我的雙手胡亂地遮蔽著自己的身體，縱使我根本不知道自己想掩蓋住什麼。先前誇下海口醞釀出來的勇氣，俄頃之間蕩然無存。好想逃，好想逃到一個沒有人認識我的地方。

救命。

救命。

救救我！

「筑嫣！」

驀地，我的手被人輕輕握住，視線重新對焦後，我才看清眼前的人。

「燦熏……」我顫抖著聲音，「我是不是沒有穿衣服，爲什麼大家都在看我？」

「沒事的，冷靜一點。」他捉著我的手去觸摸我身上的衣物，「感覺到了嗎？妳有穿衣服的。」

布料的感覺自指尖傳入神經，觸感粗糙而熟悉。

「我明明跟大家穿著一樣的衣服，爲何大家卻好像都只注意我？」我失神地問。

「沒有人在注意妳。放心吧！妳在人群之中，與我們沒有任何不同。」

燦熏對我說的話，起了些微的作用。即使我不知道燦熏是不是在睜眼說瞎話，抑或是我感覺到的那些尖銳目光，其實眞的都只是我的錯覺。

沒錯，我必須堅信著，我和別人並沒有不一樣。假如連我本人都放棄這個事實的話，就眞的沒有人能夠幫助我了。

鎮定下來，于筑嫣，妳要鎮定。

「不過，如果妳真的覺得不舒服，今天還是先回家⋯⋯」

「沒關係，謝謝你，我好多了。」我深呼吸了幾次之後，緊緊回握住他的手，「我不能再卻步了。」

周遭灼熱的視線，依然令我覺得萬分疼痛，可是這一次，我勇敢直視著前方，在燦熏的陪伴之下，堅定地朝著班上走去。

「唉唷，謠言都是真的，她實在很會勾引男生耶！先前堅稱是朋友，結果繼溫馨接送之後，現在還公然牽手了？」

當我們轉進走廊時，有兩個女生正在那邊聊天，一見到我們經過，就刻意用著不大不小的音量說了這句話。

那位說話的女生，似乎先前也曾八卦過我跟燦熏的關係。我原先只打算把她的話當成雜音，聽過就算了，沒料到燦熏居然直接走向她，將我們交握的手展示在她面前。

「如果她真的是一個喜歡勾引男生的人，」燦熏嘴角噙著笑，「我不會需要等到認識她的第十一年，才有權利名正言順牽起她的手。」

「什——」面對燦熏突如其來的宣言，對方顯然有些錯愕，「她是學長的女朋友吧，你們這樣哪裡名正言順？」

「她跟學長已經分手了。」

「哦？」那個女生挑眉，「那不就證實了我之前說的，你是個撿回收的？學長看清了、不要了，你竟然還視為珍寶。」

「是寶物還是垃圾，確實是因人而異。」燦熏毫不動搖，「從我的角度來看，我知道筑嫣已經為之前所做的事情反省了，然而妳卻僅是隨波逐流地大肆批評一個人，我只能為妳的資訊素養能力感到悲哀。」

「你！」她氣得牙癢癢，「我看，只有頭腦壞掉的人，才會輕易就相信她隨口說說的反省吧？是個正常人的話，肯定從一開始就不會做那種錯得離譜的事！」

「那看來妳肯定是個人生完美無瑕，從來沒有做錯過事情的人呢。要不要我給妳張好寶寶貼紙？」燦熏完全沒有被激怒，「走吧，別把時間浪費在不值得的地方。」

那個女生貌似還想繼續吵，但燦熏拉過我便直接走掉，我的雙腳雖然跟著移動，心思卻仍停留在他們的對話上。縱使燦熏為我挺身而出，她的話卻依舊扎在我的心上。

「……對不起。」前往教室的途中，我忍不住脫口。

「嗯？為什麼要道歉？」前方傳來燦熏不解的聲音。

「因為跟我走在一起……讓你也成為輿論的焦點了。」

他倏地停下腳步，轉過身來，彈了我的額頭一下。

「喂！你幹麼啦！」

「還是會凶我的筑嫣，我比較習慣一些。」他笑了幾聲，便又繼續往前走。

「什麼跟什麼，你是被虐狂嗎？」

「當然不是，平常應該是我欺負妳比較多吧？」他的嗓音始終掩不住笑意，「我是想告訴妳，要是我眞的會在意這種小事，今天就不會到校門口去接妳了。所以妳不要自己在那邊胡思亂想，好嗎？」

我看著他的背影，沒有答腔。其實就連我自己都抱持著些許懷疑，當初我的行爲舉止確實荒唐，這樣的我，眞的値得燦熏的貼心呵護嗎？

待在教室內，我依然如坐針氈。我的座位雖然不是在教室的正中間，但也不在角落，因此四面八方都有同學。而我已經一個星期沒有來學校了，如今突然出現在這裡，說有多突兀，就有多突兀。

我感覺到班上同學對我的議論紛紛，毫無保留地瀰漫在整間教室內。我捏了捏自己的手臂。不要緊，把那些都當成白噪音就好了。

第一堂課的鐘聲敲響，走進來的是許久未見的老師。這麼說起來，今天是我被他拒絕以來，首次碰面呢。

老師踏入教室時，見到坐在位子上的我，明顯地稍稍頓了一下。但他盡可能沒有表現出異狀，一如往常地將手中的講義放到桌上後，便開始上課。

這就代表我的所作所爲，或多或少還是對老師造成一點影響了吧，能夠在老師的生命中留下一點汙漬，那段自以為是的戀愛也該感到榮幸了。

——我以為我能如此豁達，事實卻不然。

從老師的身影入眼的那瞬間開始，我感覺胸口又開始躁動。那些因為裸照而被我遺忘的情感，在此刻又全都重新醒了過來，自我的胸口溢出，滲入我的每一條血管。

尤其一個星期不見，所有感受全被密封著發酵，現在蓋子被掀開，那些心緒霎時間就無法抑制地擴散開來。明明已經被拒絕了，卻還是無法停止在意老師的我，在風波纏身的狀況之下，似乎又顯得更加可悲了。

話說回來，對於那些照片，老師是怎麼想的呢？我不喜歡學長卻仍與他交往的事情，老師是知情的，甚至還提醒過我這種行為並不妥當。當時老師就明白了我觀念上的瑕疵，如今我遇上這些事，老師會不會也覺得是我應得的？在老師的心中，我到底是什麼樣的形象呢？

意識到自己又開始猜測老師的想法，我急忙甩甩頭。不行，不能再去想了。

雖然我還沒有和燦熏交往，但現在陪在我身邊的人是他，是我最珍視、最不想傷害的重要的朋友。我不該放任自己再將注意力都集中在老師身上，我必須主動踏出去，才不會永遠被禁錮在失敗的經驗中。無論哪一件事，都是一樣的。

中午時間，校方得知我來學校之後，請我去了一趟輔導室。他們說，事發後有請人徹底檢查更衣室了，但沒有找到任何偷拍的設備，當然也不排除已經被犯人回收了的可能性。

「這段時間對妳來說比較難熬，如果妳有需要的話，隨時歡迎妳來找我聊聊。」輔導老師溫柔地說著。

「好的，謝謝老師。」我向她鞠了個躬。

然而，當我離開輔導室，便聽見裡頭的學務主任用他的大嗓門說道：「我就說，一定是她自己拍的啦！學校裡還有誰會這麼做？她眞的以爲師長們都瞎了，不知道她上學期做過什麼事喔？雖然我不贊成高中生談戀愛，但這個年紀就會搶別人男友，那才眞的是沒救了！」

「主任，您別這麼說……」輔導老師似乎想講些什麼，卻都被學務主任的音量蓋了過去。

我抿了抿唇。

「別聽他一派胡言。」在輔導室外等著我的燦熏肯定也聽見了，「妳也知道，他只是霸占著主任位子的陳腐老人而已。」

我扯動嘴角，想表達我沒有放在心上。

「話說回來，關於犯人，我有了一些想法。」見我沒什麼反應，燦熏逕自說了下去，「依現狀看來，對妳懷有不滿，又能夠自由進入女生更衣室裡安裝攝影機的人，高機率就是簡瑄莓或是平常跟她要好的女生了吧？雖然還沒辦法百分之百確定，但我直覺和她脫不了關係。總之我會先朝這個方向查查看。」

不謀而合呢，我想著。果然，凡是對於我的人際關係有點了解的人，都能夠得出這個結論。

搞不好校內的其他同學也有這樣的想法，不過當初畢竟風向是往瑄莓學姊那邊倒，如今若眞的是她做出這種事，撇除法律面，大概也不會遭到多大的責難，甚至會被認爲情有可原。

儘管是踩到她頭上的我有錯在先，可是一想到犯人可能是瑄莓學姊，我的心情還是有點複雜，多麼希望她不是那個幕後黑手。我們曾經眞的很要好，是我親手把這段關係摧毀了，之前她發現我搶她的男朋友時，會不會也是這樣的感受呢？

下午的體育課，由於游泳測驗已經結束了，再加上溺水與偷拍事件的雙重打擊，體育老師也能理解我不想補考的心情，便和我商量，他可以依據我平時上課的表現直接給我及格分。但爲求公平就無法再更高了，問我能不能接受，我當然說好。

放學時間，爸爸老早就在校外等著我。我繃緊神經，在燦熏的陪伴之下，穿越重重學生，打開車門鑽入後座之後，才終於鬆了一口氣。

我做到了。即便只是第一天，我還是成功地讓自己暴露在眾人之中將近十個小時的時間了。

「回到家再跟我說一聲。」搖上車窗前，燦熏說道。

「好，抱歉今天麻煩你了。」

「麻煩的事多著了，還差今天嗎？」

我撥動門把上的按鈕，將燦熏那張得意的臉隔絕在車窗外。

「在學校都還好嗎？」在等紅燈的空檔，爸爸透過照後鏡看向我。

「還好。」我微微一笑，「雖然不容易，可是我認爲我能夠繼續努力下去。」

正所謂萬事起頭難，我已經有了開始，燦熏也願意陪在我身邊，我相信，我一定能夠慢慢向前邁進。

車子緩緩駛到家，準備停入車庫時，我看見一輛熟悉的機車停在門口。

「是誰把機車停在這裡？」爸爸有些不悅。

我也跟著愣了愣，「那是……學長的機車。」

「他來幹什麼？」爸爸的眉頭皺得更用力了。

我也和爸爸有著相同的疑問，我們不是已經分手了嗎？爲什麼他還會出現在我家？沒等爸爸停妥，我先一步下了車，急忙跑進家裡。而後我看到的，是媽媽正和學長聊著天的畫面。

「啊，你們回來啦。」媽媽看向我，「雙翊說想來看看妳，我心想，有他陪在妳身邊，妳心裡應該也會比較好過一些。本來他要在外面等的，我想說人都已經到門口了，不如就直接請他進來……」

聽見媽媽這麼說，我才驀然想起，我似乎尚未跟爸媽說，我已經和學長提了分手。在媽媽的認知中，學長仍然是我的男朋友，所以她才會這樣想吧。

畢竟人在難過時，大多都會想要依賴喜歡的對象。

「筑嫣。」學長看向我，眼神中盡是溫柔與憐愛。

我卻只感到一陣不自在，不光是胸口瞬間充斥的愧疚，還有身體可能已經被他看遍的焦慮，錯綜複雜的感受交纏在我的感官之中。

「好啦，既然筑嫣回來了，你們就去房間裡聊聊吧。」媽媽一邊笑著，一邊將我們推入我的房內。剛走進門的爸爸見狀，也難得沒有出聲制止，或許是因爲他體諒我的處境，才決定讓學長安慰我——明明我不需要。

我和學長在房間內對望著，氣氛尷尬到極點。

「你今天……怎麼會來？」我艱難地問著。

「筑嫣……」他伸出手來，似乎想要觸碰我。

我反射性地後退一步。

學長一愣，黯然收回手，「抱歉，我答應過妳，不會再隨便碰妳。」

看見他難受的模樣，讓我再度感到內疚。

我先前對他提出分手，美其名是要顧及他的心情才沒有說出來龍去脈，實際上只是不想讓自己擔上更多罪狀。直到他的落寞在我眼前一覽無遺時，我才意識到這點。

我想，我的確欠他一個解釋跟道歉。讓他討厭我、恨我，本就是我該面對的懲罰，而且或許這麼做，才能眞正切斷他在我身上的依戀。是時候該將一切說清楚了。

「那個……」我從喉頭擠出文字，「關於先前說的，分手——」

「現在先別提那個了，當務之急，應該是處理妳的照片吧？」

「咦？」

本以爲學長是來談我們之間的問題的，他卻說出預期之外的話，打斷了我的思緒，教我一時語塞。

「我第一眼眞的很震驚，可是接下來，我只覺得很氣憤、很心疼，怎麼能做出這麼惡劣的事情。」他低下頭，握緊了拳頭，「我不能放任自己在這種情況下，還不爲妳做些什麼……」

爲什麼？我不明不白地甩了他，學長爲何非但沒有著急地想釐清一切，反而還主動提議要幫助我？

「我知道現在在妳眼前的我，對妳來說是一個麻煩，所以我向妳保證，這段期間我不會向妳要求什麼，只要當作我是一個與妳並肩作戰想制裁犯人的隊友就可以了。我們之間的事情，等到一切落幕後，再來處理也不遲。」

我聽著他的話，內心竟有些許動搖。於我而言，外面的世界現在充滿無法視而不見的惡意，如果多一個人表明站在我這邊，何嘗不是一件好事？

我並非不相信燦熏，但我不希望讓他獨自為我擋下所有攻擊，猶豫再三後，我還是妥協了。倘若學長本人都這樣說了，我再執意解釋似乎也只會讓彼此更加困窘。

「但是這並不代表我們復合了喔。」我向學長說道。

「我知道，我不會誤會的。」學長語氣堅定，「比起那個，更重要的是，其實我已經知道犯人是誰了。」

我一驚，瞠著眼等待他的下一句話。

「是瑄莓。」

不出所料的答案，「爲什麼你這麼篤定呢？」

「我有跟妳說過，她經常會傳一些妳跟其他男生互動的照片給我，希望能讓我們分手，對吧？」他苦笑著，「我通常看過就刪了，但既然她有在注意妳的行蹤，甚至收集相關照片證據的話……妳不覺得，她是最可疑的人嗎？」

聽完學長的推論，我總覺得乍聽之下好像有道理，細想又不那麼合理。就算同樣是偷拍，日常生活的照片跟裸照之間有一條明確的界線，單憑這個行爲，眞的就能斷定犯人是瑄莓學姊嗎？

我還有所遲疑時，學長又篤定地啓唇，「總之，我敢說一定是她做的。雖然確實是我們傷害她在先，但她這樣的行爲實在太過火了。」

一向溫柔的學長罕見地憤憤咬牙，看來不是個適合提出疑問的時機，我便把想說的話吞回了肚子裡。

就在這時，口袋傳來一陣震動，我掏出手機，螢幕上顯示是燦熏的來電。

我這才想起，離開學校之前，他有叮囑我到家要與他聯絡，這麼久沒有消息，令他擔心了吧。

「抱歉，我接個電話。」我知會學長後，便按下接聽，「喂？」

「沒事就好。」彼端的燦熏聽起來鬆了一口氣，「可能是我太神經質，我只是……想確定一下而已。」

「是我忘記打給你，抱歉讓你擔心了。」事發最初，我曾嚷嚷著不想活了，今天又是我重回學校的第一天，因此我完全能夠理解燦熏的緊張。

「那我就不打擾妳了，明天學校見啦！」他的聲音又恢復了朝氣。

「嗯，掰掰。」

電話掛斷後，我注意到學長正盯著我看，表情有點複雜。

「是關燦熏嗎？」

「對、對啊。」我稍稍握緊了手機。

「沒事，我隨口問問而已。」學長勾了勾唇角，「我也差不多該走了，明天還有個報告要交。這幾天如果瑄莓還有聯絡我的話，我會試著套話，看能不能得到什麼決定性的證據。」

「……好，謝謝。」我只能先順著他的話接下去。

就在學長準備離開房間時，他的眼睛瞄到了我擱置在書桌一角的小熊吊飾。

「這個我先拿回去吧，它穿著一身泳裝，妳看了應該覺得很不舒服。」學長拿起小熊，「未來如果……妳還願意接受我的話，我一定會把完美的它交到妳手中。」

我看著學長將小熊吊飾收進背包，一個念頭忽然在我腦海閃過——學長爲什麼會知道我的泳衣樣式？

我並沒有和學長一起去游泳過，也未曾描述我買了什麼樣的泳裝，可是爲什麼學長給我的小熊，卻會穿著與我款式一致的泳裝？

「學長，」按捺不住心中的疙瘩，我開口問道：「爲什麼你會知道我的泳衣長什麼樣子呢？」

學長聞言，苦澀一笑，「因爲瑄莓有傳給我過妳上游泳課時的照片，這也是爲什麼，我並不意外她是犯人。事實上，我認爲那些照片不一定都是她本人拍的，當初我們決定在一起之後，應該有很多人爲瑄莓抱不平，或許在妳的班上也有這樣的人。他們也許是受瑄莓指使而行動，不然更衣室這麼私密的空間，假如不是預先裝了攝影機，最有可能下手的應該只能是同班同學了吧？」

學長這番話不僅解答了我的困惑，也讓他的推論更具說服力，令我更加找不到爲瑄莓學姊開脫的空間。縱使我的內心深處，始終不願相信這個事實。

或許這就是現世報吧，我讓她嘗過的絕望，終究還是會重新降臨在自己身上。

學長回去後，我寫了點作業和習題，並準備明天的小考，隨後便去洗澡放鬆。

當我披著浴巾從浴室出來，想說要不要先跟阿森隨便聊聊再去吹頭髮時，我看見書桌上的手機似乎不斷地跳出通知。似曾相識的場面，令我產生一股不好的預感。

我急忙抓起手機定睛一看，確認不斷通知的來源是班級群組以及燦熏的聊天室後，明明剛洗完熱水澡，我卻感覺整個人好像被凍結了一般。不會吧？不會又是什麼跟我有關的事情了吧？

這一回，我沒有先看燦熏的訊息，而是直接點開班級群組。第一則訊息是一個連結，幾個大字映入我的眼簾，彷彿在嘲笑我的勇氣。

「第二集！女高中生在校生活照大放送！周旋於異性之間的魔女，當然也有新的香豔照～」

我整個人無力地跌坐在地上，就算沒有點開連結，我也有十足的把握，照片的主角一定又是我。

我真的沒有勇氣再去瀏覽了，我不想知道我的哪些部位又在網路上四處流傳，也不想知道網路上的陌生人們對我的評語是什麼。如果可以，我甚至希望自己不要知道偷拍照又再度被流出的消息。

未來是不是還會有第三集、第四集？我是不是得一直這樣提心吊膽地活下去，永遠陷在恐慌之中？

我看著那個標題，再度憶起學長今天的字字句句。倘若瑄莓學姊眞的有在注意我平時的一舉一動，那最有可能釋出生活照的人，應該就是她了吧？看來，不親自去面對瑄莓學姊的話，我是不可能會有解脫的一天了。

✦

隔天，我沒有退縮，依然選擇去學校。

我知道，不能因爲被攻擊了就卻步，所以即便我全身冒著冷汗，呼吸也毫不順暢，我仍盡可能堅定地告訴爸媽，我要去上課。

我並非完全問心無愧，但我知道我必須抬頭挺胸去面對。

抵達教室後，我決定在打掃時間前先去一趟廁所。當時已經有一些負責清掃廁所的學生在做準備了，我走進去時，她們看了我一眼，隨後又迅速轉開目光。

不要多想、不要去揣測她們心裡在想什麼，我在心中提醒著自己。然而，當我如廁完畢，正準備從隔間內出來時，忽然有一桶水從上面潑了下來，不偏不倚淋得我一身濕，讓我打了個哆嗦。

「唉呀，這個隔間怎麼上鎖了？裡面有人嗎？」其中一個女學生用很假的語氣驚呼著，「我以為裡面沒有人，所以想說要直接倒水進去清理『髒東西』呢！」

哪有人這樣打掃廁所的？我忍不住在內心吐槽。

「有啦，我剛剛看到有人走進去啊！就是那個大名鼎鼎的于筑嫣呀，妳沒看到嗎？太不小心了吧！」另外一名女學生配合著演出。

「是這樣嗎？抱歉，我沒注意到！」她毫不真誠地道了個歉，「妳放心，我是游泳社的，每天都有帶浴巾來學校。我們班教室就在隔壁，我馬上去拿來給妳喔！」

接著，我就聽見一陣急促的腳步聲遠去，看來真的是去拿浴巾了。雖然懷疑別人不太好，然而我還是有些訝異，上一秒才蓄意捉弄我的人，怎麼下一秒就這麼好心？

過了不久，我又聽見一陣腳步聲靠近，同時貌似還伴隨著些許嘈雜的人聲。

「我回來了，」對方說著，語氣十分歡快，「妳開門出來拿浴巾吧。」

我一愣，方才一桶水直接澆下來，我已經整個人濕透了，連帶著淺色的制服上衣也被浸濕，內衣也因此變得若隱若現。如果我現在開門出去，不就全都讓人看到了？

外頭人群鼓譟的聲音再次傳入耳裡，我才終於意識到她們的計畫是什麼，她們就是想要我這樣出現在眾人面前。

「……能請妳把浴巾從上面丟進來給我嗎？」就算知道她不太可能答應，我還是抱著一絲希望問了一聲。

「浴巾有點大條，不太方便耶。」她這樣回道。

妳們明明就扛得起更重的一桶水，我又忍不住翻白眼。

大概是我一直沒有動靜，她催促道：「怎麼了？妳有受傷嗎？為什麼都不出來呢？我真的是不小心的啦，不是像小說常出現的霸凌那樣，還把妳反鎖在裡面什麼的，所以妳趕快出來吧。」

因為妳們就是希望我出去啊，怎麼可能會反鎖呢？我緊咬下唇。就算我很清楚，在外頭等著的人們或許連我的裸體都看過了，我還是不願以這樣的姿態走到他們眼前。

可另一方面，我也無法忽視愈來愈冷的感覺。這次濕透的程度可能比之前淋雨還要更嚴重，再加上天氣已經轉涼了，如果不趕快處理，十之八九會生病……生理與心理拉扯著，我該怎麼辦？

這一刻，我突然想起老師。

暴雨的那一天，是老師突如其來地現身，拯救了被雨淋濕又忘了帶傘的我。假如老師曾經幫助我的舉動，只是對一般學生會做的事情的話，那麼，現在我的身分也沒有改變，老師會注意到我遇上麻煩了嗎？會來幫我嗎？我能期待老師出現嗎？

驀地，人群騷動的聲音似乎加劇不少，感覺上像是有個不得了的人也來到現場。

我一瞬間燃起了些許希望，但緊接著我就意識到，如果來的人是師長，照理說學生們應該會鳥獸散，而不是像現在這樣，更加興奮地喧嘩。那究竟是誰來了？

還來不及理出頭緒，就聽見外面的女學生激動高喊：「瑄莓學姊！」

我登時心一寒，既然叫得如此興高采烈，想必她們本來就是一起計畫好的吧？要不然這裡可是二年級的廁所，瑄莓學姊沒事怎麼會過來？

我苦笑著，門外的瑄莓學姊現在肯定很高興吧？總算讓她揚眉吐氣了。

「浴巾給我吧。然後妳們都把手機收起來，別拍了。」

不料，這竟是瑄莓學姊開口的第一句話。

「爲、爲什麼？」女學生聽起來滿是錯愕，「我們是在幫她多拍一些性感的照片，讓她可以有更好的素材拿到網路上賣呀。」

「那些照片不是她自己上傳的，她是被害者。」瑄莓學姊語氣平淡地道：「在場的各位，應該沒有人希望自己的裸照在未經同意的情況下，被放到網路上供人觀看吧？既然如此，爲什麼還要給她二度傷害呢？」

正因爲瑄莓學姊應當是最有資格這樣對待我的人，所以由她口中說出我其實是被害者時，反而莫名地有可信度。

看熱鬧的人群或許是被說服了，我聽見一陣混亂的腳步聲，他們顯然是逐漸散去了。

「什麼嘛，我明明是想幫學姊出氣，結果怎麼搞得好像我才是壞人一樣！」那個女學生氣憤地說著。

「我並沒有拜託妳這麼做，如果是妳自作主張的行爲，請不要假藉我的名義實行。再說，我跟筑嫣之間的糾葛，應該是我才有權利決定要如何處理。」

「我、我們都以爲，這個風波，學姊肯定有份……」

「所以在你們心裡，都覺得我是會做出這種卑鄙事情的人嗎？」瑄莓學姊的聲音裡多了一點苦澀，「那我做人還眞是失敗呢。」

短暫的沉默後，是一陣小跑步的聲音，我猜應該是負責打掃的女學生們也離開了。

接下來是教人窒息的安靜，唯有一條浴巾從門板上落了下來。

我伸手接下，將自己牢牢地裹了起來，然後又是一片死寂。

「妳不出來嗎？」瑄莓學姊先開了口，語氣相比剛才有了些溫度，「光靠浴巾應該還是擦不乾吧？放心，現在外面只剩我一個人了。」

我覺得視線開始不那麼清晰了。

「爲什麼？」我艱難地出聲，雙手緊緊捉住浴巾，「妳爲什麼要來幫我？就算這些事眞的跟妳無關，看我落魄成這副模樣，妳應該很開心吧？安安靜靜當個旁觀者享受這一切，不也很痛快嗎？」

空氣再度凝滯。良久，我才聽見瑄莓學姊的聲音，「……妳要聽實話嗎？」

我嚥下唾沫，等待她接下來的話。

「如果說一點開心都沒有，那是騙人的，畢竟妳傷害我是不爭的事實。當我看見照片流出時，我的第一個念頭確實是覺得妳遭到報應了，無論是被偷拍，還是真的像某些傳聞說的，本來應該是要付費購買，現在卻被免費傳閱，妳都是受害者。很抱歉，我不是聖人，遭受過那樣的對待，我無法假裝自己不曾期望妳會惡有惡報。」

我默默地聽著。假設是別人這樣對我說，我或許心理上會無法接受，然而對方是瑄莓學姊，是我的所作所爲之下傷得最重的人，如今聽她道出心情，我完全不覺得她會有這種念頭很過分，聽起來甚至比我當初的動機合理太多了。

「不過……看到昨天被放出來的那些照片時，我才發現，或許我其實是該要……跟妳道謝的。只是我想，在這種狀況下說謝謝，妳大概會覺得我在落井下石。我知道妳現在需要的，是我的挺身而出，假如我還視而不見的話，就眞的太沒有良心了。」

「咦？爲、爲什麼要向我道謝？」我甚是不解。我做出那麼不道德的事情，爲什麼瑄莓學姊要感謝我？

「妳沒有看昨天晚上的照片嗎？也是，換作是我，一定也不想看。」瑄莓學姊似乎能夠理解，「但如果妳願意相信我，只要妳去看了那些照片，應該就會懂了。」

昨天看到標題時，我第一時間以爲是證實了瑄莓學姊的涉案，沒想到現在居然是瑄莓學姊反過來叫我去看那些照片。

「話說回來，妳真的不出來嗎？」瑄莓學姊敲了敲門，「我沒有在廁所聊天的嗜好。」

我抿了抿唇後，開了門鎖，有些膽怯地步出隔間。在我面前的，是睽違了將近半年的，瑄莓學姊帶著淺淺微笑的臉。

她向我伸出手，「走吧，我陪妳去保健室。」

我看了看那隻手，又看了看她之後，才終於鼓起勇氣握住。

瑄莓學姊就這樣牽著我走在走廊上，無論沿途有多少人露出震驚錯愕的表情，她的手都沒有一絲鬆動。

這讓我產生了一種錯覺，好像我們又回到初識不久的那時，瑄莓學姊也總是像這樣拉著我在學校附近閒晃；當初新生訓練要每個人輪流自我介紹時，她也是這樣帶著緊張的我走上臺。

我的眼眶抑制不了地發酸著。原來瑄莓學姊的手這麼溫暖嗎？

「其實我有點好奇，」途中，瑄莓學姊出聲，「事發最初，妳也懷疑過是我做的嗎？」

聞言的同時，我憶起剛剛她對女學生講的話，霎時不知道該如何回覆，深怕會因而觸怒她。但我這樣的反應，大概也讓她了然於心。

「這樣啊。」在拉開保健室的門之前，她無奈笑笑，「沒辦法，畢竟我們都只是平凡人而已呢。」

「簡瑄莓和于筑嫣看似相處融洽」的事，不到一天，幾乎就傳遍整個校園。大多數的人都覺得不可思議，這兩個人不是應該水火不容嗎？怎麼在我被眾人唾棄的時候，反而是瑄莓學姊對我伸出援手？

老實說，就連我本人也不太清楚狀況，包括瑄莓學姊爲什麼會注意到二年級教室這裡的騷動。

抵達保健室後，我先借了備用制服，急忙將頭髮吹乾後，第一節課的上課鐘就響了。瑄莓學姊只對我說了一聲「再聯絡」，就匆匆地走回三年級的教學樓了。

而我回到教室之後，馬上就迎來燦熏的關心。他對我說，他很抱歉沒有在第一時間發現女廁的騷動，讓我遭受其他人的欺負，他真的很自責。

我並不怪他，因爲他自始至終都沒有義務要時時刻刻注意我的一切。況且，若今天來幫助我的人是他而非瑄莓學姊，我認爲效果不會這麼好。

燦熏跟我的名聲現在都不算太好，可是瑄莓學姊照理說是站在我對立面的人，如果連瑄莓學姊都說了我是被偷拍的話，那還有什麼好懷疑的呢？

事實證明，一整天下來，我覺得那些鋒利的視線銳減了不少，校內也有許多學生轉而開始同情我。雖說仍不乏認爲是瑄莓學姊判斷錯誤，或者是我騙了瑄莓學姊的人，不過相對來說惡意已經不像最初那麼稠密。

僅僅是一瞬間的出面，就改變了校內的風向。我終於懂了，瑄莓學姊爲什麼會說，我需要的是她的挺身而出。

即使無法扭轉網路上的輿論，可至少與我生活最密切的環境變得友善許多，這就已經令我相當感激了。

當我把這段經過告訴燦熏時，他相當驚訝，也不禁爲先前一口咬定裸照事件與瑄莓學姊脫不了關係的說法感到愧疚。

「對了，我有件事想問你。」我壓低音量，「你有看過昨天被放上去的照片嗎？」

「哈？怎麼可能？」他白了我一眼，「我都已經知道主角是妳了，幹麼要去看？雖然我阻止不了這件事，至少我還知道要尊重妳。」

或許是見我反常地露出有點失望的表情，他愣然，「呃，妳、妳希望我看嗎？」

「也不是這麼說啦……」我轉述了瑄莓學姊的話給他聽。

「她要感謝妳？」燦熏也是滿頭問號，「難道那些照片裡有什麼奇怪的嗎？」

「就是因爲我沒看，所以才想問問你啊。」

「眞不巧，我也沒有看。」燦熏揉了揉太陽穴，「那妳現在跟我說，是想要我去幫妳找找看嗎？」

我盯著他一會兒後，垂下了眼，「不了，沒關係，還是我晚上自己確認吧。」

當天回家後，我做足了心理準備，拿起手機準備點開班級群組內的連結時，才注意到交友軟體那邊也有一個未讀通知。阿森有找我嗎？

我決定先點開交友軟體，發現他似乎是昨天晚上傳的訊息，大概是與班級群組不斷跳出通知的時間重疊，才讓我忽略了它。

進到聊天室內，跳出來的是阿森的一大串訊息。

「小紅抱歉，我朋友遇到一個問題，想請教妳的想法。就是他也有在網路上跟人聊天，和一個女生也聊了滿久的時間，只不過那個女生主要都是在跟他講她戀愛上的煩惱。我朋友一開始眞的都很認眞在給建議，可是聽著聽著他發現，他好像開始有點羨慕被那個女生喜歡著的男生……儘管如此，他都還是盡量不表現出來，一直鼓勵那個女生勇敢追愛。然而，最近他聽說那個女生失戀了，想說其實他們聊這麼久了，女生對他應該也不排斥，就有點猶豫，要不要跟那個女生告白看看。他來問我的意見，我想說問問看同樣是女生的妳，可能比較有參考價值？」

我皺了皺眉。若是他本人的困擾那也就罷了，他朋友的事爲什麼要來問我？我又不了解他朋友跟那個女生的性格與狀況，怎麼會知道該怎麼做呢？

由於心中牽掛著關於照片的事情，我只是趕緊草率回覆，「可以勇敢試試看啊！你之前不是都鼓勵我不要放棄老師，怎麼你就沒這樣鼓勵你朋友？」

阿森一如往常地很快就已讀，「也是，不試試看就不會知道結果，師生戀那麼困難妳都敢告白了，我朋友還眞是沒什麼道理不嘗試。」

「不過他們有見過面了嗎？如果沒有，建議還是先約出來開始慢慢熟悉彼此。劈頭就告白的話，很高的機率會把女生嚇跑，畢竟她可能還處在失戀的情緒之中。」

「好，我知道了，我會提醒我朋友的。話說，原來這則訊息有傳出去啊？我以爲系統又出問題了，還想說如果沒傳成功就算了。」

「抱歉，昨天比較忙一點，就沒有看訊息了。」

「不要緊啦，還是現實生活重要。」

我正想傳訊息和阿森說，今天我也有事要忙，就不多聊的時候，他又傳來一行字。

「對了，上次我說過有機會想碰面，我在想，不如就這樣吧！假設到明年我生日時，我們都還有保持聯絡的話，我們當天就交換別的聯繫方式，然後再約時間碰面，如何？」

「哇，我的其他聯繫方式夠當作你的生日禮物嗎？」我把剛剛打好的句子剪下，重新打了這串字後送出。

「夠啊，我覺得是很棒的禮物喔！」

「那可眞是我的榮幸。」我輕哂，「好啊，那就這麼說定了。」

幸好阿森對於裸照的事情一無所知，也對犯人嗤之以鼻，即便我向他提過「于筑嫣」這個名字，他似乎也沒有去搜尋，不然依他的個性，他勢必會告訴我他知道我在說什麼了。若非如此，我肯定不會答應要與他見面。

「太好了！我相信我們一定可以一路保持聯絡到那時。」我將剛剛剪下的話重新貼上。

阿森讀了之後，也沒再耽誤我的時間，只說了之後有空再聊。

關閉交友軟體後，我重新靜下心，確定自己已做好心理準備後，才終於點開所謂的第二集照片的連結。

首先跳出的是一片充滿膚色的畫面，我痛苦地闔上雙目，隨後才微睜著眼，迅速滑過這一區。底下正如標題所述，出現了一些生活照，包含我在合作社刻意觸碰男生的瞬間、我跟燦熏的互動，連我溺水那日，老師抱著我在更衣室的場面都有收錄。

從合作社以及燦熏的照片看來，拍攝者與我的距離很遠，而老師的照片，則是呈現很怪很近的角度，像是藏在某處的攝影機暗中拍下的感覺。

雖然這些照片都巧妙地切掉了男生的臉，或者幫他們打了馬賽克，但我知道我沒有認錯，畢竟我就是照片中的主角。可是這能夠看出什麼呢？我反而還覺得，若不是今天瑄莓學姊主動來幫助我，光憑這些照片，瑄莓學姊的嫌疑根本不可能減輕，甚至還加重了。

有一次從合作社離開時，我被瑄莓學姊叫住，乍看之下，照片中拍到的就是那一天的我。那到底爲什麼，她會覺得要跟我道謝？然而，當我再繼續往下滑的時候，忽然明白了什麼。

放在最後的，是我被一名男性壓在地上，衣衫不整的照片，男性的臉朝下，所以沒有被拍到，而我的臉則是被拍得清清楚楚。所處環境看起來是一個臥室，只不過也被上了模糊特效，因此細節不太能夠辨認，但我非常明確地知道，這是什麼時候的事。

那名壓著我的男性是學長，地點則毫無疑問是他的房間。

如果是在學校或公眾場合所拍攝的照片，我當然能夠合理懷疑是瑄莓學姊或站在她那邊的人所爲。可這件事是發生在一個私人空間，除非瑄莓學姊擅闖民宅，否則怎麼可能拍到這樣的場景？話又說回來，是誰最有機會在這個地方安裝攝影機來進行拍攝？我瞬間全身布滿雞皮疙瘩。

好巧不巧，就在這時，手機跳出了一則通知，是學長傳來的訊息。

「晚安，今天過得還好嗎？瑄莓目前都還沒有聯絡我，我怕主動找她會讓她起疑，所以打算先暫時等待看看。希望妳今天一切都順順利利。」

這一刻，我覺得噁心到想放聲尖叫。

第八章

「妳能理解，為什麼我會說，我應該要謝謝妳了嗎？他的背影我不可能認不得，他的房間我也去過幾次。啊，妳別誤會，我去的時候他爸媽跟兩個妹妹都在家，並沒有發生什麼事情。」

翌日中午，我和瑄莓學姊一起坐在生態池旁的涼亭，無視路過的人們那彷彿看見什麼奇觀的眼神，邊吃午餐邊談論著我昨日的發現。

我低頭看著放在腿上的便當，沒有半點食欲。

「如果妳沒有搶走他，說不定今天那些照片的主角就會是我。我不曉得他的動機是什麼，可是只要他是會做這種卑劣事情的人，那哪一天發生在我身上都不奇怪。」瑄莓學姊咬了一口麵包，「我這樣說或許有點過分，當我發現犯人是雙翊時，老實說，我一瞬間感到了慶幸。」

聽見瑄莓學姊這麼說，我並沒有生氣。我想，假設角色對調，我有很高的機率也會萌生這樣的念頭吧。

「要說動機的話……」我思考了一下，「應該是因為我主動跟他說要分手吧。」仔細回想起來，第一次被流出照片，就是在我向學長提出分手不久後發生的。

「所以是報仇跟威脅……嗎？」瑄莓學姊喃喃著。

「有可能。」我輕閉雙眼，「事件發生後，確實也因此讓他逮到機會重新與我搭上關係。」一想到他當時口口聲聲說要當我的隊友，背地裡卻是策畫一切的主謀，我就不禁打了個寒顫。

「我真的沒想到他會是這樣的人。」見我搓著手臂，瑄莓學姊的目光也黯淡了不少，「以前的我怎麼會那麼喜歡他呢？」

「可、可是還有一點，我怎麼樣都想不通。」我抬眼看向瑄莓學姊，「毫無疑問的，在他房間的照片肯定是他拍的，但是其他地方的呢？像是校內的生活照，還有最重要的，更衣室……」

「關於這些，我就必須向妳自首了，我還真的不是沒有參與其中。」瑄莓學姊苦笑，「生活照的部分，我那天看了一下，應該都是我傳給他的。當初我想要拆散你們，所以努力收集妳和其他異性互動的證據，希望他能看清妳並不是真的喜歡他。我只是沒料到，他會把這些照片傳到網路上，轉變成攻擊妳的利刃。」

瑄莓學姊打開手機的相簿，將那些有被放上網的照片秀了出來。它們散落在相簿各處，顯然不會是從流出的檔案中下載下來的。

「妳早就知道我不喜歡學長了嗎？」我一驚。

「那當然，我跟妳曾經那麼熟，我很確定妳並不喜歡雙翊。所以我更加無法理解，爲什麼妳在漸漸變漂亮的過程中，會突然要搶我的男朋友？我也想過，是不是我哪裡惹妳生氣了，妳才會這樣報復我？但我想破了頭，都找不到答案。」兀的，她有些慌張地望向我，「不過我可以發誓，對於更衣室的照片，我眞的不知情，偷拍裸體這種事，我絕對沒有做！」

見她那副焦急捍衛自身清白的模樣，我確信瑄莓學姊並沒有說謊。更何況，打從最初，我就覺得她不是會做出這種事情的人。

「只是這樣一來，學長到底是怎麼在更衣室偷拍的呢？還是說，眞的有他的小幫手在我們班上？」

縱使有幫手的理論是學長自己提出的，也無法否定他是想栽贓給瑄莓學姊，才故意將自己的計畫說出口。

「我覺得機率不大。」瑄莓學姊撇開目光，「當初你們……在一起之後，就我所知，學校裡的人對你們的觀感是很不好的，在那樣的氛圍下，雙翊他應該不太可能找到幫手。再說，這是侵犯隱私又違法的事情，要有多大的誘因，才會有人願意鋌而走險呢？」

我感覺又碰到了瓶頸，「可是如果是他本人做的，那他到底是如何辦到的呢？」

我們陷入一陣沉默。我空洞地盯著便當，放任它慢慢冷掉。

「難道他眞的偷偷放了攝影機在更衣室嗎？」瑄莓學姊又提出了一個假設。

「他要怎麼潛入女子更衣室呢？況且我並沒有固定使用哪一間更衣室，難道他在每一間都裝了嗎？」

「等等，」瑄莓學姊突然正色，「我們好像一直認爲攝影機是固定不動的，但假如它其實是被裝在妳身上，隨著妳移動的呢？」

「裝、裝在我身上？有可能嗎？就算是在制服上，我換下來時都會塞進袋子裡，拍不到我穿泳衣的過程啊。」

「那如果不是身上，而是在妳附近呢？」瑄莓學姊表情凝重地說：「比如說，他有沒有送妳什麼東西，而妳都帶在身邊？」

「應該沒——」腦中倏地閃過某樣物品，雜亂無章的思緒恍若被接通一般，使我觸電似地顫抖了一下。我的嘴開開闔闔，過於震驚的我，喪失了言語組織能力。

「筑嫣？」察覺我狀況有異，瑄莓學姊出聲關心。

「……有。」我從乾澀的喉嚨內強硬地扯出文字，「他有送我一個小熊吊飾，還主動幫我掛在我的泳衣袋上。假設裡面藏著攝影機的話，一切就說得通了。」

我告訴瑄莓學姊，每週三的早上，學長會帶著小熊來，放學接我回家時又一定會把小熊拆走。瑄莓學姊聽完，立刻拿出手機上網搜尋，果眞被她找到了微型的針孔攝影機，甚至標榜畫質佳、八小時左右的電池續航力。

如果學長早上將針孔攝影機充好電，並拿給我，裡面的電池確實能夠撐到我進更衣室換衣服的時候。如此危險的物品，原來這麼輕易就能取得。

「所以他謊稱是要修改小熊，實際上是要把拍到的檔案拿出來、幫攝影機充電，同時也能降低妳發現裡面有藏東西的機率……嗎？」瑄莓學姊臉色刷白，「這是多麼縝密的規畫？」

「而且正因爲他這樣說了，所以就算我每週看到小熊有被重新縫過的痕跡，也不會覺得奇怪……」我聽見自己的聲音在顫抖著，「前天他突然來我家，表面上說是想要幫助我，但他最主要的目的肯定是要回收小熊，免得哪一天罪行曝光。」

天氣還沒有冷到讓人在戶外待不下去的程度，我跟瑄莓學姊此刻卻覺得寒意遍布全身，再厚重的外套也無法抵擋。

「妳還記得雙翊是什麼時候送妳那個小熊吊飾的嗎？」瑄莓學姊問道。

我努力翻找著記憶的抽屜，印象中，他曾問我要不要一起去游泳，我以燦熏會教我爲由而拒絕了，隨後緊接而來的星期三，他就拿了吊飾給我，說是要鼓勵我勇敢面對游泳課。莫非他從那個時候開始，就已經計畫要偷拍了嗎？我的頭皮又一陣發麻。

「聽起來我好像是幫兇。」瑄莓學姊喪氣地說著，「明明妳跟我講過，妳和關燦熏只是朋友的，我卻硬是要傳你們相處的照片給他。他本來就有點介意了，我還這樣煽風點火……我知道這麼說不能脫罪，可是我真的沒想過火會燒得這麼旺……」

「只是朋友」這幾個字，我以前總是掛在嘴邊的，今天聽瑄莓學姊這麼說，我頃刻間有點心虛。看來瑄莓學姊還不知道我跟燦熏高調牽手的事？或者她相信我們那是友誼的牽手？

我輕輕握住她的手，「我沒有怪過妳，說到底，這根本是我自找的。就算學長是個壞人，也不代表我沒傷害過妳，現在妳願意放下仇恨，我已經覺得很感激了。我沒奢望過妳會原諒我，更別提幫助我了。」

「筑嫣……」瑄莓學姊抬起頭，因爲自責而泫然欲泣。

「而且，是經過妳的提點，我們才終於漸漸找到事情的眞相啊。」我的手微微收緊，「我想，大概連他會二度放出照片的原因，我也知道了。」

「是爲什麼呢？」

「因爲我在他面前接了燦熏打來的電話。」

瑄莓學姊一瞬間彷彿要哭出來了。

「這樣也好，只要我不刺激他的話，短時間內應該不會再有照片流出。」我急忙說道：「但是，就算知道犯人是誰，下一步我又該怎麼做呢？如果被他發現我已經知道眞相，難保他不會因一時衝動做出什麼事情……」

「至少我們有進展了。」她偷偷擦拭眼角的淚光，「我們可以先去報告這件事，看看會不會有什麼解決的方法。」

語畢，瑄莓學姊便站起身，準備離開。

「等等，」我還搞不清楚狀況，「妳說『報告』，是要對誰報告？學校嗎？」

聞言，瑄莓學姊輕輕「啊」了一聲，「我是不是沒有跟妳說過，是誰最先發現雙翊的嫌疑，還勸我來幫妳的？」

我怔怔地搖了搖頭。

「妳難道不好奇，明明是三年級的我，那天爲什麼會知道二年級的廁所有騷動？就是人在附近的他急忙通知我的啊。」

我腦海中第一個浮現的是燦熏，但照理說燦熏不會有瑄莓學姊的聯絡方式，而且從我回到教室後他的反應來看，他應該是眞的沒有做什麼。我這個人也沒什麼其他朋友會大費周章地要幫助我了，那還能是誰？

倏忽之間，某個答案在我心中悄悄浮現，我還未能確認，瑄莓學姊便揚起唇角，「走吧。」

儘管我的腳步跟上了學姊，我的腦袋卻還是一片混亂。不會眞的是我想的那個人吧？因爲……怎麼可能？

人眞的不能不相信自己的第六感。我站在數學科辦公室的一角，看著斜前方的瑄莓學姊向老師解釋著我們的推論，我已經放棄去思考他們爲什麼會如此熟稔，從頭到尾只是保持著緘默。

不是我在耍脾氣，而是我眞的不知道該說什麼。

被老師拒絕後，我不敢說已經徹底放下了，某些澎湃的情緒依然存在，可是我理性上總是反覆地告訴自己，別再自作多情了，老師對自己沒有任何意思。

我以爲從今以後我們只會是普通的師生關係，相安無事、不冷不熱，等到我畢業後，彼此就不相往來。但根據瑄莓學姊的話，這一次救援行動背後的主使者似乎就是老師？

爲什麼？我眞的不懂。我不是他班上的學生，到底爲什麼值得他花時間、花心力來幫助我？難道能記嘉獎嗎？能加薪嗎？能升官嗎？都不會啊。再加上拒絕我之後，老師面對我時，不是也感到尷尬嗎？何苦主動來蹚這渾水？對老師來說，這明明只是費時費力又毫無回報的事而已。

我不想動搖的，我沒有想要動搖的……

「筑嫣，妳爲什麼站那麼遠呀？」瑄莓學姊轉頭看向我，「放心吧，汪汪人很好，他是誠心想幫助妳。我怕我跟他說明時會有疏漏，妳要不要自己再從頭到尾整理一遍？」

我身子一僵。是啊，現在大家是認認眞眞要替我解決問題，我還在這裡鬧什麼彆扭？未免太不懂事了吧？可是我的雙腳卻恍若被釘在了地板上，怎麼樣都抬不起來。

「筑嫣？」瑄莓學姊臉上的困惑又加深了。

「不要緊，我畢竟是異性，對現在的她來說應該不是很輕易能靠近的。」老師替我出聲緩頰。

「啊，對、對不起，我沒顧慮到妳的心情……」瑄莓學姊慌忙向我道歉。

我搖了搖頭，表示沒有放在心上。老師想必也很清楚原因。

我又一次受到老師的協助了……我只能無措地轉開視線，用耳朵關注著他們的對話。

「原來是這樣。」聽完之後，老師若有所思，「我會再把這些資訊轉告給我在當警察的朋友，請他直接往這個方向偵辦。在抓到確切證據之前，我們都先不要輕舉妄動，如果妳們會跟雙翊接觸到的話，也盡量別讓他察覺到有什麼不對勁，好嗎？」

我和瑄莓學姊都點了點頭。

離開數學科辦公室後，我以爲會跟瑄莓學姊就此解散，孰料她說，午休時間還沒結束，問能不能再耽誤我一點時間。

「雖然妳那邊找到了答案，可是我的困惑卻卡了很久，還沒有解開。」瑄莓學姊苦笑著，「或許妳會覺得，現在探討這個已經不重要了，但我實在很想知道，妳當初究竟爲什麼……會跟我搶雙翊，關鍵的原因到底是什麼？」

我一頓。要說嗎？如果坦白了，就勢必得將我喜歡老師的事情也一併交代。現在的我，依然無法輕鬆地將這件事說出口。

然而對方是給了我非常多協助的瑄莓學姊，無論是從前還是現在，她都是那樣盡心盡力，倘若我還堅持隱瞞，似乎就太過分了一點。

躊躇幾分後，我最終還是選擇娓娓道出一切，從我是如何喜歡上老師的，一直到我因為嫉妒而做出的種種行為。只不過老師在山上吻了我，以及我告白然後被拒絕的事，我還是沒能向瑄莓學姊說出口。

瑄莓學姊聽罷，甚是驚訝地看著我，「妳說妳喜歡汪汪？」

「……對。」雖然是事實，但被這樣確認，我還是覺得有點羞恥。

「妳喜歡他，然後他——」瑄莓學姊忽然抱著頭蹲了下來，哀號著，「天啊，我萬萬沒想到，居然會是因為我跟那個六歲小孩講了話，才導致後續這麼一大堆事情！」

「六、六歲小孩？」

「就是汪汪啊！」她仍是哭喪著臉，「他是一九九六年二月二十九日出生的，至今為止眞正有過到生日的次數，嚴格來說只有六次，所以我們都戲稱他只有六歲。」

見我還是一副懵懂的模樣，瑄莓學姊補充道：「啊，我好像沒有解釋到最重要的部分，我跟汪汪是親戚，我是他的表妹。平時我不會主動跟人提起這件事，我知道他很受大家歡迎，而我不想爲此受到其他人的打擾。」

我震驚至極，只能傻傻盯著她，完全吐不出一個字。

「至於運動會那時，他之所以先來關心我，是因爲我天生骨質就比較脆弱，小時候曾經輕輕一摔就骨折，他畢竟是表哥，反射性地就先來察看我的狀況了。記得事後，我還反罵了他一頓，叫他不要在大家面前表現得那麼明顯，萬一被人看出我們很熟怎麼辦？殊不知，其實露餡的，竟然是我自己。」她完全是洩了氣的模樣，「我眞的只是想要處理掉我的親子丼而已。」

我的腦袋依然卡頓著。所以打從最初開始，就是我擅自誤會，才會釀出這麼多的麻煩事？

「哈哈……」我也跟著蹲下身，崩潰地笑了起來，無法遏止，「原來是這樣啊……」

我不知道，除了笑自己的愚蠢之外，我還能做什麼，還能怨誰呢？我會經歷的這所有種種，徹頭徹尾就是我在耍笨跟自找罪受啊。

返回教室後，我和燦熏解釋我這一連串的發現時，燦熏呈現一副消化不良的模樣，一手撐著頰側，另一隻手則揉著眉心。

「所以現在的最新進度是，汪汪會跟他的警察朋友講是吧？」

「嗯。」

「那看來我們也只能先按兵不動了。」燦熏撓了撓後頸，「萬萬沒想到，那個小熊原來不光是很醜而已，還很噁。」

到了放學時間，燦熏陪我等待爸爸來接我，在送我上車之前，忽然一反常態，收起他平時較爲鬆散的語氣，有些灰心地喚了我，「筑嫣。」

我回頭。

「對不起，妳明明那麼痛苦，我卻好像什麼忙都沒能幫上，這種時候……果然還是要有大人在，才比較可靠呢。」

「咦？你在胡說什麼？」我睜圓了眼，「別忘了，我回到學校的第一天，若不是你來爲我打氣，說不定我到現在都還無法走進校園內。你絕對功不可沒，我還以爲你要開口跟我討獎勵，結果你竟然說出這麼洩氣的話？」

「也是，沮喪的模樣不適合我。」他彎了唇角，「那等事情都告一段落，我會再好好敲詐一頓飯的。」

燦熏臉上的笑容究竟有多難看，我看得清清楚楚，而背後的原因，我大概也推測得出來，卻也沒辦法多說什麼。

抵達家裡時，我覺得精疲力竭。大腦在一天之內被灌入太多的資訊，教我有些不堪負荷。

迅速洗完澡後，我躺在床上，什麼事都不想做。被我扔在床上的手機震動了一下，我反射性地繃緊了神經，直到看見跳出來的是阿森打招呼的文字，我才鬆了口氣。

在近期的重重壓力之下，阿森是唯一能眞正讓我喘口氣的綠洲。

我點開阿森的聊天室，回了個訊息告訴他我在之後，便開始思考有沒有什麼能跟他分享的事情。

這麼說起來，阿森先前有提過，他的生日也是二月二十九日。我一直覺得在這天出生是一件很難得的事情，萬萬沒想到我竟然認識了兩個在二月二十九日出生的人。

如果告訴阿森他和老師同一天生日的話，不曉得他會有什麼感想？手指點了一下輸入文字的位置，這行字才打到一半，我卻猛然停下了動作。

阿森昨天好像說，明年他生日當天，希望我能給他別的聯絡方式。但是二〇二三年並不是閏年，照理說不應該會有二月二十九日吧？況且，假如他眞的是在閏年出生，今年怎麼可能是十五歲？

——阿森騙了我。

或許是因爲近期才遭受過欺騙，意識到這件事的瞬間，我登時感到毛骨悚然。

了。

「阿森，你昨天說明年你生日當天，是指二月二十九日對嗎？」

「對啊，沒想到妳記得我生日，我有點開心。」

他回得很快，似乎還沒發現自己的謊言哪裡有漏洞。看來不挑明，他是不會承認了。

「可是明年是二〇二三年，怎麼會有你『生日當天』呢？」

這一次，已讀的字樣跳出好一陣子，仍不見他的回覆。

等到手機上方的時鐘都不知往前走幾個數字了，才有一串字跳出來。

「抱歉，因爲四年才會遇到一次我生日，但總不能四年才慶祝一次，所以我家習慣會把三月一日當成二月二十九日，我一不小心就那樣跟妳說了。」

「我上面還特地跟你確認是不是二月二十九日，你也說是了，這樣豈不是自相矛盾？」我飛快地打著字，心態上已無法冷靜，「退一萬步來說，就算接受你這個說法，我也計算過了，閏年出生的你，現在不可能是高一生。關於這點，你又該如何解釋？」

他已讀之後沉默的時間更長了。

「小紅，我想跟妳確認一下，妳現在是很認眞地在問我嗎？」

「我看起來像在開玩笑嗎？」對於他的反問，我不禁翻了個白眼。

接下來聊天室又呈現毫無動靜的狀態。我嘆了一口氣，他找不到藉口了吧？

「我真的很難過。」我繼續輸入著，「阿森，我認認眞眞地相信過你，也確實把你當成我的好朋友。結果現在我才發現……打從年齡開始，你就愚弄著我，你對我講的第一句話，就是謊言。」

已讀二字很快浮現，讓我確信他依然開著這個聊天室。

「約定的事情就當沒說過吧，從今以後，我不會再跟你聯絡了。」

送出這句話後，我原本打算就這樣離開聊天室，卻見到阿森又傳了訊息來。

「等等，小紅！我沒有騙妳，妳聽我解釋！」

「不需要！」我感到憤怒，「從一開始就用說謊來接近我的人，講出來的話還能信嗎？而且偏偏，是在這個時機點讓我發現——」情緒瀕臨沸點，我毫不猶豫地關閉交友軟體，想一鼓作氣地刪除整個應用程式，卻在要按下「確定刪除」的按鈕時猶豫了。

我從來就不是一個能輕易割捨情感的人，無論是愛情抑或是友情。

阿森曾經是我的樹洞，那些無處可去的小秘密，是在他這裡找到了安身之處。即便他欺騙了我，這依舊是無可動搖的事實。可此時此刻，我並不想再跟阿森有所接觸，也是事實。

我不願去猜想，他從最初就沒有誠實面對我，是否是因爲他老早就在計畫著什麼？

因此最後我決定，先關閉交友軟體的通知就好。我給自己七天的時間，也許我冷靜下來之後會願意聽他解釋，而如果我始終無法原諒，七天過後，系統也會自動刪除我們的聯繫及對話紀錄。

設定好關閉通知之後，我將手機隨意丟到一旁，咚的一聲倒在了床上。

網路交友本來不就是這樣嗎？更別提阿森是在一個不需要輸入任何資料或認證，即可開始使用的程式上認識的了。

我不知道他的姓名、他的長相，對他的了解全都來自於聊天的過程，若有心想營造形象，並不是多困難的事。早在我選擇接觸交友軟體時，我就該明白這個道理。

可是爲什麼，我的眼淚卻還是默默地流下了呢？我比自己想像的還要難過。最近眞的，有太多意料之外的發現了啊。

哭累了之後，我不知不覺便睡著了。

等我再睜開眼睛時，已經是星期六早上。十二月的天氣不再溫暖，沒蓋被子的我，在緩緩轉醒後打了幾個噴嚏。幸好現在沒有寒流，我的睡衣也還算厚，不然鐵定感冒。

下了床，我簡單漱洗後回到房間，昏沉沉的腦袋還在想著今天要做什麼的時候，被我丟在一旁的手機螢幕又亮了起來。

縱使心裡抗拒了一下，我還是朝畫面瞄去。

我萬萬沒想到，是瑄莓學姊傳來的訊息。這個聊天室已經半年以上沒有浮出來了，要是我跟瑄莓學姊只是網友的話，應該早就不可能再有聯絡了吧，我不禁這樣想著。

當我拿起手機讀了文字之後，我霎時整個人都醒了。

「筑嫣抱歉，假日一早打擾妳。是這樣的，汪汪雖然有跟他的警察朋友轉述了狀況，但對方說如果可以，還是希望能親自跟妳本人問一下詳情。他說他今天有空，詢問能不能來拜訪，只是我跟朋友已經有約了，所以屆時應該只有汪汪跟警察朋友會過去。當然，如果妳不方便也不用勉強，沒關係！我能理解，在非自願的情況下，被不特定多數人看過自己的裸照，其中甚至包括喜歡的對象，是多麼情何以堪……」

我陷入了拉扯之中。於理，我相信老師的朋友是真的想要了解事情的經過，爲了加速終結這一切，我應該要配合接受調查。然而在情感上，不單是因爲裸照，告白被拒絕之後，我沒想過會再有跟老師近距離相處的時刻。

更何況，若真的要全盤托出來龍去脈，那些我做過的荒唐事，勢必都會無所遁形。

老師會跟著一起來，高機率是因爲怕我單獨面對警察會不自在，可是倘若他才更會令我尷尬的話，豈不是本末倒置了嗎？

幾番遲疑之後，最終，我還是回覆瑄莓學姊說沒問題。眼下最急迫的是解決學長造成的錯誤，至於我與老師的私情，我會先努力屏除，而那些不堪回首的骯髒事，也是我本來就該面對的罪過。

於是，在瑄莓學姊居中協調之下，我和警察先生敲定了下午一點見面。考量到我現在不太喜歡外出，他會直接到我家來，我的父母也會陪著我。

很快就到了約好的時間。我穿了一件素色上衣及牛仔褲，連妝都沒有畫，就準備要見他們了。

自從這場風波發生之後，我就再也不曾精心裝扮過自己。我承認，剛才想到要以私服的狀態見老師時，一度猶豫要不要稍微打點一下，但最後還是放棄了。花時間、花精力打扮，又討好了誰呢？

前去應門的是爸爸。在那之前，我已經先跟爸媽說明了關於學長的事情，媽媽一臉不可置信，爸爸則是怒不可扼的模樣。

開門後，便看見警察先生站在門口。他穿著一身乾淨整潔的制服，客氣地打了個招呼，「您好，是于同學的爸爸吧？真的很不好意思，假日還到府上叨擾。」

「沒關係。」爸爸的聲音隱藏不住怒氣，「只要能讓那個混蛋好看，半夜過來都沒問題。」

「想逮捕犯人的心情，我和您是相同的。」警察先生的表情也嚴肅了起來，「讓我們一起合力解決這個事件吧。」

爸爸側過身，讓警察先生進門，老師則在點頭致意後，也跟著步入我家。

我緊挨著媽媽，沒敢和老師對上視線。

兩人都來到玄關後，爸爸準備關上大門時，一個不請自來的身影突然出現在門外，對於眼前所見露出不解的神情。

「這、這是怎麼回事？」學長困惑地問道：「爲什麼會有警察？發生什麼事了嗎？」

聞聲，在場所有人幾乎是同時轉頭看向他。他顯然被這個畫面嚇了一跳，眼神徘徊在我們之間，有些不知所措。

我萬萬沒想到，在發覺眞相後，要直接面對學長的時刻會這麼快就到來。

腦中重播著老師昨天的叮囑，我逞強地率先開口，「學、學長，你怎麼會在這裡？你的機車呢？」

「我把車子停在路口，想說不要每次都擋在妳家門前……」

然而，不曉得是我顫抖的嗓音，還是媽媽蒼白的臉色，又或是爸爸如炬的目光，出賣了我們的心緒，學長的話愈說愈遲疑，接著彷彿意會到了什麼，拔腿就往路口的方向衝。

「站住！」先反應過來的人是警察先生，一個箭步向外便追了上去。

等我們一群人焦急地跟出去時，警察先生已經擒拿住學長，並將他牢牢按在地上。

「放開我！你憑什麼抓我，我又沒幹麼！」學長邊哀號邊掙扎著。

「沒做虧心事的話，爲什麼要逃跑？」警察先生聲音冷峻地說。

「我、我只是想到我機車好像沒拔鑰匙，才匆匆忙忙想趕過去而已啊！」

「是嗎？那你要不要考慮直接騎到警察局？」

「我爲什麼要去？你有什麼證據可以抓我？你這是執法過當、濫用權力！」

「有沒有違法，等我們到警察局之後再來判斷吧。」警察先生不爲所動，「至於證據的話……等我申請搜索票之後，應該就找得到了。」

學長的臉色頓時變得非常難看。他掃視了我們之後，忽然發狂似地大笑起來。

「搞什麼，你們看著我的眼神，怎麼都像在看某個十惡不赦的罪犯一樣？」他態度輕蔑，「反正我想你們應該都知道了，我也不隱瞞了。對，沒錯，筑嫣的照片就是我偷拍後放到網路上賣的。你們知道嗎？每次筑嫣放下泳衣袋後，小熊轉向的角度都很不一定，我也是花了好幾個星期，才能收集到這麼多張照片的啊！」

爸爸差點就要一拳揮在學長臉上，是媽媽及時拉住了他。

地上的學長絲毫沒露出膽怯之色，「但我這麼做，對她來說也只是剛好而已吧？不管怎麼說，都是她先傷害我的啊。」

「你少在那邊出言不遜！」爸爸低吼。

「我可沒有。」學長無奈地唇角一勾，「叔叔，你知道我跟筑嫣是怎麼在一起的嗎？」

我身軀一震。

「我本來有女朋友，是筑嫣主動來追我，還理直氣壯地說什麼『遇到喜歡的對象卻不勇敢去追的人是膽小鬼』。要說我負心也可以，我確實被打動，和前任分了手，選擇跟筑嫣在一起。當時我們承受了全校的謾罵，可是我覺得沒關係，我相信我們會一起面對、一起承受。甚至就連我現在在大學裡，都還是會有以前同高中的人認出我，進而唾棄我、鄙視我。」

在場所有人都靜靜地聽著，沒有出聲。我退到了媽媽的身後，不敢再望向學長的臉。

「我真的很喜歡筑嫣，所以我覺得受到他們這樣的對待不痛不癢，只要能和她在一起，我都無所謂。」他的音量逐漸提高，「然而我卻聽說，筑嫣在學校裡，經常蓄意跟別的男生肢體接觸！我明明是想相信她的，可是她的行爲毫無收斂，我該如何安心？然後前陣子，她居然跟我提了分手！這是怎樣？不是喜歡我喜歡到就算要用搶的也在所不惜嗎？半年過去就忽然不喜歡了？我已經盡力增加我們碰面的機會了，她還是說感覺淡了，我不就只能認定是她變心了嗎？人家說變心只會有零次跟無限次，可是這一回變心的不是我，是口口聲聲說喜歡我的她欸？所以我想說，好啊，既然妳這麼喜歡跟男生互動，那我就散布妳的裸照到網路上，幫妳增加更多和異性互動的機會啊。說不定一想到現在某個地方有人正看著她的照片意淫她，她還會很興奮咧！」

媽媽又再一次攔下了憤怒的爸爸。

我看到老師走上前，蹲在學長的身旁，「就算你說是爲了報復，但早在筑嫣和你提分手之前，你就送她吊飾了吧？」

「那個啊，」他輕哼一聲，「我就是不爽，憑什麼關燦熏能看見筑嫣的泳裝，我卻不行？我始終都不相信他們只是朋友而已。還是說，在這麼多大人面前，妳也能篤定地發誓，你們眞的一點情愫都沒有？」

就算隔著媽媽，我也能感受到，學長的視線銳利地刺在我的身上。若是以前的我，一定會大聲地發誓，可是在我已經知道燦熏心意的狀態之下，我無法這麼做了，即使燦熏本人並不在場，我還是不忍傷害他，他是我最重要的朋友。

「妳果然不敢。」應當居於劣勢的學長，此刻嗓音卻得意了起來，「看吧，先欺騙我感情的人是她，讓我被貼上渣男標籤後又棄我於不顧，反正轉過身就有下一個對象了。所以啦，她這樣對我，那我如此回報她，也不是多嚴重的事情吧？」

「你這是犯罪！」爸爸的憤怒已達到臨界點。

「難道傷了別人的心，就無罪嗎？」學長沉痛地喊了回來，「眞好啊，法律沒有這條罪名，妳就可以像個受害者一樣，躲在一群大人的背後假裝無辜！可是我分明也是受害者啊！爲了妳，我的名譽損毀得一塌糊塗，被同儕視如敝屣，結果連妳都要拋棄我？對，正因爲我知道法律無法給妳任何懲罰，所以我才親自動手，讓妳也嘗嘗這種身敗名裂不得翻身的滋味。」他絕望地笑了幾聲，「好了，現在我們兩個都遍體鱗傷，大概也只有我才能接受這樣的妳了。我們互相傷害，卻又最懂彼此的傷口，在彼此的生命中都留下了無法抹滅的記憶，簡直是天造地設的一對，不覺得嗎？趕緊回來我的身邊吧。」

爸爸看著他，情緒已不如方才激動，只是邊搖頭邊嘆氣，似乎覺得學長已喪心病狂；媽媽摟緊了我，眼淚早已撲簌簌地滑落，或許是在心疼我的遭遇；老師則依然蹲在學長的面前，臉色凝重，宛若在思考什麼。

我掙脫了媽媽，邁開步伐，走到學長的面前，跪下來看著他。

「筑嫣？」學長布滿血絲的雙眼霎時渲染了亮光，「妳終於想清楚了對吧？知道只有我適合妳——」

「對不起。」

他的話還沒講完，我直接向前磕了下去，毫不猶豫地。學長見狀，或許是爲我的舉動嚇了一跳，他倏地止住了口。

「辜負你的眞心、玩弄你的感情，最後又不明不白地分手，是我不對。事情已經發生，我無法改變過去，可是我知道我欠你一個道歉。」我依然沒有起身，卻掩飾不了淺淺的哭腔，「我不求你的原諒，也不求你刪除照片，但是關於傷害了你的這件事，我是眞的、眞的……很抱歉……」

回應我的依舊是安靜。

良久，我才聽見一旁的老師開口，「雙翊，那你呢？照你所說，你們是互相傷害的話，現在筑嫣跟你道歉了，你是不是也該向她道歉？」

「開、開什麼玩笑，以爲道個歉就能了事？事到如今，我怎麼可能——」學長終於回了話，氣焰相比剛才卻弱了不少，「我怎麼可能……」

尾音漸弱之後，學長就沒再出聲了，毫無動靜地過了宛如一世紀，最後是警察先生打破了這個僵局，「請你先跟我去一趟警局吧。」

透過光影的變換以及聲音，我知道學長被抓著站了起來，然後跟著警察先生一起走遠。而我自始至終都伏在地上，一直到冷風將我的雙手吹僵，爸爸媽媽看不下去，才將我扶了起來，一時之間我的腳還無法站穩。

學長一字一句的指控像銳利的刀子，反覆地剮著我的心，汨汨鮮血不斷流出，教我感到一陣悶痛。

顫顫巍巍地我抬起頭望向學長走遠的方向，卻早已不見半點人影，只剩下刺骨寒風，無情地吹散我的髮絲。

第九章

後來，據說學長在警局裡，什麼都招了，他的動機、他的手法等等，大致上就如我跟瑄莓學姊推論出來的那樣。

大人們告訴我，後續的事情他們會處理，讓我不必再擔憂害怕，趕緊忘了這段恐怖的經歷，迎接全新的明天。

那些照片的原始檔都已被回收，包括發布的，以及沒有發布的。至於已經在網路上流竄的，雖然沒辦法直接全數刪除，但他們會盡力想辦法消滅。

可是我知道，那永遠都不可能根絕。從我打算振作的那一天起，我就已經下定決心，要努力接受這個殘酷的事實，並且背負這樣的罪孽走下去，這是我利用了學長的，最清晰不過的烙印。

爸爸、媽媽，甚至警察先生都告訴我，錯的人不是我，是採取如此極端行爲的學長。他們說，感情的事情本來就隨時都會變化，是他自己想不開，才會有這樣的舉動。

然而我比誰都清楚，是我把學長逼上這條路的。而最可怕的是，其實我沒有變，打從一開始，我就對他沒有任何感情，僅是將他當成一枚棋子在操控著。

警察先生說他有處理過好幾起類似的報復案件，很多犯人都會企圖把錯誤歸咎到對方身上，讓對方感到愧疚及自我檢討，叫我千萬別因此而自責。

我聽了之後卻在想，其他的受害者們或許眞的都是無辜的，只是不幸遇上了恐怖情人。然而我呢？我能稱得上是無辜的嗎？我並不完全是受害者啊，眞要說起來，可能還更接近加害者。

可是現實卻是，學長遭到了法律的制裁，而我依然自由自在，甚至還有各種資源在協助我抹去汙點、重建未來，就只因爲我犯的並非法律上的罪。

儘管我確實認爲做錯事就要擔起責任，可眞相大白後，身爲這個結果的受益者的我，卻無法克制地去懷疑——這樣的結局眞的公平且合理嗎？

後來，學長是犯人的消息不知爲何走漏了出去，新聞有了小篇幅的報導，被眼尖的網友察覺，隨後又在論壇上引起討論。有些人同情我遇到爛人，當然也有些人覺得我高調地宣言之後又把人甩掉，招致這種結果是咎由自取。

其實對於網路上的言論，我已經不放在心上，無論他們推敲出什麼，都不會撼動事實，我也不介意他們最後會歸納出什麼結論。

我如往常般去了學校、去上課，接著再回家，盡全力地讓自己看起來毫無異狀，甚至是因爲事情終於告一段落而感到高興。

但是爲什麼相比前段時間的那種絕望，現在的生活好像更加令我喘不過氣。學長那一天說的話還是籠罩在我的心上，像一個黑暗的漩渦，幾乎就要將我吞噬。

我瘋狂地質疑著，我眞的有資格享有眼前的這一切嗎？面對落入深淵的學長，我眞的能就此迎向新生活嗎？明明是我把他推下去，害他沾得滿身泥濘的啊？

並不是我原諒他了，他的所作所爲，或許我一輩子都無法原諒。只不過，如果換位思考，於他而言，我不也是造成了他嚴重的創傷嗎？

其實他說得沒錯，我們是互相折磨、互相懲罰的關係。這樣的我們，到底有沒有資格放下這段經歷，重新回到普通的人生呢？若有一方沒有辦法釋懷，僅有其中一人逐漸遺忘，是能夠被允許的嗎？

在沒有人看見的角落，我失控地落淚，然後再若無其事地返回日常之中。

「筑嫣？妳在發呆嗎？」瑄莓學姊的手在我面前揮了揮。

我回過神來，想起自己正與瑄莓學姊一起坐在司令臺上吃午餐。

「抱歉，我恍神了一下。」我勉強一笑。

「最近發生這麼多事，眞的是辛苦妳了。」她拍了拍我的頭，「雖然照片風波不算完全解決，但也稱得上是告一個段落了呢。事情的經過我大致從汪汪那邊聽說了，當初跟雙翊交往的時候，我眞的沒想過他會是這麼可怕的人……」

我曾想過，能不能把心中的煩惱說出來和瑄莓學姊商量？但隨後又想到，我已經麻煩她很多事了，實在不太好意思再央求她來處理我內心的困擾；另一方面，就結果來看，瑄莓學姊也是去除了一個隱憂，她沒道理會叫我不要放過自己。

思及此，我便將那些梗在喉頭的話語吞了回去。

到了接近放學的時候，同樣知道來龍去脈的燦熏問了我，今天放學後要不要一起吃個晚餐慶祝一下。

「是要我請客嗎？」我看向他。

「那當然。」他不要臉地嘴角一挑。

雖然後來他還是搶著付錢了，說是要恭喜我。最後是在我的堅持之下，我們才各付一半，但顯然他也爲終於逮到犯人而喜悅著。

看著他這副模樣，我也不好意思道出我的煩惱，僅能配合著表現出鬆一口氣的樣子。

用餐結束後，我們站在餐廳外面，他陪我等爸爸的車來接我。

「喂，有一件事我想問妳。」燦熏看似不經意地開了口，「學長的這件事，會讓妳害怕再談感情嗎？」

這時我才猛然想起，對於燦熏的告白，我似乎尚未給他答覆。

可是我知道，我確實被學長的行爲嚇到了，至今都還心有餘悸，提不起勇氣迎接下一段戀愛關係。更何況，學長和我之間那無形的牽扯，我也還沒理出頭緒。

不過對燦熏而言，應該很著急吧？其實我原本打算答應他的，我對燦熏並非沒有好感，而且燦熏和學長不一樣，他清楚明瞭我的心思，是自願要陪伴我的。

只是我的胸口好似卡著一道坎，我始終無法跨過它，而同意與燦熏交往。因爲假如這麼做，就算對方知情，不還是一樣利用了別人的感情嗎？

「妳別露出這麼苦惱的表情啦。」燦熏有些無奈，「放心，我沒有要逼妳什麼，等妳準備好再回覆我就好了。這段期間，我還是會陪在妳身邊，妳也還是可以像以前那樣盡情依賴我，不需要介意什麼，知道嗎？」

我點了點頭，卻感覺眼眶一熱，像這樣拖著，難道就稱不上是利用了嗎？我眞是個過分的傢伙啊。

✦

隔了兩天，時間來到了星期三。

老師在講臺上發著考卷，由於上星期考試時，我請假躲在家裡，因此並沒有喊到我的名字。我事不關己地看著同學們一個一個上去領考卷，安安靜靜地發著呆。

曾經的我總是非常期待能在拿到考卷時，看見右上角的一百分笑臉，今天我卻很慶幸自己不用走到老師眼前面對他。

關於老師，我的心情也尚未整理好。他出手幫助我解決這次的事件，究竟是出於什麼動機？我始終無法說服自己，這不過是他過度熱心而已。

星期六那天，警察先生帶走學長之後，老師也沒有久留，說了聲不打擾我們休息，便離開了我家。

直到星期一再次見到他時，他也宛如什麼都沒有發生過一般，我卻隱隱覺得他在迴避著我。

我實在不懂，他到底在想什麼？然而，當我意識到自己又在揣測老師的心思時，又不禁爲自己感到淒涼。在我的強勢要求之下，人家都已經明確地拒絕我了，我還在妄想著什麼呢？也未免太刁難老師了吧。

「筑嫣。」

這時，臺上的老師喊了我的名字。我一愣，怎麼會叫到我？我朝老師的手上看去，已經沒有考卷了啊。

「有。」我只能乖乖地回覆。

「午休時間來數學科辦公室一趟，因爲妳上星期沒有來，會缺一次小考成績，所以要請妳來補考我另外出的一份試題。」

我這時才想起，的確，以往如果有人在考試的日子請假，老師都是這樣處理的。一心在意著老師，卻忘記這件事，我真是不應該啊……

於是中午，我吃完飯後，帶著簡單的文具，就去辦公室找老師了。

老師見我出現，也沒多說什麼，拿著考卷便帶我到指導小間進行補考，全程都是如此地公事公辦。

入內後，老師坐在我的對面，還特地將椅子轉了九十度，背貼著牆坐，讓我不要有一直被人盯著看的壓力。

「計時四十五分鐘，如果寫完了可以提早交卷。」他看了一下手錶，「開始。」

我翻開考卷，動筆做起題目。

指導小間的面積不大，窗戶也只有一扇。現在是冬天，如果把窗戶打開，冷風就會一直灌進來，因此我們只留了一道縫隙。

只不過，算數學本就燒腦，近期我的腦袋又一直嵌著學長的事，再加上我無法克制自己去意識到和老師共處一室的事實，很快地，我就感到頭暈目眩，甚至感覺有點吸不到充足的氧氣……真的待不下去了。

我隨即決定放棄思考，草草地寫完考卷，然後遞給老師，「我寫完了。」

老師顯然對我的速度感到詫異，眼睛迅速地瞄了一下我的答案後，輕輕嘆了一口氣。

我聽見了，卻假裝沒有發現。

「那我告辭了。」匆匆收拾東西，我轉過身就要逃離這個地方。

「筑嫣，」老師卻喚了我的名，躊躇幾秒後接著道：「妳是不是……依然很介意雙翊的事情？」

我握住門把的手用力一顫，即使想謊稱沒有也像是欲蓋彌彰。我明明沒有和任何人提過，老師怎麼會知道？

或許是因爲被一語道破，這段時間累積的徬徨不安在頃刻之間凝結成了淚珠，自我的眼眶傾瀉而下。我瞬間哭得不能自已，整個人癱軟坐到了地上。

老師見狀，似乎也有些倉皇無措，只能緩緩朝我伸出手，試著想要安慰我。

「不要碰我啊，我應該跟您說過了吧？」我嗚嗚咽咽著，「我是喜歡您的，所以如果您無法承擔起安慰我之後，害我又重新燃起希望的後果的話，就不要這麼輕易地點破我的心事啊！」

老師的手僵在空中一陣之後，才慢慢收了回去。我以爲他又會像先前那樣，向我道歉之後便結束這個尷尬的處境，可是出乎意料的，老師蹲到我的面前，表情帶點彆扭。

「我只是覺得……在這種時候，或許妳會希望能夠依靠妳喜歡的對象。」

我瞠圓了眼，「你這是在可憐我嗎？」

「妳要這麼解讀，我也無法否認。」老師苦笑，「但換作是我，就算是同情，我想我也非常需要。」

「您是認眞的嗎？」我的聲音不穩，「您現在的意思是，我能夠對您撒嬌？」

「如果妳能答應我，不會因此誤解我們之間有可能的話，僅限此刻、在這個指導小間內，我會說，可以的。」

他的話音才剛落下，我便已顧不得什麼自尊，張開手就朝他的胸懷撲了過去。

他被我撞得往後倒下，卻沒有抱怨什麼，僅是用他的大手輕撫著我的後腦杓。憐憫也好、同情也罷，眼下這個時候，只要能得到老師的安慰，我什麼都可以不在乎。

幸好，我們的位置剛好位於窗戶的死角，且現在是午休時間，外面也沒什麼人會經過。若非刻意貼在窗戶上查看，否則沒有人會注意到我們這麼曖昧的姿勢。

「……老師您是對的。」我的臉還埋在他的胸膛，聲音全部悶在一起，「學長那天說的話一直迴盪在我的腦海，無論我多麼想忽視，都沒有辦法。我不敢對任何人說出口，無論是爸爸、媽媽、燦熏、瑄莓學姊、警察先生，甚至是老師您，每個人都傾盡全力在幫助我，也都爲事情告一個段落感到開心，我如果還陷在死胡同裡，豈不是太忘恩負義了？」

老師默默地聽著，沒有作聲。

「但我就是做不到啊。我無法不覺得學長的話有道理，我傷害他是事實，雖然我也受到懲罰了，可是我不是他，所以我沒辦法去衡量，這樣的懲罰足不足以彌補我造成的傷害？事實上，我自己就沒辦法原諒他，就算他被法律制裁了，也無法弭平我的痛。」我哽咽地說著，「然而就現狀來說，大家都在勸我趕緊忘了這場惡夢，也想方設法要替我刪除網路上的那些照片，我的罪狀好像漸漸地在被掩蓋，學長的一生卻永遠不可能再回歸清白了。我們客觀上的待遇截然不同，這樣眞的是能被接受的嗎？明明我才是這場鬧劇眞正的元兇啊……」

情緒又湧了上來，我沒能再說出任何一個字，只能繼續啜泣。

察覺此事的老師緩緩坐起身，將我也連帶扶了起來，「那天聽到雙翊對妳的指控時，我就在猜可能會變成這樣了。」

我默默低下頭。原來老師那時凝重的神情，是因爲預期到我會有這樣的念頭了嗎？

「那我問妳，」老師面色溫柔，「妳本人希望那些照片持續不斷地出現在網路上嗎？」

「這怎麼可能！」我的臉色瞬間蒼白，「我自然不想要再有更多人看見，可是同時又會矛盾地覺得是不是這樣才能夠贖罪……」

「當然不是啊。」老師看上去很是無奈，「不想辦法盡可能減少照片傳出去的管道，妳就只會不斷地受到傷害，永遠沒有平息的一日。雖說以目前的技術，不可能達到斬草除根，但至少能逐步降低被更多人看到的機率。」

「可是學長他不就是想要讓很多人看見，逼迫我記住我的罪過嗎？」

「如此互相傷害，是不會有結束的一天。妳每每看到自己的照片再度被網路上的人分享，就會更加怨恨雙翊，這樣一來，你們都只會被囚禁在迴圈裡罷了。我們會勸妳快點忘了，就是希望你們誰都不要再落入惡性循環之中，倘若妳眞的想要贖罪的話，那就把這件事情牢牢記在心上，警惕著自己不要再犯，然後過上全新的明天就好了。」

「學長或許不這麼想啊？他不就是希望我們永遠惦記彼此嗎？」

「那妳怎麼知道他會一直都這麼想？」老師摸了摸我的頭，「當時妳跪在地上，所以可能沒有看見，妳知道嗎，那天妳突然道歉之後，雙翊表情先是一愣，緊接著下一秒，看上去就相當懊悔了。妳在那個當下選擇先向他道歉而非指責他，不正是妳有在乎他受到的傷害的最佳證明嗎？他腦袋那麼好，肯定意識到了。我想他眞正盼望的，或許就只是一個道歉，畢竟連不愛他的妳都會因而感到內疚了，愛著妳的他怎麼可能傷了妳還無動於衷？若非如此，被帶走的時候，他也不會一邊流著眼淚了。根據我朋友所述，直到坐上警車，雙翊都還是一直低聲呢喃著對不起。」

「咦？」我怔怔地問：「學長他……哭了？」

老師淺淺一笑，「你們兩個在這次的事件中兩敗俱傷，並不會因爲妳沒有受到法律的制裁，就代表妳的懲罰不夠重。妳也不用擔心會不會只有自己走出來，雙翊那邊也會安排心理師及輔導人員幫助他的。如同妳不希望他從此以後都過得不好，爲了不要令他未來崩潰於曾經失手對妳造成的永久性傷害，妳也必須有美好的人生才行。所以別再把一切責任都往身上攬了，好嗎？」

「老師您確定嗎？」我微微捉住他的襯衫，「像我這樣的混蛋，眞的值得擁有重新開始的生活嗎？」

「確定啊。」他順勢將我輕輕擁入懷中，「你們兩個，一定都會過得很好的。」

我的眼淚再度潰堤，將這陣子所有的焦慮與徬徨全數溶進淚水之中，一口氣宣洩了出來。在籠罩我心頭的那團黑霧內，我終於看見了一絲亮光沁入。

離開指導小間時，我們表現得很平常。

「那我就回教室了。」

「好，明天見。」

我轉身離開，盡力不讓表情和步伐暴露出我失序的心跳。方才老師抱著我的感覺，還清楚地殘留在我的感官之上，只要一想起，我就不禁臉頰一熱。

不過我很清楚，我不能夠因此動搖，甚至產生什麼不切實際的幻想，踏出指導小間後，我們依然只是普通的師生關係，沒有任何改變或進展。那是我爲了獲得短暫的美夢，和老師之間的約定。

我唯一能做的，就是把那段時光珍藏在心裡，並且轉化為繼續面對現實的動力。

回到教室後，午休時間也差不多要結束了。燦熏從桌上爬起來，伸了個懶腰後，才注意到我，「妳回來啦。還順利嗎？」

「還……算可以吧。」

憶起老師速速改完考卷後寫上的分數，我遲疑了一下，但一想到老師對我說的話，又覺得成績根本不算什麼。

語落，我注意到燦熏正盯著我的臉看。

「怎、怎麼了嗎？」我內心一驚，深怕是不是被看透了什麼。

「沒事。」他轉回去，「就是很久沒看到妳素顏，覺得有點懷念罷了。」

「啊？我這陣子不是都沒化妝嗎？」

「之前哪有那個心情觀察，我還沒那麼不懂得看狀況好嗎？」

在我們的拌嘴之中，鐘聲敲響，終止了我們的吵鬧。在這期間，燦熏都沒有再回過頭來面向我。

星期四的中午，我跟瑄莓學姊一起坐在體育館旁的長椅上。這段時間，只要我中午沒有其他安排，瑄莓學姊都會約我一起吃飯，而且地點總是刻意挑在人來人往的地方，似乎就是想讓大家都看見我們倆和睦相處的畫面。

她沒有明說，然而我知道，這是她在幫助我的方式。

即便大家現在都清楚，偷拍的犯人就是學長，但他們也大可說是我害學長走上歧途的。而此時，如果連最有資格如此批評我的瑄莓學姊都不恨了，還有誰有資格代替她討厭我呢？我沒有點破，只是默默地接受她的好意，然後心存感激。

「對了，我問妳，」瑄莓學姊看著我，「在那之後妳還有跟汪汪接觸嗎？」

「接觸？」這個關鍵字害我縮了一秒，隨後又趕緊鎮定下來，「他、他是我的數學老師，只要有數學課，我們都會遇見啊。」

「我不是指這種啦！我是說課堂以外的！」她鼓起腮幫子，似乎很不滿意我的回答。

「除了他帶我去補考數學小考之外，就沒有了。」

「補考數學？」瑄莓學姊的雙眼隱隱亮起，「那應該是單獨兩個人吧？」

「對、對啊。」我有些膽怯，不曉得爲什麼她看起來有點期待？

「那……」她稍稍壓低音量，「汪汪有沒有說什麼或者做什麼呀？」

我嚥了嚥唾沫，「……沒有啊。」

「沒有？」瑄莓學姊的表情是難以形容的錯愕，「爲什麼？」

「什麼爲什麼呀？」我無奈，「本來就是我暗戀他而已，他又不喜歡我，當然不會有什麼啊。」

親吻是懲罰、擁抱是施捨，關於老師的舉動，我是這樣說服自己的。

「妳不懂。」瑄莓學姊注視著我，「汪汪是我的表哥，我認識他這麼久了，從沒見過他如此焦急的模樣，或許很久以前還血氣方剛的時候有過啦，但他當上老師之後眞的穩重多了。妳發生那些事情後，是我近年來看到他最慌亂的一次。」

「咦？」

「我應該跟妳說過吧？是汪汪勸我來幫妳的。」瑄莓學姊苦澀彎唇，「老實說，起初我很不願意，我覺得一切都是妳自作孽，爲什麼我還要幫妳洗白？但汪汪始終沒放棄說服我，甚至篩選了一些照片給我，問我有沒有看出什麼蛛絲馬跡。我就是在那個時候……認出雙翊的房間。」

她抿了抿唇，爲下一次的開口做準備。

「我很震驚，非常非常震驚。雙翊耶，那個對我很溫柔的雙翊，那個曾經給了我全部的愛的雙翊……怎麼可能會做出這種事？我忍不住去想，一定是妳害了他，是妳讓他不快樂，是妳逼著他只能這麼做。」瑄莓學姊的眼眶微微泛紅，「我拒絕相信所見的事實，畢竟我眞的非常喜歡過他。說來荒謬，但在那個當下，我甚至有點嫉妒妳，因爲我跟他在一起將近兩年，他從來沒有對我做過照片中他對妳做的事。可是汪汪不斷地叫我換位思考，叫我設想假如我們持續交往下去，這些事情發生在我身上的可能性等等，我只好勉爲其難地先附和。」

我低下頭，僅是安靜地聽著。

「其實那天晚上，我並沒有完全被汪汪說服，是到了隔天早上，我接到電話時，才終於拗不過他而動身。」她淺淺一笑，「我到現在都還記得，電話彼端的汪汪著急無比，小聲地懇求著我，說『求求妳了，小莓，筑嫣遇到大麻煩，可是我沒有立場和資格去幫助她。全校就只有妳爲她挺身而出可以解決最多問題，拜託妳再想想我昨天說的話，拜託妳再考慮一下，眞的求求妳了……』。」

那些被轉述的老師的話語，一字一句落入我的心湖，綻放一圈又一圈的漣漪。我半張著嘴，眼神滿是驚訝。

瑄莓學姊再次看向我，表情溫和，「妳說，他爲什麼會對妳的事如此焦急？在這個前提之下，妳告訴我他不喜歡妳，我肯定不會相信。相較之下，要相信雙翊是個會偷拍的人還簡單多了。」

我震驚得無法思考，只能反覆搖著頭，「不可能的，老師親口說過了，他不喜歡我……」

「一定是他死鴨子嘴硬，不然就是考慮到你們的身分，才會這樣推開妳。」瑄莓學姊非常篤定，「不過你們怎麼會講到這個？妳有告白過呀？」

我這是自己給自己挖坑跳了嗎？

「那汪汪眞的是很傻耶，喜歡的對象都跟自己示好了，居然還不好好把握。他是不是不知道，並非每個人都能這麼幸運呢？」

「可、可是……爲什麼呢？」我還處在混亂之中，「我實在想不透，老師爲什麼會喜歡我……」經歷過這麼多次的挫折與被拒絕，我也已經不再那麼輕易就覺得老師喜歡我了。我試著想冷靜地分析，儘管我能感受到胸口的躁動愈來愈清晰。

「這妳就得自己問他囉，我終歸是沒跟他聊過這個話題。」瑄莓學姊拍了拍我的背，「加油吧！勇敢一點，一定可以打動他的。當初雙翊也是我提起十二萬分的勇氣才終於追到手的喔。」

或許正因爲瑄莓學姊是老師的親人，是眞正了解老師的人，經她這麼一說，我又動搖了。我明明已經答應過老師，不會再隨意妄想了啊。

這時，瑄莓學姊一直閃爍水光的眼眶，似乎再也無法容下更多重量，猝不及防地滿溢而出。

「啊，抱歉。」她急忙抬手拭淚，卻無法遏止那些斷線珍珠墜落，「妳一定覺得我莫名其妙吧？我明明也知道雙翊做了多糟糕的事，可是好奇怪，等到他眞的被抓了之後，我每次想到這個人，腦中浮現的卻都還是他曾經對我的好……」

我的心臟也跟著緊緊揪在一起。在我不知道的地方，瑄莓學姊肯定和學長有過很多美好的回憶，既然他們曾是人人稱羨的一對，我好像也能想像得出來，過去的他們有多麼甜蜜。

而我卻爲了幼稚無聊的原因介入他們，破壞了這段關係。是內疚，還是懊悔？現在的我分不清楚，只知道我的眼前似乎也跟著被染上霧氣。

「筑嫣，妳知道嗎？」她笑得淒美，眼淚讓她更加楚楚動人，「直到現在，我都不曉得我到底原諒妳了沒有。」

我忽然感到呼吸有些不順暢。

「可是這段經歷眞的太悲傷了，我很確信我不希望妳再陷入其中。」她溫柔地抱住我，「所以答應我，妳一定要幸福，好嗎？」

這句話輕易地衝破了我最後的防線，眼淚奔騰而出之際，我只能用力地回抱住她，持續哭喊著，「對不起、對不起……」

「是我該道謝呢。」她語帶哽咽，「謝謝妳救了我。」

前段日子我們刻意避而不談的心結，終於在此刻鬆綁，我們一起哭著，也看著彼此笑著。這一次，我不會再搞砸這段得來不易的友誼了。

下午，數學課。

我原先還沉浸在與瑄莓學姊修復關係的喜悅之中，然而在見到老師的瞬間，瑄莓學姊的震撼發言又重回我的思緒。

老師喜歡我？這種童話故事般的情節，怎麼可能會發生在我的身上？可是瑄莓學姊說得很認眞、很有把握，絲毫不像在開玩笑，我也不認爲她是會隨便亂講話的人……

難道我眞的只能向老師本人確認了？但我昨天是答應了老師的條件才換得擁抱的，如果我馬上就又去問這種問題，他應該會對我很失望吧？

兩種矛盾的思緒互相角力著，我始終無法決定到底該偏向哪一側才好。爲什麼我的煩惱最近總是接踵而來，似乎沒能有清閒的一天？

「在發什麼呆，早上沒吃藥喔？」前方的燦熏將幾張講義放到我的頭上，「我手往後伸這麼久了，妳怎麼都不接？」

「……抱歉。」我回神，接下了那疊講義，抽出其中一張，再繼續往後傳。

「中午跟簡瑄莓吵架喔？不然怎麼早上看起來還好好的，現在卻愁眉苦臉。」趁著大家還沒傳完講義，燦熏問了一句。

「沒有……跟學姊無關。」

「不然？」

我咬緊了下唇，沒有回答。再怎麼說，燦熏都曾表明過他喜歡我，如果我還找他商量關於老師的事，也未免太粗線條了。這個瞬間我又不禁想起了阿森。

今天是星期四，如果到了明天，我們雙方都沒有傳訊息的話，聊天室就會被永久消除。靜下心來想想，阿森給我的感覺其實不像是會說謊的人，但如果那些全都是他刻意經營出來的形象呢？因爲無論我怎麼想，都找不到我的推論之中的錯誤。

只是倘若他本來就打算騙我，這個漏洞會不會太明顯了？雖然我也沒有馬上注意到就是了。

還是我應該要聽聽看他的解釋？畢竟相比我和學長做的事，阿森的謊言根本不痛不癢，我也沒有因此而損失什麼。我僅是一時無法接受，我將他視爲能坦露內心的朋友，他卻對我一直說著假話罷了。

「喂，直接不理我喔？」燦熏敲了敲我的腦袋，「都不跟我講，我就這麼不值得信任？」

「我不是那個意思——」注意到他眼裡一閃而逝的落寞，我急忙要澄清。

「沒關係，我懂的。」他以開玩笑的口吻說著，一邊轉回身，「唉，十一年的友情眞脆弱啊……」

看著他的背影，我感到相當無奈。假使我將自己的煩惱告訴他，那才是眞正的狠心吧，因爲那等於是在告訴他，我依然無法忘記老師。

晚上回到家，洗好澡後，我坐在床上，背靠著牆看著手機。新聞程式跳出通知，說根據氣象預報，明天會有一波冷空氣報到，請大家要做好禦寒準備。

我看了一眼後就滑掉了，繼續陷入猶豫之中。到底要不要聯絡阿森呢？盯著交友軟體的圖示幾分鐘後，我還是決定點了進去。

反正只是打開而已，只要沒有讀訊息，都不會被發現的嘛！程式讀取了一下之後，進入了聊天室的清單。

出乎我意料，阿森在這段期間內居然都沒有傳任何訊息來。我點開聊天室，對話確實就停在我打斷他正要解釋的地方。

難道說，因爲我已經戳破了他的秘密，所以他就乾脆不跟我聯絡了？阿森眞的是這樣的人嗎？我一邊困惑著，一邊慢慢往回瀏覽先前與他的聊天紀錄。

儘管偶爾語出驚人，但阿森一直以來給我的感覺都是個天眞的弟弟，總是耐心地聽我訴說對老師的感覺，然後胡亂鼓勵我勇敢去追求老師。他如此熱情吵鬧，我實在不覺得他徹頭徹尾都在演戲。

此時，我剛好翻到先前阿森和我商量，關於他朋友煩惱的事情。當時的我一心想趕緊確認照片中隱藏的資訊，所以匆匆就給了建議，便沒再把這件事放在心上。

今天定睛一看，這講的不就是我和阿森嗎？我曾聽說，有些人會謊稱是朋友的事來徵詢他人意見，結果其實根本就是自己遇到的狀況，因此網路上才會有「先承認你就是你朋友」這種說法。

假設將這句話套用在阿森身上，不就代表——阿森喜歡我？

我忽然忘記了要呼吸。不可能吧？我們只是網友，連對方的長相和名字都不曉得，眞的會就這樣喜歡上嗎？可是現代人都說聊天會把心聊走，我跟阿森幾乎每天晚上都會傳訊息，不知不覺中已經形成一種習慣了。

如果阿森在現實中並沒有其他心儀的對象，要說完全不可能也不一定。更何況，在我鼓勵他試試看之後，他馬上就問了我能不能在他生日那天交換別的聯絡方式，是否就是他想要嘗試循序漸進走入我的現實生活的意思？我能這樣認爲嗎？還是這全都只是他要欺騙我個資的伎倆？

我又再繼續瀏覽著我們過去的對話，發現我始終無法覺得他是會耍如此心機的人，尤其在他有可能喜歡我的前提之下，再輔以我揭穿他時，他那奮力否認的著急。這到底是怎麼一回事？有沒有什麼狀況，是眞的能讓他所說的話全都成立？我一邊想，一邊發現，在我的指頭無意識地持續滑動之下，我已經快要拉到整個聊天室的最頂部了。

隨著密密麻麻的文字躍入眼底，我又猛然想起一些事。

起初剛認識阿森時，我確實覺得有些地方很奇怪，比如說，明明行動網路已經這麼普及，他卻說他白天無法使用手機，甚至在學校也沒有無線網路可以使用；比如說，跟我同齡的人幾乎都已經可以一天不碰電腦，但無法一天不碰手機，他卻說他還是不習慣使用手機那麼小的畫面來打字；比如說，「邊緣人」早已是融入在生活之中的詞彙了，不管他住得有多偏僻，完全沒聽過這個說法實在有點難以置信。

除非——這個詞對他所生活的時空而言，根本就還不存在。

思及此，連我自己都忍不住想嘲笑自己，到底在異想天開什麼，穿越時空嗎？可即便我知道這個想法很瘋狂，卻還是忍不住上網搜尋了一下。

然後我查到了，「邊緣人」這種說法大概是二〇一五年底才開始流行於網路上的，也就是說，阿森所處的年代，比二〇一五年還要更早之前？

明知腦中逐漸成形的臆測謬妄至極，我卻又覺得這個想法不失為一個突破口，反正最多就是全部推翻而已。於是，我再度滑動對話紀錄，試圖尋找有沒有能為這個猜想佐證的線索。

然後我想到了，燦熏曾經說過，這款交友軟體是以前一個著名的網路聊天室改版而成的。彷彿是要呼應我的猜測一般，當我再把對話往上拉時，便看到阿森第一次提起我們使用的這個虛擬空間時，用的詞確實是「網路聊天室」，而非現今我們習慣稱呼的「交友軟體」。

我感覺自己起了一身的雞皮疙瘩。

——阿森和我，或許真的是生存在不同時空的兩個人，而這個長壽的訊息軟體，正是串聯起我們的媒介。

不知何時起，我已不是慵懶地靠在牆上，而是激動地握著手機跪坐著，雙手甚至克制不住地顫抖。

這太不科學了，遠比至今我遇上的所有事情都還要更不合理。然而，更荒謬的是，撇除可行性的問題，我竟無法在這個說法中找到任何一絲破綻。

我就這樣死死盯著手機螢幕，深呼吸了好幾遍之後，紊亂的心跳才終於漸漸平復，情緒也才稍稍冷靜了下來。

就算這個推論是對的，那阿森到底活在哪個年代？印象中，我跟阿森的星期是對得上的，好比我說隔天星期六是運動會，他也沒有提出過任何疑問……

事已至此，一不做二不休，我立刻從二〇一五年開始往回找，本以爲要翻很久，沒想到很快便讓我發現了，二〇一一年的年曆，長得和二〇二二年一模一樣。隔一年的二〇一二年，毫無疑問的就是閏年。

我設想了一下，如果阿森眞的身處二〇一一年，那些不合理的地方就都說得通了。

雖然彼時的我才大班，但是我依稀記得，有一次我們全家一起去東部玩，卻在路上迷了路。爸爸得意地拿出公司配給他的最新型智慧型手機，說可以隨時上網查地圖，沒想到訊號很差，網速也超級慢，頁面轉了半天什麼都顯示不出來。

最後媽媽叫爸爸別查了，畢竟網路流量有限，終歸是該拿來使用在公事上，而不是作爲私人出遊時的幫手。

對，那時智慧型手機才剛開始流行，並不是人人都有，自然也不會有什麼便宜的網路吃到飽方案。難怪阿森對於我有行動網路這件事會感到很詫異，嚷嚷說肯定是我爸媽對我很好。而當我的照片外流時，他也沒有接收到任何相關資訊，因爲在他的時空裡，我根本還只是個乳臭未乾的小孩子。

我頓時有一種拼圖全部歸位的感覺，腦袋卻陷入過熱的狀態。話又說回來，假如當時的阿森十五歲，那現在的阿森是幾歲呢？

當我在腦中計算了一下之後，我又受到了另一波衝擊。阿森現在的年紀是二十六歲，他的出生年月日是一九九六年二月二十九日——與老師一模一樣。

那瞬間，我好像又明白了什麼。我開始仔細檢視我對阿森說過的事，某些關於老師的困惑也跟著被解開。

像是爲什麼老師知道我怕狗？爲什麼運動會前一天，老師會那麼剛好地帶著替換的衣服遇到我，甚至還說不用還他？爲什麼初次在課堂上見面時，老師喊我的名字時會猶豫一下？

我閉上眼，側倒在床上。

因爲這些事，我全部都和阿森講過啊。

「阿森，你那邊今天是二〇一一年十二月十五日嗎？」

第十章

晨曦透入房內，我睜開眼睛後，立刻就抓起放在一旁的手機，隨後點開交友軟體。昨天晚上傳出去的那則訊息，並沒有跳出已讀的字樣。

倘若我的推論是錯的，阿森收到這則訊息，應該會覺得莫名其妙吧？可這已經是我想破頭之後唯一合理的解釋。

當然，它其實一點都不合常理，所以我才試圖向阿森求證，卻沒能收到回覆。

這麼說起來，先前也曾有幾次，我們明明有傳訊息，卻沒能成功送達對方裝置的經驗。現在一想，也許那根本不是系統的問題，而是我們之間這個跨時空的連結不穩定的緣故。

不過我們到底爲什麼會穿越？還有穩定度的變化又是源於什麼？諸多疑問幾乎要撐爆我的腦袋，我找不出半個答案，只能在極度混亂的狀態下前往學校。

「……妳這是怎麼回事？黑眼圈怎麼重成這樣？」燦熏看到我的時候，顯然嚇了一跳，「還是妳平常都是靠化妝遮掉，其實一直都這麼明顯？」

「我昨天沒睡好。」我無力地趴到桌上。

「沒睡好？」燦熏蹙起眉頭，「最近有什麼心煩的事嗎？」

我看了他一眼，就閉上眼假寐，「剛好做了個惡夢而已啦。」

「是喔？」他的聲音聽起來還是有點不放心，「那妳趁第一堂課開始前再休息一下吧，硬撐著眼皮上課的感覺眞的超痛苦的。」

然而我沒能睡著，腦袋亂哄哄的程度，早已輾壓過了睡意。

數學課上，我看著老師時，滿腦子充斥著的都是我曾和阿森說過的，那些我對老師的感情……我眞是羞愧到想找個洞鑽進去。

時隔十一年，我不曉得對於當年的事，老師到底還記得多少？但至少我喜歡「老師」這點，他肯定沒有忘記。也就是說，早在他認出我的時候，就已經把我的感情看得一清二楚了。

就算阿森當年眞的喜歡我好了，事到如今已經過了多少寒暑，那份感情早該淡忘了吧？說到底，那不過是一場根本還沒開始的網戀，不是嗎？

那麼，對於現在的我，老師到底抱持著什麼樣的想法呢？

「妳到底怎麼了？整天都心不在焉的。」一直到放學時間，燦熏作勢要拍打我的臉，隨後及時停手，迫使我反射性地眨了眼睛後，才出聲問道。

我為如此幼稚的舉動白了他一眼，卻又只能弱弱地回應，「就睡眠不足嘛。」

他一臉的不相信，但也沒有追問，迅速地就換了下一個話題，「那妳今天放學有什麼事嗎？」

「目前是沒有……問這個幹麼？」我疑惑地看向他。

「我有一件很想在今天做的事，看看妳有沒有興趣陪我？」燦熏笑得詭異。

面對他的笑容，我卻產生一種錯覺，之所以看起來詭異，是因為他在極力隱藏某種情緒。

我萬萬沒料到的是，半個小時後，我居然和燦熏一起坐在公園的鞦韆上，吃著剛從便利商店買來的霜淇淋。

「到底誰會想做這種事？」我一邊發抖，一邊因為不想浪費錢而咬牙吃著手中的食物，「在冷空氣來襲的室外吃霜淇淋，關燦熏你是不是有病？」

「欸，妳知不知道，北海道的冬天甚至會主打在零下的雪地裡吃冰的活動？而且聽說還大受歡迎呢！」

「可是我們人又不在北海道！」我哀號著，「天啊，我到底為什麼要答應你……」

看著我這副氣惱的模樣，燦熏忽然笑了起來。

「有什麼好笑的！」我更加崩潰了。

「我只是在想，妳還是有精神的模樣比較好看。」

我微微一頓。

他將手肘撐在膝蓋上，側過頭來看著我，「所以，妳現在可以跟我說說，妳到底在煩惱什麼了嗎？」

冬季的天色黑得快，放學時太陽基本上已不見蹤影，公園的路燈閃爍著，我依稀看見了燦熏臉上那溫柔的表情。

我狼狽地別開了臉，「我、我沒有在煩惱——」

「讓我猜猜，」他逕自說了下去，「跟汪汪有關，對嗎？」

我抿緊了唇，沒有承認，亦沒有否認。

「我就知道。」他無奈一笑，「既然如此，爲什麼不跟我講？妳認爲我幫不了忙？」

「才不是！」我還是忍不住開口解釋，「哪有人會跟喜歡自己的人討論自己喜歡的人的事情？如果我不知道你的感情也就罷了，但你都已經告白過了——」

「妳什麼時候變成這麼善良的人了啊？」他揶揄著我，「況且我不是說了嗎？妳想回覆我的時候再回覆就好，這段期間，我們之間什麼都沒有改變，妳像從前那樣對我就好啦。」

我望向他，「就算如此——」

「好、好，那我換個說法。」他像是妥協了，「拜託妳趕快告訴我妳在煩惱什麼好不好？看妳整天愁眉苦臉的，我心情也都不好了，妳就當作是幫我一個忙？」

「……你確定？」我仍有些卻步。

「百分之百確定。」他的嗓音沒有半點猶豫。

我盯著他的臉一會兒之後，將所有事情都說了出來。從我怎麼認識阿森，到我們聊過的事情，還有阿森的「謊言」、瑄莓學姊的斬釘截鐵，以及最終推論出的，那荒謬卻又合理的結論。

即便我口中道出的話語如此脫離常理，燦熏也從未打斷我說話，只是認眞地聽著，頂多在稍微沒搞懂時向我確認。

「這樣不是很好嗎？」聽完我的敘述後，他給出了這個感想，「汪汪十一年前，是喜歡過妳的啊。」

「你、你相信我說的話？」反倒是我有些錯愕，「這麼離奇的內容欸？你眞的有在聽嗎？」

「我有什麼理由好不相信的？」他勾唇，「我不覺得妳有瘋到會自己編出這樣的故事來啦。」

我把買霜淇淋時拿到的衛生紙捏成一團後扔向他，他反應很快地接下了。

「總之，我覺得沒什麼好煩惱的。反正什麼都不做的話，妳跟汪汪注定就是擦身而過了，還不如現在衝一波，或許還有點機會？何況汪汪的表妹都那麼肯定了。」他一邊把玩著衛生紙球，一邊說。

「你這是在鼓勵我去問老師嗎？」我有些錯愕。

「對啊。」他答得乾脆，「妳其實是想問的吧？妳只是需要有人推妳一把。既然如此，我就自告奮勇來擔任推妳的那個人囉。」

我無法反駁，燦熏說得沒有錯，我只是想要有人贊同我。如果我不去確認清楚，這個疑問永遠都會卡在我的心上，不可能會有釋懷的一天。

「但是這麼做的話，你——」你的感情該怎麼辦？我沒能把這整句話說完，因爲我深知，燦熏的感情會如何發展，很大一部分是取決於我的選擇。

可是燦熏終究是燦熏，是我那從小一起長大的朋友，他只花了一秒的時間，立刻就讀懂了我的心思。

「喂喂，我跟妳告白，是要讓妳利用我，不是要讓妳顧慮我的，知不知道？」他把衛生紙球丟了回來，我的反應沒那麼快，直接被他砸中了頭，「我的確很不爽他一直讓妳心裡七上八下的，甚至還害妳哭，但如果能讓妳眞正感到幸福的人還是他的話，那硬要妳選擇我也沒意義了啊。」

我彎下腰撿起掉在地上的衛生紙，胸口忽然酸澀了起來。

他站起身，「更何況，我早就知道，自己已經沒機會了。」

還坐在鞦韆上的我，看著他的背影，「咦？」

「先前的照片風波，我明明誇口要逮到犯人，卻沒有任何實質貢獻，甚至還給出了錯誤的方向。若不是汪汪敏銳地察覺那個房間內的場景，事情恐怕到現在都還沒有進展吧？」

「那只是老師剛好有注意到關鍵，不代表你沒有貢獻啊。」聽見他的自責，我不禁有些心疼，「我知道你也是盡了全力在幫我，就像我先前提過的，那天若不是你到校門口接我……」

「我知道，原本我也是努力這樣說服自己的。」燦熏語氣中的苦澀沒有半分減少，「可是直到警察抓到學長之後，妳還是愁眉苦臉了幾天。我本來想說，或許妳需要調適一下心情，所以我不想逼妳，只跟妳說了仍舊可以依靠我。我自以爲等妳準備好，就會找我傾訴，然而妳去補考數學回來後，整個人卻突然變得豁然開朗，我才看清，原來無論我怎麼做，都沒辦法成爲那個能讓妳放心依靠的對象。」

燦熏的一字一句滴落在我的心頭，暈開了名爲悲傷的情感。

「再隔天，妳早上明明還好好的，下午見到汪汪時，臉色卻又變了。那時我就想，可惡，爲什麼妳的情緒改變，終究都還是因爲他呢？難道我就只能當個旁觀者，默默看著這一切發生嗎？」

「燦熏……」我瞥見他的拳頭握得很緊。

「今天看妳煩惱到覺都睡不好了，我才下定決心，就算用逼的也要逼妳說出來。」他轉過身，「這就是爲什麼，我們剛剛會一起在公園裡吃霜淇淋的原因。結果不出我所料，又是跟汪汪有關，不過我倒是沒想過會是這麼不科學的事就是了。」

「爲什麼……」我感覺自己快要無法鎮定地說話，「我的所有細微變化，你都能發現？」

燦熏聞言，走到了我的面前，蹲下來看著我，失笑道：「因爲我喜歡妳，所以關於妳的一切，我都不想錯過。」

我的眼眶霎時熱了起來，「你到底爲什麼這麼喜歡我？我們一直以來不都像哥兒們一樣嗎？」

「我可從來沒把妳當哥兒們。」他無奈輕哂，「至於妳要問契機……或許是我們小學三年級跑大隊接力時，當我因爲速度不夠快，差點要被換去候補時，妳跳出來力保我，讓我最終能夠上場的關係吧？妳可知道，那時的妳在我看來有多閃閃發光？」

我眨了眨眼，「就因爲這樣？」

「妳那什麼懷疑的眼神？對當時非常想出賽的我來說，這是很重要的事欸！」燦熏似乎有些不滿於我的反應，「當然，再加上後來我們又一路同班，只要到學校的日子，妳都會在我的視線範圍內，久而久之也就成爲一種習慣，會自動去尋找妳的身影，沒看到就覺得怪怪的，好像我的生活中已經不能沒有妳在一般。」

不曉得是不是蹲累了，燦熏索性坐到了地上。

「但是……我明明一直都看著妳，也知道妳不是因爲眞的喜歡才去搶別人男朋友，我卻沒有阻止妳。有時候我也會想，假如我一開始就勸阻妳，今天會不會就不是這種結果了？妳也就不會擁有這樣的創傷……」

「這、這不是你的錯啊！」我一慌，「說到底，那是我自己的決定，如今招致這種結果，歸根究柢都是我的問題，你別胡亂攬責任了。」

他苦笑了一聲，抬眼看向我時，路燈映照在他的雙瞳，反射出他的哀戚，「我沒阻止就算了，到最後，我居然連彌補這些過錯都做不到。與汪汪跟簡瑄莓比起來，我所做的事情，根本就微不足道。」

「你不要這麼說——」

「筑嫣，妳知道嗎？其實我好後悔跟妳告白。實際上，妳這麼多年來從沒對我動心，我早該知道沒希望了。」燦熏的嗓音帶著些微顫抖，「只是我以爲我的告白能成爲妳的助力，然而事實證明，到頭來只是害妳對我的態度變得綁手綁腳。倘若我還只是妳心中的『好哥兒們』的話，今天很多事情，妳大概就會主動告訴我了吧？」

我凝視著燦熏，這一回，我無法否認他說的話。

「抱歉，本來應該商量妳的煩惱，怎麼我突然多話了起來？」燦熏用手撐著地板站了起來，我看見他偷偷伸手抹了抹眼角。他再度背對我，「總而言之，不用管我這邊，快去找汪汪問清楚吧。我曾經以為我們連續同班這麼久，只能用命運來形容了，殊不知你們居然有跨越時空的聯繫，真的是輸慘了。你們緣分這麼深，如果還不好好把握，我真的會生氣的啊。」

他盡量讓語氣聽起來歡快，但是注意到其中隱忍的情緒的我，還是克制不住地落下了眼淚。

「欸不過，」他回頭，笑嘻嘻地說：「如果汪汪還是拒絕妳的話，這一次，妳能選擇我嗎？」

我用力地點了點頭，「好，我一定會的。」

即便我們都很清楚，我們之間已經注定不可能了。

回家後，我察看了交友軟體，阿森依然未讀未回。我決定將理由歸咎於我們之間的聯繫又因為某種原因而中斷了，不再去猜想阿森心中的想法。

由於過了今天，聊天室就會自動被刪除，為了記住這段奇遇，也為了留下證據，這天晚上，我花了非常多的時間將我們的對話一一截圖儲存。就這樣忙著忙著，不知不覺已經接近凌晨十二點。

我大致確認了一下圖片檔案及雲端備份都沒有問題後，便將手機畫面停留在我與阿森的聊天室，然後靜靜看著時間流動。

五十六分、五十七分、五十八分……等到五十九分時，我拿起手機，在打字框內輸入了一行字，「阿森，我要去見你了喔。」

時間再度往前走了一分鐘，畫面上隨即跳出提示訊息，「本聊天室超過一星期無互動，已由系統自動刪除。」

我的聊天室清單正式變爲一片空白。我盯著這個介面一會兒後，才退出到主畫面，然後刪除了整個應用程式。

✦

這個假日，我將心情整頓好，對於即將要問老師的乖謬問題，我也沒有了躊躇。如燦熏所說，按兵不動就絕對不會有任何改變，還不如勇敢放手一搏，就連阿森本人當年也是這樣鼓勵我的。就算被認爲精神不正常也無所謂，我這一路下來，早就被很多人視作瘋子了，不是嗎？

數學課結束後，我離開座位，準備要到教室前面去找老師，當我經過燦熏身邊時，我聽見他低聲說了句「加油」。

僅僅兩個字，卻忽然讓我暖得有點鼻酸，不過我沒有停下腳步，只是用手輕點了兩下他的桌子，表示我有聽見。我確信，他一定明白我的意思。

來到講臺前，我等其他同學問完問題散去後，才喊了他，「老師。」

「筑嫣，妳也有問題要問嗎？」老師看了一眼手錶，「不過我差不多要去下一班的教室了——」

「那我今天中午去辦公室找老師，方便嗎？」

老師看了我幾秒後，答道：「嗯，可以。」

得到老師的許可後，我稍稍鬆了一口氣，至少第一步已經成功了。

我希望能夠在獨處的情況下問老師，但平時要能製造出一對一相處的機會並不容易。爲此，我刻意在一旁等到下課時間所剩無幾，才向老師提問，以換取中午去找老師的機會。

當我轉身要走回座位時，我又看見燦熏臉上掛著一個似笑非笑的表情，他十之八九知道我在打什麼算盤了。

緊張時總覺得時間過得特別慢，好不容易終於到了中午時間。我迅速扒完便當後，爲了不讓自己顯得太可疑而隨意拿了本習作，便朝數學科辦公室跑去。

我的心情很複雜，有點害怕，又有點期待。老師聽見我發現這個秘密時，會是什麼樣的反應呢？

拉開數學科辦公室的門，當老師的身影映入眼簾時，我立刻喚了他。

「老師。」

「妳來啦。」老師從作業堆中抬起頭，「走吧，其他老師要午休，我們去指導小間。」

不曉得老師是否有所顧忌，明明兩間指導小間都空著，老師卻選擇帶我去與上次不同的、比較遠的那一間。

儘管老師沒有表現出來，但他果然還是有把我的事情放在心上的吧。只是他可曾料到，我即將講出多麼震撼的話？

我們都就坐後，老師嗓音溫煦地道：「來吧，有什麼想問的？」

他原先想要翻開我帶來的習作，然而我直接壓住書，動作大得令他嚇了一跳。

「老師，對不起，我想問的問題跟數學沒有關係。」我怯怯地瞄了一眼老師的表情，只見他看起來有些錯愕。

「我想問的是……」我深深吸氣，「老師，您喜歡我嗎？」

老師聽罷，先是頓了頓，接著才重重地嘆了氣，「筑嫣，妳應該答應過我，不會錯意的吧？爲什麼現在又問這個問題？」

「因爲瑄莓學姊說，她覺得老師是喜歡我的。」我微微低下頭，「她已經跟我坦白了你們的親戚關係，然後還很篤定地告訴我，您一定喜歡我。」

「別聽她亂講，她從小就比較八卦一點。」老師揉了揉眉心。

「但是至少，」我的聲音爲了即將說出口的話語而輕輕顫了幾下，「您曾經喜歡過我的吧？畢竟阿森說了他喜歡我啊。」

從老師完全無所遁形的震驚表情看來，我已經百分之百肯定了那荒誕無稽的推論是正確的。

「阿、阿森？」老師撇開了頭，貌似還想隱瞞，「那是誰啊？」

「是十一年前的您。」我耐心地解釋著，「是在網路聊天室上認識了名叫小紅的女生的，十五歲時的您啊。」

指導小間內陷入一片寂靜之中，老師摀著半臉，眉頭深鎖，彷彿在思索有沒有什麼開脫的方法。最後，他只是無奈一笑，「果然還是被妳發現了啊。」

我看向老師，靜待著他的下文。

「妳說得沒錯，我曾經用『阿森』作爲暱稱，在網路上跟『小紅』聊過天，當時也確實有點喜歡她。不過就算妳是小紅，這對妳來說也是很近期的事，對我而言，那已經是十一年前的往事了。一些比較大的事我還有點印象，不過具體來說我們到底聊過什麼，老實說我已經記不太得——」

「我不相信。」我很沒禮貌地打斷了他，「若您所言屬實，爲什麼您會記得我怕狗？爲什麼您會記得我是哪一天被淋濕？爲什麼您會記得……那個被偷拍的女生叫什麼名字？那應該是十一年前一些瑣碎的對話而已吧？」

老師再次沉默以對。

「所以我想……老師您應該很珍惜那段對話吧？或許您在聊天室消失之前，有把對話用其他形式保存下來，並在這些年反覆觀看。如果不是這樣，您怎麼可能會對這些事情有印象呢？」

此刻對我來說，簡直是度秒如年，這已經是我第二次在老師身上賭一個我想要的答案了。

第一次告白時，老師說他對我並沒有抱持特殊的情感，我也只能當作是我自己會錯意；可這一次，我端著證據來到老師的面前，即便如此，我還是不敢肯定老師心中的想法。

良久，我聽見老師再度吐了一口氣。他往後靠到椅背上，眼睛盯著天花板，似乎是陷入回憶之中。

「我是在和妳差不多的時機點，發現我們身處不同時空，畢竟妳都明確地講出『明年是二〇二三年』了。在那之前，所有我覺得不協調的地方，我都只當作是彼此生活環境的巨大差異而已。」老師開口，好像終於決定娓娓道來，「一開始，我確實很難相信這麼奇幻的事情，但仔細回想我們講過的話，又覺得好像其實說得通。只可惜，我還來不及和妳解釋跟確認，我們就斷了聯繫。

老師苦笑，「當時的我很著急，被喜歡的女孩子誤會了嘛，怎麼會不緊張呢？可是我們沒有任何其他能聯絡的方式，無論我多麼慌張，都只是徒勞。我只能努力釋懷再釋懷，想辦法把這一切當作一場夢，繼續回歸我的日常生活。啊，不過在那之後，我就沒再使用過網路聊天室了。」

看著老師忽然想解釋什麼的模樣，我不禁覺得有點可愛。

「但是我想，在每一次回味我們的對話紀錄時，我大概還是被影響了吧。不知不覺中，我立定目標要成為老師，甚至不切實際地幻想過，能成為小紅喜歡的老師，縱使我知道那個機率微乎其微。」他神色一亂，膽怯地看向我，「完了，這樣講起來，我成為老師的動機是不是很糟糕？我發誓，那真的只是非常小一部分的妄想而已，我大多數的時候都很認真的。」

「我知道，作為老師的您，一直都十分敬業。」一瞬間彷彿見到阿森的影子，我忍俊不禁。

「不過隨著時間一年一年過去，當老師的志向雖沒有動搖，重看對話的次數卻愈來愈少。然而潛移默化之下，我還是模仿了小紅的老師的一些習慣，譬如會在一百分上畫笑臉之類的。現在講起來真好笑，原來我模仿的，是另一個時空的我自己。」老師的雙眼微微瞇起，「真正讓我又再次翻出對話紀錄的契機，是當我發現班上的學生裡，出現『于筑嫣』這個名字的時候。這不算是個常見的姓名，因此我大膽假設，她會不會就是小紅提過的那個被偷拍的女生？反正就算弄錯也不會有什麼損失，畢竟防患未然總是好的。」

提及心裡的傷疤，我的眼神還是暗了下來。

「所以我開始注意妳，希望能觀察出一些端倪，讓妳不要經歷那麼痛苦的事情。甚至，我還曾在校務會議上建議加強更衣室的戒備，爲的就是要防止任何可能的偷拍，儘管最後被認爲我在大驚小怪就是了。」老師苦澀揚唇，「隨著時間過去，當我發現我同樣也給『于筑嫣』畫了一個八十一分的笑臉，之後她也順利在段考取得滿分時，我才第一次產生了困惑——關於妳會不會就是『小紅』，而我就是『老師』。」

老師重新坐直身子，「原先我幾乎確定了，直到妳高調地去追雙翊爲止。」

憶起自己當初的蠢，我登時又很想賞自己一巴掌。

「那時我想，會不會是因爲時間線不同，所以兩者之間或多或少有些差異？可能在那裡的妳喜歡的是老師，在這裡的妳喜歡的是學長。老實講，我消沉了一陣子，因爲我意識到，原來我是眞的永遠不可能遇見和我聊天的『小紅』。」老師收緊了拳頭，「但是換個角度想，這就代表兩個時空發生的事情不必然相同，我還是能夠從一旁守護妳，看看能不能避免偷拍事件。畢竟說眞的，知道妳是小紅雖然令我很高興，可是考量到身分與年紀，我從不覺得我們之間會有任何發展的機會。年輕時的幻想，等到眞的長大成人，才發現有多不忍直視。」

老師的這番話令我瞬間瞠眼，我愣然望向他，只見他還沉浸在回憶之中，似乎並未注意到我的反應。我咬了咬下唇，決定先把想說的話留在喉頭，讓老師繼續闡述。

「然而，正因爲我一直注意著妳，所以我逐漸發現，妳好像不如我預期中的喜歡雙翊，可妳卻還是會讓他……吻妳。」老師微微擰眉，似乎覺得很不自在，「目睹那個場景時，我眞的忍不住在心底問了，小紅，妳可不可以告訴我妳在想些什麼？」

「然後那一天晚上，我就在交友軟體上認識了阿森？」

「回顧時間軸來看的話，是這樣沒錯。所以我推測，也許小紅與阿森之間是否有連接上，是取決於我希不希望了解妳、靠近妳。」

聽著老師得出的結論，我細細回想了一下，才發現似乎很有道理。「我和阿森第一次無法互傳訊息，是我從公民訓練回來之後……」

「畢竟我在山上做了那麼失控的事，怎麼還有臉面對妳？只是後來，我實在還是很介意妳和雙翊之間的關係，再加上隱約得知小莓還有跟雙翊維持聯絡，使得我又在意起妳的事情。」

若是以前的我，聽見老師在我面前叫瑄莓學姊「小莓」，肯定會萌生妒意，現在的我卻有點竊喜。就彷彿我也被當成他們之間的一份子，可以聽見他們對彼此最眞實的稱呼方式。

「接著第二次斷訊，是我向您告白之後。」

「就像我剛剛講的，我認爲我們之間是不可能的，所以當我發現原來妳是眞的喜歡我之後，我才驚覺我必須和妳保持距離才行。只是後來……我最害怕的事情還是發生了。」

「照片外流……對吧？」

「沒錯。」老師的表情變得痛苦了起來，「當時妳馬上就請假了，我無從得知妳的狀況，只能乾著急，然後努力幫妳找照片外洩的源頭，或許就是這種心情，讓妳又和阿森聯絡上了。當時我滿腦子都是要幫助妳，等到事情好不容易告一段落，我才發現，從時間上來看，阿森應該已經向妳請教過所謂的『朋友的煩惱』了。當年的我並不曉得最終妳有沒有發現我們身處不同時空，但我知道阿森很多跡象都顯示出他所處的年代落後，因此我只能急忙告訴自己不要再跟妳有密切往來，並祈禱妳不會發現我與阿森之間的共通點……」

明明乍聽之下是在推開我，我卻發現了其中的盲點。

「老師，」我輕喚，「您難道不覺得『努力想要不在意』，本身就是一種在意的表現嗎？因爲我一直很努力想要不在意您，所以我最清楚這背後的眞義啊。」

老師的眼眸微微閃爍，沒有回答。

「……阿森。」提起了莫大的勇氣後，我改了稱呼方式，而對面的老師也隨之一怔，「十一年前，沒有聽出你話中的意思，我很抱歉；十一年後的現在，我喜歡你了，你還願意喜歡我嗎？」

老師再度轉開了頭，「筑嫣，我剛剛也說過，依照我們的年齡差距跟身分，不可能——」

「等我再長大一點，就不會覺得差十歲很多了。身分也是一樣，如果老師願意等我畢業，那就不成問題了。」我淺淺一笑，「老師，您有發現嗎？您剛剛拒絕我的理由，已經不是您『不喜歡我』了。」

對面的人神色一慌，「我只是不忍心說——」

「那您爲什麼不惜花費大把時間也要幫我找出犯人？爲什麼明明體育老師在場，您卻選擇親自跳下水救我？爲什麼看我走了歪路，您會想要努力導正我？」我微微低下頭，桌子下的手止不住地顫抖，「爲什麼在山上……您會吻我呢？就算是要給我當頭棒喝，方式也太奇怪了吧？」

時間好像靜止了似的，我們都沒有下一步動作，整個場景彷彿被定格成了一張相片。

我沒有催促，只是耐心地等著。

不知道過了多久，我看見老師深吸了一口氣，低啞著嗓，「因爲嫉妒。」

我的心臟用力一跳。

「妳明明不喜歡雙翊，爲什麼能和他接吻呢？妳到底是不是我印象中喜歡老師的『小紅』，而我又是不是那個『老師』？」他的聲音很輕，宛如來自某個飄渺的夢境，「這麼神奇的事情，我該怎麼去合理地解釋？得不到答案的我，只能夜以繼日地在意著，直到我滿腦子幾乎都是關於妳的事情。」

忽然覺得淚腺被刺激到了，我站起身，走到他身旁，小心翼翼地將手覆上他的，「現在我們兩個講開了，答案不就很明顯了嗎？我就是小紅，你就是老師，我喜歡的人確實就是您。」

老師沒有躲開，「可是妳不會覺得失望嗎？原來妳喜歡的成熟理性的老師，也曾有過講話那麼不經大腦的時期。」

「不會啊，對我來說，阿森也是相當重要的存在，如果不是阿森，我太多的情緒都得不到抒發。我只是很驚喜，原來十一年前的您，就已經在幫助我了。」我笑彎了眼，淚水也因而從眼眶滑落，「對現在的我來說，沒有什麼比知道您對我的執念強大到足以連結兩個不同的時間線，還要更令我開心了。」

老師聽完之後，先是遲疑了一下，接著才抬眼面向我。

我毫不逃避地回望他的雙眼，看進他眸底的那片柔情漫漫。

這一刻，言語已成多餘，那些深藏的心意皆已盡在不言中。

老師悄悄將他的手翻了一面，用剛剛好的力道將我的手牽了起來。

「妳真的很傻，明明比起我，同齡的男生一定更適合妳，如果妳選擇我，我沒辦法給妳普通的校園戀愛體驗。或許妳會覺得我很固執，即便現在我們互相坦白了，離開這個指導小間之後，我還是希望這件事就先暫時打住，等妳畢業時，如果我們的心意都沒有改變，再重新開始。即使如此，妳還是不後悔？」

「當然沒問題，我還沒那麼任性，我能明白您的立場與處境。」我毫不猶豫地同意，「但是老師，您說『離開指導小間之後』，就表示現在還沒生效囉？」

「嗯，」他有些羞赧卻開心地彎了嘴角，「因爲終於誠實面對了自己的心情，我久違地感到很輕鬆，所以想要小小地慶祝一下。」

語落，他摘下眼鏡，伸手貼上我的後腦杓，將我的臉朝他的方向迅速一勾。

很好，現在兩個指導小間內，都留有我們不可輕易告訴他人的秘密了。

「不過妳知道嗎？其實我覺得，當初和我聊天的小紅，與現在我眼前的妳，仍然不完全是同一個。」

「怎麼說？」

「因爲我記得，當初小紅曾跟我說，她那邊有一種病毒肆虐全球，迫使每個人都必須戴上口罩才能出門。十五歲的我以爲未來會有這麼一天，但直至今日，我們都還沒遇到。」

「肆虐全球的病毒？這麼嚴重啊？」我眨了眨眼，「那還眞是慶幸，我們是在這個時空相遇的，否則的話，我們就不能這麼輕易地看見彼此的笑容了。」

「就是說啊。」老師附和著，「像剛剛那樣的事，也不能趁人不備地做了。」

我羞紅了臉搥了他幾下。

後來，經過老師的同意，某日放學，我和燦熏一起前往公車站的途中，我把這個發展告訴了他。

「那眞是恭喜妳啦！」燦熏扯了扯唇角，「看妳最近滿面春風的模樣，我大概也猜到了啦。」

「咦？」我有些錯愕，「這、這麼明顯？」

「明顯到爆炸。」

看來我得稍微收斂一點才行，否則遲早會被敏銳的同學察覺。好不容易能和老師互通心意，我絕對不願意因爲曝光這種理由而讓這段感情被強制畫下休止符。

「謝、謝謝你的提醒。」我清了清喉嚨，想掩飾尷尬。

他只是聳聳肩。

「還有另一件事，我也得謝謝你。」我深吸一口氣，「謝謝你那天……推了我一把。如果不是你，今天肯定不會有這樣的結果。」

「沒什麼，我只是覺得，既然知道自己沒機會了，不如痛快退場，這樣比較帥氣，不是嗎？」他笑嘻嘻的，「再怎麼說，我也是以帥聞名的人嘛！」

儘管他講得很輕鬆，我卻很清楚，那是他爲了不讓我感到愧疚才刻意表現出來的模樣。所以我也沒戳破，只能在心中重複地又道了一次謝。

「不過這樣一來……」兀的，他略微收起方才一派輕鬆的語氣，「下個學期，我大概要申請轉組了吧。」

「欸？爲什麼？」

「喂喂，妳不會這麼殘忍吧？」燦熏有些無奈，「我好歹也是個失戀的人，妳要我接下來的一年半，都要近距離看著你們互動，然後還要幫忙保守秘密嗎？這難度眞的有點太高了啊。再說，我本來就想選二類，只是因爲捨不得中斷我們的連續同班紀錄，才想說跟著妳選一類，碰碰運氣看會不會又同班。事到如今，我再堅持那個我曾以爲的命中注定，也沒有意義了不是嗎？」

我錯愕地望著他。燦熏要離開我的身邊了？怎麼可能？畢竟這十一年來，他一直都在我觸手可及的地方，對我來說，他早已是我生活中無法切割的一部分，是我成長至今不能缺少的重要養分。

「你的意思是，」心慌之下，我脫口就問：「我們以後……也不能是朋友了嗎？」

恰好此時，一陣風吹來，撩起了我的髮絲，遮蔽了我眼前的燦熏的臉，我還沒來得及舉起手去撥頭髮，燦熏就搶先一步有了動作。他將我的頭髮重新勾到我的耳後，手指又順著我的耳廓滑下，最終停留在我的頰側。

「燦熏？」我有些擔憂地喚了他。

然後他自嘲式地輕笑了笑，收回了手，「妳知道我剛剛在想什麼嗎？」

我困惑地搖搖頭。

「我在心裡打了個賭。倘若我剛剛的作為，會讓妳表現出害羞的模樣，哪怕只有那麼一絲絲也好，我就會繼續跟妳當朋友，然後趁隙把妳搶過來。」

聞言，我愣住了。

「但是妳沒有，連一點點的動搖都沒有。」他笑得有些哀傷，「好吧，看來我真的是完全沒有任何機會了。」

知道自己又傷害了他，我焦急地想說些什麼，他卻阻止了我，「現在可別說什麼安慰我的話啊，只會徒增我的可悲而已。好好享受妳得來不易的感情就好，不必介意我。說到底，能看到妳開心，才是我的最終目的嘛。」

我的淚水終究還是氾濫了。

「對不起，真的對不起……」我想壓抑哽咽，卻根本沒有辦法，「雖然是你說要讓我利用你，然而在那之前，我就已經仗著你的喜歡對你做過好多任性的事了……」

「如果我會介意，早就跟妳絕交了好嗎？」燦熏挑眉，「突然在意這些事情的妳，我很不習慣欸。」

「可是、可是，」我捏緊了制服下襬，「我發誓，我這輩子真的從來沒有想過要傷害你……」

即便總是打打鬧鬧，即便沒有萌生愛意，對我來說，燦熏絕對是我人生至今最珍惜的朋友，無庸置疑。

「嗯，」他看著我，路燈下的他面帶充滿柔情的微笑，「這我也早就知道了。」

我哭得更凶了。想必現實就是如此，總得失去些什麼，才能得到些什麼，並不是每件事情都有兩全其美的解法。

跌跌撞撞走到今天，我知道我已經不能回頭。傷害了這麼多人之後，我勢必得勇敢抓住我的幸福，才不愧對於那些最終還是選擇原諒我並祝福我的他們。

「放心吧，假如有一天，我能放下妳的話，或許到那個時候，我們能夠重新做回朋友。」他撓了撓頭，「畢竟，說眞的，我也還是有一點捨不得這段緣分啦。」

我不曉得這是不是他的安慰之詞，僅能跟著揚起嘴角，「一定可以的，無論那是多久以後的未來，我都會等你的。」

因爲你是關燦熏，是我最重要的朋友啊。

✦

季節交替了數次，轉眼間，我已是商學院大四的學生。這天下午，和教授討論完畢業專題的修改方向後，我步出校園，同時撥通了電話，「喂？」

「喂？妳結束了？」

「對呀，你在哪裡？」

「我已經停在妳學校對面了，有看到我的車子嗎？」

我往前方看去，果然見到那輛熟悉的銀色轎車。於是，我迅速掛了電話，蹦蹦跳跳地跑了過去，然後自然而然地拉開副駕駛座的門。

「阿森！」見到裡面的人之後，我綻開了笑顏。

「筑嫣。」老師也對著我溫煦彎唇。

如同我們所約定的，等我畢業之後，我們才正式展開了交往。老實說，最初並不是非常順利，畢竟我們也不算是對彼此非常熟悉，再加上年齡與思想上的差異，讓我們一開始走得有些跌跌撞撞，但我們誰也沒有說過要放棄。

終於，經歷了一段磨合期後，我們也漸漸找到相處上的平衡，來到了穩定的階段。至於未來會怎麼樣，我還不敢下定論，至少對於現狀，我非常滿足。

「瑄莓學姊說她已經到餐廳了，叫我們慢慢來就好。」滑了一下通訊軟體內未讀的訊息，我轉告老師。

「她對妳眞溫柔。」老師貌似很無奈，「在妳上車前，她打電話來警告我，要我接到妳之後十分鐘內趕過去，不然會白白損失用餐時間。她怎麼會覺得我辦得到？」

「畢竟是她很努力才訂到的餐廳嘛。」想像了一下剛才老師接起瑄莓學姊電話時的表情，我忍俊不禁，「不過，我相信阿森一定做得到。」

我改口稱老師爲「阿森」，是因爲在一起之後，老師說聽我叫他「老師」，還是會有一種莫名的罪惡感，所以希望我能改個稱呼。當下我沒有猶豫太久，便決定喊他「阿森」而非大家口中的「汪汪」，畢竟這才是我們眞正認識的起點。

「這麼說起來，」我轉頭看向身邊的他，「爲什麼當初在網路上，你會取『阿森』這個名字啊？」明明已經叫得如此順口，我卻發現自己似乎從來沒問過這個問題。

「這個嘛，」老師看上去有些靦腆，「因爲我的名字是汪傲海，當時想說在網路上交友，總要取個不容易被認出來的名字，就很直接地想說那找一個跟『海』最對立的字，於是我就想到了『森』……」

我又忍不住笑了起來。沒想到我們在取暱稱上這麼有默契，都是由本名去發想。

抵達目的地後，老師先將車子停在附近的停車場，接著和我一起走去餐廳，要和瑄莓學姊會合。

然而，當我們在等紅綠燈要過馬路時，突然有個路人鬼祟地朝我靠了過來。

我原先沒太放在心上，只是不著痕跡地往老師旁邊挪近一步，卻不料下一秒，那個人突然將手機畫面湊到我們面前，不懷好意地問：「妹妹，這上面的人是不是妳啊？妳男朋友知不知道啊？」

映入眼簾的是熟悉的泳裝更衣照，明明已經是五年前的事情，我在看到的當下，心中還是忍不住一陣翻騰。但我沒有表現出來，因爲我知道他就是想看到我驚慌失措的模樣，表現出他對我瞭如指掌的優越感，以此尋樂。

所以我只是淡淡地瞟了一眼，問道：「所以？」

對方顯然訝異於我的鎮定，怔了幾秒後，才大笑起來，「哈哈哈！看來于妹妹平常應該玩更大喔？看到這樣的照片在別人手機裡，居然毫不在意。」

「對啊。」我皮笑肉不笑地瞄向他，「只不過那種等級的照片都很貴，我猜你應該買不起，所以才只能看這種免費、拍得又差的過過乾癮。」

他的臉色突然變得很難看，恰好這時也已經綠燈了，我便沒再搭理他，跟著老師過了馬路。

一路上，老師都緊緊握著我止不住顫抖的手，「妳這樣回他，他會以爲妳眞的有在賣吧？」

「我不管回什麼，他都認定我就是這種類型的女生了，我解釋也沒用，不如乾脆趁機羞辱他一下。」我吐吐舌，「反正我很清楚，我沒有做那種事，那就好了。」

老師聽了之後，抬起手來揉了揉我的頭髮，「妳眞的愈來愈堅強了。」

「要不然的話，學長會很自責的，不是嗎？」

他的動作滯了一下，接著才輕笑幾聲，「妳說得沒錯。」

抵達餐廳後，才發現外頭排隊的人潮眾多，一時之間有點難找到淹沒在其中的嬌小的瑄莓學姊。

「妳打個電話問問看她在哪裡？」老師提議。

「你不打嗎？」我抬頭看他。

「不了，」老師苦笑，「我不想再被她凶一次。」

我又不禁莞爾。

打開通訊錄，我找到瑄莓學姊的名字，正準備撥出去時，手機驀地又震動了一下。有人傳了訊息。

而當我看見傳訊者的名稱，是那個許久不見之人的名字時，我一瞬間便紅了眼眶。

我的青春曾有一段那麼荒唐的時光，可是我很幸運，遇到了一群願意包容我、幫助我的人。所以今天的我才能不要臉地想著，當我眞心地悔改與彌補之後，我還是能有獲得幸福的權利吧？

也許並非所有的故事都能有一個好的結局，但是這一次，我決定試著去相信，一切總會慢慢好轉，而在不遠的前方，肯定有一個璀璨的未來在等著我。

提起勇氣走向它——那便是我最好的贖罪。

全文完

番外
所謂命中注定

「你要來我們家？歡迎歡迎！很久不見了，小莓一直吵著說想跟你玩呢！」

「那我吃完晚餐後跟班導說一聲，就過去找你們。」

高一開學沒多久，班導爲了促進全班的感情，策畫了一場兩天一夜的班遊，地點恰好選在我阿姨家附近。媽媽因此託我帶了東西要給阿姨，於是就有了方才的通話。

而此時，我已坐在遊覽車上，準備前往目的地。

「喂，汪汪，」坐在我旁邊的同學點了點我，「你眞的不一起玩網路聊天喔？運氣好的話，可以得到很性感的照片欸！」

班上的幾個男生突然很熱衷於匿名的網路聊天，叫我也去嘗試看看，然而我一直興趣缺缺，始終沒有加入他們。

「他就膽小不敢啊，怕畫面太刺激會受不了啦！」坐後面的同學說道。

「我哪有不敢！」被他這樣一講，我急忙捍衛自己的自尊心，「等班遊回去，我馬上就註冊！」

「好欸，終於！既然這樣，我推薦你用這個網站……」

「我比較喜歡這個，配對到女生的機率比較高……」

幾個男生興高采烈地分享著各自偏好的聊天室，我則先將他們所說的筆記下來，想說等之後再來慢慢研究。

離開阿姨家時，已經九點多了。我們的飯店位在夜市附近，我索性進夜市裡逛逛，想說可以順便買點宵夜給同學們吃。

先前在遊覽車上時，我感覺他們對各個網路聊天室分析得意猶未盡，等等回到房間，想必又會被他們轟炸一番……

還是我趕緊選擇一個網路聊天室好了？就跟他們說我已經決定了，不用再跟我介紹，看能不能因此逃過一劫。但是要挑哪一個好呢？我拿出方才做的筆記，瞧了瞧每個網站的名稱，卻沒有什麼想法。

就在這時，有個聲音喚了我，「大哥哥，你在煩惱什麼？」

我朝聲源望去，只見一個看上去與小莓年紀相仿的小女孩，睜著大眼一臉好奇地問道。

驀地，我靈機一動。還是讓她來幫我決定算了？於是我蹲下身，「我問妳，一到五，妳喜歡哪一個數字？」

「二！」小女孩毫不猶豫地回覆，同時手還比了個ＹＡ，模樣相當可愛。

見狀，我忍俊不禁，那就選編號二的那個網站吧。

緊接著，我在嘈雜的人聲中，隱約聽見有家長正在尋找小孩的呼叫聲。我看了一眼小女孩，這才後知後覺地意識到，像她這麼小的年紀，不應該會自己出來逛夜市。

於是，我帶著她找到了她的母親，對方則一直向我道謝。

「來，筑嫣，也跟哥哥說聲謝謝。」

「可是是我幫大哥哥解決了問題欸！」

「哎，妳這孩子，在說什麼呢……」

✦

我忽地睜開眼，映入眼簾的是剛進門的筑嫣。

「啊，抱歉，吵醒你了？」發現我起身，她歉然道。

「沒關係。」我稍微揉了揉額角，「今天又去見被害者了嗎？」

「嗯，因爲最近是結帳日，公司那邊不好請假，所以只能跟對方約晚上。而且這次的被害者，怎麼說呢……也不是世人眼中『完美的被害者』，是被挾怨報復上傳照片的，就讓我更想幫助她。」筑嫣苦澀一笑，「畢竟我也是這樣過來的嘛。」

大學畢業後，筑嫣進入一間會計師事務所工作，同時也利用空閒時間參加協助安撫私密照外流受害者的組織，因此經常忙得不可開交。

她曾覺得對我很過意不去，明明同居了，相處時間卻反而銳減許多。然而，我不僅沒有爲此感到不開心，反而十分支持她，正是因爲她擁有那樣的過去，所以才能更同理那些覺得自己是被懲罰，而不敢求援的被害者們。

「妳眞的很勇敢。」我忍不住道。

「我只是選擇坦然接受從前的荒唐而已。」她笑了笑，「倒是阿森，你怎麼還在客廳，沒先回房間睡？明天不是第一節就有課嗎？」

「因爲我有話想跟妳說。」我刻意賣了個關子，「不過妳應該很累了，先去洗澡吧。」

「咦——什麼啦？」筑嫣有些不滿地嘟起了嘴，但她還是乖乖走進了浴室。

確認淋浴聲響起後，我從背包裡面拿出一個暗紅色的小方盒。

偶然夢見高一班遊時的事情，我才發現，原來打從一開始，就是妳的決定，讓我們遇見了彼此；後來，也是妳的主動，讓我們終於能夠牽手，能夠擁抱。所以這一回，該是由我開口了——

親愛的筑嫣，妳願意與我相伴一生嗎？

番外
我心中特別的妳

國小三年級開始，運動會多了「大隊接力」這個項目可以參加。跑得快的人總是自帶帥氣濾鏡，如果能擔任最後一棒，那更是直接帥度破表，我堅信國小一、二年級運動會時都在班上拿短跑冠軍的我，一定有勝任最後一棒的資格。

結果很不幸地，三年級重新分班後，恰好跑得快的男生都聚在我們班，在決定參賽選手的測驗中，要不是有一個同學吃壞肚子表現失常，我大概只能飲恨排在候補。

只是就算擠進了選手名單內，從每一次練習時其他人看我的眼神，我也能明白自己的表現並不符合他們的期待。我僅能假裝沒發現，再利用下課時間多練習，期盼自己能逐漸進步、追上大家。

我可以的，我在心裡鼓勵著自己。我可是關燦熏欸，怎麼會有我做不到的事情？

「我們要不要問問看老師，能不能把關燦熏換掉啊？」

某一節上課鐘響後，我回到教室時，偶然聽見其他參加大隊接力賽的同學正討論著關於我的事。

「我也想問！他是運氣好才被選上的，他的實力根本不夠！」

「對啊，爲了我們班的名譽，不把他換掉眞的不行啦！」

教室內的贊同聲此起彼落，教室外，我的心漸漸涼了下來，認清現實吧，關燦熏，這本來就不是你該擁有的機會。同學們都已經反彈成這樣了，倘若我還死賴著不走，豈不是太不識趣了？

深呼吸幾次後，我撐起一個自認毫無破綻的笑容，正準備踏進教室自嘲地附和那些人時，忽然，有個女生開口道：「可是依據那天測驗的結果，關燦熏就是被選上了啊！再說，自從選手名單公布之後，我們有誰像他一樣每天每節下課都去跑操場的嗎？既然他這麼有心，爲什麼不能給他一次機會？」

我一時愣住。在這片反對的聲浪中，是誰如此勇敢地說出這番話？我錯愕地朝教室內看去，只見所有人的視線都集中在同一個人身上，想必她就是方才的發話者。

「我也認同筑嫣說的話喔。」導師不知何時來到我的身後，雙手搭在我的肩膀上，「無論平時的表現如何，我們都得依據那天測驗的結果來決定選手。再說，運動會的目的也不只是拿到名次而已，大家團結合作、彼此勉勵的過程，我認爲才是這個活動最珍貴的部分。」

這時，教室內的同學才注意到站在門口的我。我看著他們，他們看著我，氣氛頓時有些尷尬。

最後，是筑嫣打破了這個僵局。她從座位起身，走到我面前，問道：「如何？你不會讓我們失望的吧？」

我愣愣地看著她幾秒，莫名地就湧出了自信，嘴角一勾，「那當然，也不想想我是誰？」

「好啦，那我們的選手名單就維持這樣，大家準備上課囉！」導師一邊拍了拍手，一邊走進教室。

三年級的學生還沒有那麼叛逆，聽見導師都這樣說了，縱使仍有幾個人看上去不是很能接受，也都只能摸摸鼻子不再抗議。我知道這個結果不是其他人所期望的，但我就是倔強地不肯放棄出賽的權利。

當我也準備回到座位時，筑嫣忽然點了點我的手臂。

我轉過頭對上她的視線後，她隨即揚起笑容，「大隊接力，我們一起加油吧！」

對於筑嫣，我原先的印象就只有「碰巧再次同班的同學」而已。雖然有時下課時間會一起玩，但對彼此並沒有特別熟悉。

所以當時我不明白，爲什麼她會站出來爲我發聲？只是那張正好迎著溫暖陽光的臉，就這樣拓在我的腦海，直到很久很久之後都沒有褪色。

幾個星期過去，很快就到了運動會當天。我的棒次被安排在中間，雖然沒能爭取到最後一棒，但對於先前差點要被換掉的我而言，已是難能可貴。

我們學校的大隊接力棒次是男生女生交替，排在我前一棒的正是筑嫣。

當我站在跑道上，隔著一個操場看見她接到棒時，我突然有點緊張了起來。畢竟即便背後有導師的支持，我仍是所有男生中最不被看好的那一位。每當我提醒自己這個事實時，就會感到一陣壓力。

眼見筑嫣愈來愈靠近我，我的心跳也跟著逐漸加速，手腳也有點不聽使喚。

沒問題的，關燦熏，你要相信自己這幾個星期的努力，絕對不會讓大家失望……

「關燦熏！」

我還在爲自己加油時，不遠處卒然傳來一聲叫喚。我的視線重新對焦，只見在跑道上賣力奔跑的筑嫣正大聲地喊著，「加油！」

恍惚之間，我心中的烏雲密布，好似有了一道亮光照入。

她話說完，正好也將棒子重重地交到我手中，力道之大讓我的掌心有些發麻。但很神奇地，我卻覺得像是被打了一劑強心針，微熱的刺痛感反而讓我振作了起來。

我可以的！於是，我如弩箭離絃般衝了出去，穩住呼吸及腳步，腦中只想著要趕緊交棒給下一個人。

直到棒子順利傳給下一棒之後，我才突然覺得有點使不上力，呼吸也跟著紊亂起來。然而，我還沒能來得及好好喘口氣，一旁的同學就圍了上來，其中一個還用力地搥了我的背，「關燦熏，不錯嘛！你超過了一個人欸！之前是我們小看你了！」

此時我才後知後覺地意識到，原來我剛剛的表現這麼好嗎？但我沒讓這份詫異顯露，只是得意地抬起了頭，「我就說吧，之前其實是我隱藏實力而已啦，我認眞起來的話，沒有什麼能難倒我！」

一群男生就這樣拌嘴起來，在這過程中，我悄悄瞄了操場的另一端，就這樣與筑嫣交錯了目光。她望著我一會兒，接著舉起手，伴隨笑容，比了一個讚。我因而笑得更加燦爛了。

後來，我問過筑嫣，爲什麼會替我說話？

「因爲我知道你很想參加比賽。」她答得理所當然，「我認爲，如果一個人是眞心想追求什麼，我沒有道理不爲他加油呀。」

我萬萬沒有想到，僅僅是這樣的價値觀，就能讓她在完全逆風的狀況下挺身而出。當時我想，這個女生眞的是一個很特別的人，所以我即刻就決定了，如果可以，我希望未來也都能一直陪在她身邊，一直看著她的成長與變化。

可惜後來，即便我長大了，也更有自信了，換她想追求什麼時，我不僅沒能看穿她眞正的心思，更沒有阻止她走上歪路，甚至在關鍵時刻也都沒幫上忙，最終我還是徹徹底底失去了她。

與其說是輸給了命運，我倒覺得自己的問題比較大。轉組之後，我們偶爾會在校園裡遇到，彼此也還是會打招呼，但也就只有這樣了。

畢業後，她選擇就讀當地的大學，我則去了外縣市，分道揚鑣的同時，也正式宣告了我們之間那神祕的緣分已不復存在。

✦

轉眼之間，我已經升上大四。大學期間，我的重心基本上都放在籃球校隊的訓練上，以及晚上與朋友們的遊戲時間。

長得帥再加上校隊光環，讓我在校內擁有不小的名氣，被女生主動告白的次數也不少。

雖然過去我曾交過幾任女朋友，然而當時心繫著筑嫣，所以都是玩玩的性質而已。等到發現自己眞的必須割捨掉筑嫣後，面對他人的告白，我反而謹愼了起來——因爲這次必須認眞地喜歡對方了。

筑嫣待在我的心裡太久，儘管說了要放下，我卻到現在都還找不到方法。

爲了不要辜負那些來告白的女生們，至今我都沒答應過任何人，對待異性也都盡量不要太熱情，導致久而久之甚至還傳出我是同性戀的謠言，會湊到我身邊的女生也愈來愈少。這樣也好，畢竟我還沒準備好。

這天，是我們和另一所學校的友誼賽。身在主場的我們沒有讓大家失望，成功拿下了勝利。

比賽結束後，幾個積極的女生立刻上前遞毛巾或水給我的隊友們，獨獨我是自己走到場邊去拿東西。

走到一半，就聽見有人叫住了我，「學長。」

我愣了愣，轉頭一看，是一個戴著眼鏡、黑長髮、留著齊瀏海的女生。她手上拿著一瓶水，一副就是要交給我的樣子。我對眼前這個畫面感到驚訝。

不同於過往那些總是興奮又嬌羞的女生，眼前的她臉上沒有任何表情，就像是在交差了事。

面對這樣奇特的她，我一時竟不知道該怎麼反應。

下一秒，有另一個編了雙辮子的女生匆匆忙忙地跑了過來，失措地喊著，「虎虎！妳怎麼跑來這邊了？」

「我看這個學長都沒人要給他水，很可憐的樣子，想說拿一瓶來給他啊。」被喚作虎虎的女生回覆。

「那是有原因的啦……」辮子女生神色慌亂地偷瞄了我一眼，「總、總之，不用特地拿水給他沒關係，我等等再跟妳解釋！」

虎虎顯然一頭霧水，但辮子女生急急忙忙就要拉她離開。

見狀，我不知怎麼地覺得有點好笑，反常地開了口，「水我就收下了，謝謝妳。」

在辮子女生驚訝到下巴都要掉下來的注視之下，虎虎把水交給了我，便跟著辮子女生一起走掉。

我望著她們的背影，忍俊不禁，看來那個虎虎平常應該沒有在關注籃球校隊的事情吧？今天會出現在這裡，十之八九是陪朋友來看比賽的。

然而這樣的她，卻注意到了沒有人遞水的我，甚至還因此好心地要來「拯救」我……眞是個有趣的人啊，我想著。

過了兩週，又有另一場友誼賽要舉辦，同樣是我方爲主場。

在陸陸續續進場的觀眾群中，我注意到虎虎又被她的朋友拉著進場。我莞爾。她又來了啊。

沒多久，比賽便正式開始了。這次的對手比較難纏，雙方僵持許久，都未能有人得分。好不容易我投進了一顆三分球，在全場的激動歡呼中，我下意識地就往虎虎她們的方向看去。

不看還好，一看，映入眼簾的畫面又讓我一陣錯愕。辮子女生和周圍的人都在高聲吆喝著，然而虎虎卻在看手機，彷彿體育館內的騷動與她完全無關似的。還眞的只是陪朋友來而已啊？我有些無奈。

然而，出乎意料地，比賽結束後，虎虎還是跟上一次一樣，主動拿了一瓶水過來。

「我都聽雀雀說了。」沒等我開口，虎虎先一步說道。

「聽說什麼？」我想雀雀應該就是那個辮子女生。

「你喜歡男生。」

我一陣無言。

「還有，」她正色望向我，「你跟中鋒是大家最支持的ＣＰ。」

這我怎麼不曉得？

「但我依然覺得，只有你沒人遞水，看上去很淒涼。」虎虎把水交給我，「所以我還是來了。」

話落，她轉頭就走，絲毫沒有要多逗留的意思。我看著手中的寶特瓶，想著方才她說的話，頓時有點哭笑不得，這個女生眞的太讓人摸不著頭緒了啊。

「呼哈——」早上連四堂的必修課結束後，我打了個大呵欠。

前一天晚上，由於遊戲推出了全新的高難度副本，我跟室友們組隊挑戰了好幾遍，才成功打贏最後的頭目。雖然因爲花的時間過久，沒能拿到最好的獎勵，但當時已經凌晨三點多，我們都覺得應該要先睡覺了，隔天晚上再來雪恥。

然而，早八就有課的我理所當然還是睡眠不足，因此我決定跳過午餐，直接回寢室補眠。

回宿舍的途中，我偶然看到虎虎坐在校內的長椅上，戴著耳機在看手機影片。見她旁邊的位置是空的，我沒想太久，就朝她走了過去。

「哈囉。」我向她打招呼。

聞聲，虎虎抬眼看了我一秒，隨即又將目光移回手機上，「你好。」

還眞的是對周遭的事情都不怎麼關心欸，我感嘆。這樣的她，到底看什麼看得這麼認眞？好奇心作祟之下，我藉著身高優勢，偷偷瞄了一眼她的手機螢幕。畫面上出現的，正是我昨天晚上跟室友們一起奮力想擊倒的頭目。

「咦？」我忍不住驚呼，「妳也有玩這款遊戲？」

相較之下，虎虎顯得淡定，只是輕輕應了一聲，「嗯。」

「妳在看別人上傳的攻略影片啊？我跟室友們昨天有打贏過一次了，如果妳想，可以跟我們組隊一起打。」

這句話成功地吸引了虎虎的注意力，她按下影片的暫停鍵，仰起頭來望向我。然而，她的下一句話，徹底不在我的預期之中。

「組隊太簡單了，我想挑戰單人討伐。」

「欸？」回想起昨天晚上，我們四個人打得多辛苦，我不禁愕然，「妳、妳該不會是那種超強的玩家吧？」

虎虎偏過了頭，似乎不太確定這個問題的答案。

見狀，我只好換個方式問：「妳的角色名稱是什麼？」

當天晚上——

看著畫面上跳出的「討伐成功」及「刷新最快時間」，寢室內的我們都傻了眼。

「喂，燦熏，」坐我後面的室友忍不住問道：「你是怎麼找到排行榜第一名的玩家來幫我們打的啊？」

我乾笑幾聲，不知怎麼地不想讓他們認識虎虎，「就……剛好囉。」

以此爲契機，我跟虎虎開始有了比較多的接觸。

據她本人所述，她只是自己鑽研遊戲比較投入而已，壓根沒有在意排行榜上的積分，直到我跟她說了之後，她才知道自己是全伺服器排名第一的玩家。

爲了順利完成遊戲內的各種任務，有時我會請教她一些技能搭配的方式，有時會索性拜託她來幫忙打一些很強的頭目。

本來都只想一個人默默玩遊戲的她，在我鍥而不捨的打擾下，似乎也漸漸地不再那麼反感組隊打遊戲……儘管她經常嫌棄我很弱就是了。

至於籃球比賽，虎虎依然是一副被雀雀硬拖來看的模樣，但是偶爾，在我進球後，我會看見她將注意力放到球場上幾秒鐘。

那些時候，我通常都打得特別起勁。

「這麼說起來，」某日中午，我在學生餐廳巧遇虎虎及雀雀，便逕自坐到她們對面，開啓話題，「妳爲什麼會叫虎虎啊？」

「學長，你聽我說！」

由於這兩個人很常一起行動，我和虎虎討論遊戲時，雀雀幾乎也都在旁邊，因此久而久之也逐漸熟識。

「那陣子我們幾個朋友協議要用動物來幫彼此取綽號，本來想說她這麼貓系，要幫她取叫『貓貓』，結果她居然自己說要叫『虎虎』！」

一旁的虎虎咬了口三明治，「同樣是貓科動物，老虎聽起來比較強。」

這個答案讓我失笑，「那雀雀呢？」

「我喔？就……」

「也是我取的，因爲很像麻雀。」虎虎替有些扭捏的雀雀說完了。

於是我懂了，就……吱吱喳喳的嘛。

我又忍不住笑了起來，這個虎虎的腦袋，怎麼這麼讓人感興趣呢。

體育館內，所有觀眾屏息凝氣，只有籃球敲擊地板的聲音迴盪著。時間剩下最後三十秒，我們跟對手的分數差距只有兩分。

對手儼然只想守著眼下的優勢，呈現完全的防守態勢。小前鋒很難切入籃下，進球的壓力霎時落在身爲得分後衛的我身上。

好不容易隊友從敵方那裡搶到了球，並驚險地傳到我的手中。敵方見狀，急忙朝我跑來，隊友則拚命地阻攔。

能出手的時機只有短短一瞬，我知道我必須好好把握，我迅速移動到較有把握的角度，視線卻在此刻飄向了觀眾席的位置。我看見虎虎目不轉睛地盯著我，嘴巴微微地動了幾下。

——加油。

讀懂唇語的那一剎，一種似曾相識的感覺登時湧上心頭。

我將注意力重新鎖定在籃框的位置，躍起，投出。

緊接著，全場歡聲雷動，我被隊友簇擁著舉了起來，每個人臉上都是難以掩蓋的喜悅。胸口那股熟悉的暖意卻令我有點想哭，時隔多年，我終於又再次感受到了光的灑落。

那場比賽之後，我的名聲好像變得更加響亮了。也或許是因爲曾看過我收下虎虎給的水吧，漸漸的，又有一些女生開始嘗試要接近我。

但我都沒有給她們任何正面的回應，畢竟不同於對筑嫣那樣注定沒有希望的悸動，這一次，我想認眞努力看看。

「學長辛苦了，這是我自己做的小點心，想給你補充體力！」這天練習結束後，有一個學妹等在體育館門口，一見我出現，就急忙湊上來。

「抱歉，我有喜歡的人了，妳的好意我心領了。」我直白地拒絕了她。

在學妹泫然欲泣地跑走後，我的眼角餘光瞥到了站在不遠處的虎虎。我一驚。她該不會聽到了吧？我還沒有想這麼快讓她發現啊！

虎虎帶著如往常般的冷靜表情走了過來，將手中的水交給了我，一句話都沒說。仔細一看，她戴著耳機，應該沒聽見剛剛離她有段距離的我和學妹的對話。

「啊，謝謝。」我還是覺得有點尷尬，收下水之後，便急忙轉移話題，「妳、妳一個人嗎？雀雀呢？」

「她在趕報告。」

「欸？」我不禁一愣，「那妳怎麼會過來？」

在我的認知中，對球員有興趣的是雀雀，而她只是被雀雀抓來陪伴的而已啊？

她稍稍移開了視線，「……我想來問你，等等要不要打新的活動副本。」

「喔，可以啊，我回去沖個澡就上線。」對於她的理由，我有些喜出望外，卻又不敢太明顯地表露，「不過妳可以傳訊息問我就好啦，不用特地跑一趟。我送妳回去吧？」

體育館離女宿有點遠，再加上練習結束時天色通常已經黑了，我實在有點心疼她這麼晚還獨自跑來。

可虎虎只是冷冷地擺了擺手，「不必，我騎腳踏車，很快就到了。」

我決定死纏爛打一下，「剛好我也要去女宿附近的速食店買宵夜，我們可以一起——」

「我說不必了！」沒想到，她卻提高了音量，接著又馬上冷靜下來，「……等等遊戲裡見。」

語畢，她迅速跳上腳踏車，踩動踏板，消失在夜色之中。

我怔怔杵在原地，一時無法理解她生氣的緣由。

然而，後來玩遊戲時，她又看起來與平常無異，彷彿我之前感受到的她的情緒波動僅是錯覺一般。

不同於筑嫣，我對虎虎的了解還沒那麼深，自然也比較難把握她心情變化的原因。思及此，我忽然覺得想要攻略虎虎，似乎也不是件容易的事了。

隔了幾日的午餐時間，我又在學生餐廳遇見虎虎。我正要走過去時，有幾個女生先一步坐到虎虎周圍的空位上。

見狀，我本想摸摸鼻子就去找別的空位，不料，那幾個女生竟然開始與虎虎搭話。她們是認識的嗎？我一直以爲虎虎只跟雀雀要好而已。

此時，虎虎斜後方的位子碰巧空了出來，我順勢入座，想藉此偷聽她們的對話。

「妳跟燦熏學長在交往嗎？」

欸？怎麼會是這種話題？聽見這樣的開頭後，我立刻豎起耳朵，連飯都忘了吃。

「沒有。」虎虎語氣平淡地回覆。

「那妳憑什麼跟燦熏學長那麼親近啊？以爲自己很特別？」

「我看，燦熏學長之所以會跟妳說話，是因爲同情妳的長相吧！」

這種多對一的欺凌場景喚醒了我腦海深處的某段記憶，我攥緊了拳頭。當年我沒能爲筑嫣做到什麼，這一次，我不能再毫無作爲。

我正欲轉頭爲虎虎出聲時，她卻鎮定地開口了，「我從沒覺得自己好看，論外表，當然是妳們漂亮多了。」

那些女生訕笑的聲音突然止住，可能是沒想到虎虎會如此坦然地附和。

虎虎接著道：「但我從來就不是靠外貌接近他的，我們之所以有來往，是因爲我們有共同的話題。如果妳們想接近他，比起自以爲是的獻殷勤，先了解一下他的喜好吧。倘若跟他的興趣沒有重疊，那我眞的會很好奇妳們這麼想跟他說話的理由到底是什麼？啊，我忘了，妳們最在乎的就是臉。」

鮮少聽見虎虎一口氣說這麼多字，在場的人都傻住了。

幾秒鐘後，才有一個女生反應過來，氣急敗壞地說：「妳、妳這是在瞧不起我們嗎？」

「嗯，」虎虎乾脆地承認，語氣中還有難得的笑意，「是有一點。」

我差點笑出聲，不愧是自己提議要叫虎虎的女生，眞的很強啊。

「妳——」其中一個女生氣得起身，但她還來不及有下一步動作，我就轉過了身，故作驚訝地問：「咦？虎虎，妳也在這裡啊？」

看見我，那一桌的女生們全都一愣。我得意勾唇，繼續道：「剛好遇到妳，我就順便問了。今天晚上，同樣的地方見？」

虎虎眨了眨眼，隨後輕輕彎了嘴角，「嗯，當然。」

這一刻，對於她能迅速意會到我其實是在邀請她玩遊戲，我竟覺得有點幸福。

幾個找碴的女生瞧見此景，只是憤憤咬牙，端起餐盤就移動到其他地方去了。

我挪到虎虎旁邊的位子，「抱歉，害妳遇到這種事。」

「無所謂，不痛不癢。」虎虎又恢復了平常的淡漠。

「可是妳眞的很厲害欸，居然能讓她們無話可說。」

「會嗎？這很簡單吧。」

很簡單嗎？我想應該不是每個人都能有這樣應對的勇氣，這讓我更加確定了喜歡虎虎的決心。本來還想再多聊幾句，然而虎虎似乎沒有想久留，說了聲「我還要趕課」後，就收拾餐具離開了。

可惡，這個對象的攻略難度是不是眞的很高啊？

時間來到了二月，我們玩的那款遊戲也配合著節日推出情人節活動，說只要締結戀人關係的兩名玩家一起完成指定任務，就能得到很稀有的裝備。

當我鼓起勇氣問虎虎要不要和我當戀人時，她毫不猶豫地同意了。

嗯，我想那是因爲是在遊戲裡，可以拿到獎勵的關係。證據就是，當其他玩家發現我們變成戀人後，便在世界頻恭喜我們。

一向低調的虎虎對此難得回應了，「只是朋友。」

看著那四個字，我也只能苦笑兩聲。

不過，讓我驚訝的是，當官方釋出要舉辦線下活動的消息時，虎虎竟然主動問我要不要去，儘管我知道她只是想拿到現場限定的特殊道具兌換券而已，但我依舊忍不住竊喜。

然而，困窘的事發生了。抵達現場後，我們才仔細聽了活動介紹——

「各位情侶只要在我們的活動背板前恩愛地拍一張照並打卡上傳，經工作人員確認之後就能領取兌換券囉！切記，不夠恩愛是不行的喔！」

看著周圍的男男女女陸續上前排隊，我跟虎虎尷尬地站在原地，誰都沒有作聲。

「……抱歉，我沒想到是這樣。」最後，虎虎先開了口，「我們回去吧。」

說完，她轉身就要離開，我卻明確捕捉到了她眼底的失落。

我望著她的背影，深吸一口氣後，決定孤注一擲，「那我們當情侶不就好了？」

「咦？」她回頭。

恰好這時，一陣風吹來，揚起了她的髮絲，遮住了她的臉。太過熟悉的場景，使我徹底愣住。

嚥了嚥唾沫後，我緩緩舉起手，爲她撥開失序的頭髮。映入我眼簾的，是一張通紅的臉蛋，於是我如釋重負地笑了。

「你、你是開玩笑的吧？」虎虎撇開頭，不敢直視我，「不用這樣勉強沒關係……」

「我很認眞啊。」我稍微半蹲下來平視她，淺笑著，「虎虎，我喜歡妳。」

「騙人……我這麼宅，又不好看，你怎麼可能喜歡我？」她的眼眶微紅，「而且，你不是比較在乎雀雀嗎？」

「雀雀？」這天外飛來的一筆讓我一陣錯愕，「我從來沒特別在意過她啊。」

「那你上次為什麼要找雀雀？還特地說要到女宿去……」

我努力回想，才終於意識到，原來我為了掩飾害羞而轉移話題的那一次，讓虎虎誤會了啊。怪不得從那次之後，虎虎好像就變得冷淡許多，原來是吃醋加上以為自己沒機會了？我克制不住地笑了起來。

虎虎見狀惱羞地打了我幾下，「你、你笑什麼啦！」

「我跟雀雀平時又沒有交集，妳上次不也說了，有共同興趣才是最重要的嗎？」我努力止住笑意，溫聲問道：「總之，雀雀的事情我以後再跟妳解釋，現在排隊的隊伍已經愈來愈長了，我們什麼時候能排進去，就等妳的一句話囉。」

她瞄了瞄排隊人潮，又瞥了我一眼，什麼話也沒說，便拉著我站到隊伍之中。

等待的時候，我俯下身，在她旁邊悄聲說道：「請多指教囉，女朋友。」

虎虎沒有回頭，但我注意到，她的耳根子都紅透了。實在太可愛了。

回程的公車上，看著我們的第一張合照，那張我笑得過分燦爛，她卻害羞到直接用頭髮遮住整張臉的照片，虎虎兀的開了口，「學長。」

「嗯？」

「我應該不是你跟中鋒的煙霧彈吧？」

……請問我該如何回答？

後記
因為我們都只是平凡人

哈囉大家好，初次在書上見，我是眞月！

十分雀躍能以這個故事得到出版的機會，對我來說，出版是目標，透過寫作生涯起點的POPO出版是夢想，很開心可以迎來夢想實現的這一天。

其實這個故事最終的樣貌，與我最初預想的差非常多。

當時接連寫完《在死神降臨之前》及《二元曖昧》兩部比較灰暗的作品後，我自己都覺得心好累，想著一定要轉換風格，甚至信誓旦旦地跟朋友說我的下一部作品一定會是個單純的甜文。

於是我興致勃勃地開始列起了設定，首先想嘗試看看師生戀，接著一定要加入我最愛的青梅竹馬，但他不一定要喜歡女主角……

結果呢？結果我一不小心就塞了太多想嘗試的元素進來，形成一個完全不單純的故事。

不過我還是要澄清，說好的甜我眞的有盡力了，至少在寫稿及修稿的過程中，我時不時會被老師跟燦熏帥到臉紅心跳，筑嫣與眞男主（防雷）確認心意的場景，我更是在完結幾天後，回想起來都覺得幸福。

所以初次的僞甜文挑戰，就讓我不要臉地說算是成功吧嘿嘿。

接著來聊聊故事的主軸吧，我的核心出發點是「犯錯之後」。

活在世上的每一個人，肯定都會犯錯，這些錯可大可小，有些說聲對不起就沒事，有些卻可能造成別人一輩子的創傷。現在已有許多以被害者爲出發點的故事，治癒的、復仇的，在心疼他們的同時，我偶爾忍不住會想——那加害者呢？如果他後來反省了，該怎麼辦？

無論當初是蓄意、不小心，或者沒料到後果這麼嚴重，我相信一定有事後感到懊悔的人，這種時候，加害者該如何面對受害者、面對他人，以及面對自己呢？而當這個加害者成了另外一件事的受害者時，這些遭遇究竟該說是他咎由自取，還是依然值得同情與協助呢？

話又說回來，假如犯了錯理當受罰，在沒有違法的前提下，誰又有那個權利能懲罰加害者呢？是受害的當事人？還是仗義執言的旁觀者？倘若受害的一方不能將氣出在加害者身上，那他又該如何釋懷？

我不知道（欸）。我眞的不知道，所以我嘗試用一個故事、用一個既是加害者又是被害者的主角，去尋找一種可能的答案。對我來說，這是在越級打怪，何況我還自討苦吃地給了筑嫣大錯特錯的設定！

曾有人跟我說，由於筑嫣前期太讓人反感，所以除非她崩潰自殺，否則大概很難引起同情。然而，我寫下這個故事時有設立了幾個目標，其中一項就是「絕對不讓筑嫣死」。

我認爲，只要眞心悔改，犯錯的人是値得給予新生的機會的。這並不代表受害方必須原諒，因爲原諒與否完全是個人選擇，沒有其他人能夠左右。

但是故事進入中後期時，我一度不知道該怎麼處理筑嫣的處境，甚至因卡稿而大哭，差點想放棄自己的堅持。現在回頭來看，幸好我還是好好地寫到了結尾，不敢說處理得多完美，可至少我做到了。

當然，故事最終給出的答案一定不會適用於所有狀況，畢竟影響事情的因素太多，而且每個人對於每件事的接受程度也不會一樣。於我而言，只要能讓人看了之後有稍微思考一下自己的答案，就很足夠了。

最後，謝謝ＰＯＰＯ原創、謝謝華文創作大賞的評審，願意給予這個作品肯定；謝謝給過我建議的每一位編輯，讓我能夠愈來愈進步；謝謝所有曾經分享心得或觀點的讀者，告訴了我這個故事是有意義的；謝謝飛夜、築允檸、水映月，在我的寫作之路上陪我走了好久，且總是很認眞地給我回饋，能認識妳們眞的很幸福；謝謝我的媽媽跟姊姊，不只支持我創作，在我卡稿時還會陪我討論，最愛我的家人了。

還有，謝謝十年前的我，一頭熱就註冊了POPO帳號，跌跌撞撞就待到了今天。

現在想想，會不會是當年的我隱隱約約聽見了來自十年後的我的鼓勵呢？最重要的，謝謝讀到這裡的你。

我們都只是平凡人，一生中勢必會犯錯也會被害，既然無法倖免，如何面對就是我們終究會遇到的課題。若這個故事能在你的心裡留下點什麼，那就是我莫大的榮幸了。

真月

POPO華文創作大賞 歷屆得獎作品

—— 歡迎掃描QR code，開始線上閱讀 ——

塔羅遊戲

夜間飛行 著

與你的戀愛練習

湯元元 著

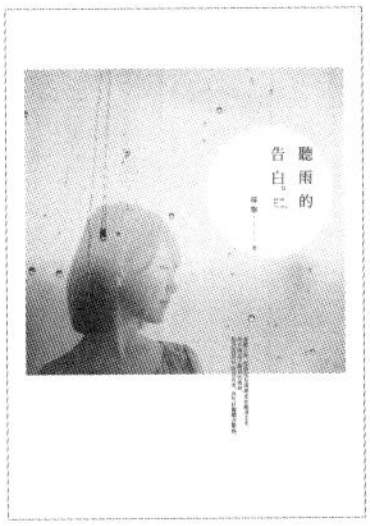

聽雨的告白

茉寧 著

只想悄悄對你說

花聆 著

戀愛要在跳舞前

吉賽兒，抽根菸吧 著

噓，別告訴我

雨菓 著

英明的惡龍閣下

林落 著

剛剛好，先生

米琳 著

POPO華文創作大賞 歷屆得獎作品

—— 歡迎掃描QR code，開始線上閱讀 ——

好兔推倒窩邊草

上官憶 著

初雨茫茫

羅都 著

她與他與祂的召靈大逃殺

散狐 著

從驚悚童話RPG中活下來吧！

貓女士 著

請勿告白

御喬兒 著

迷蝶香

依讀 著

反派NPC求攻略

花於景（雷雷夥伴） 著

我想像的健太郎同學

小四 著

POPO華文創作大賞 歷屆得獎作品

—— 歡迎掃描QR code，開始線上閱讀 ——

以你為名的星光

築允檸 著

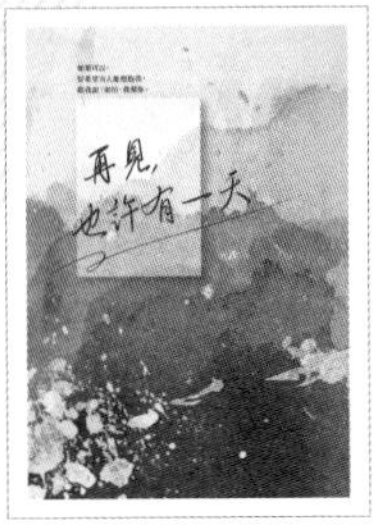

再見，也許有一天

光汐 著

Hey, 親愛的睡美男

吉賽兒，抽根菸吧 著

你被遺忘在夏天裡

A.Z. 著

有你的明天

雨菓 著

遲來的幸運

沫晨優 著

唯一的相戀機率

紫稀 著

贈以風信子

Vivi 著

國家圖書館出版品預行編目資料

留給你昨日的告白／眞月作. -- 初版. -- 臺北市：城邦原創股份有限公司出版：英屬蓋曼群島商家庭傳媒股份有限公司城邦分公司發行, 2023.04
面；公分. --

ISBN 978-626-7217-36-8（平裝）

863.57　　111021341

留給你昨日的告白

作　　者／眞月　　行銷業務／林政杰
責任編輯／鄭啓樺、林辰柔　　版　　權／李婷雯

副總經理／陳靜芬
總 經 理／黃淑貞
發 行 人／何飛鵬
法律顧問／元禾法律事務所　王子文律師
出　　版／城邦原創股份有限公司
台北市中山區民生東路二段 141 號 6 樓
電話：(02) 2509-5506　傳眞：(02) 2500-1933
email：service@popo.tw
發　　行／英屬蓋曼群島商家庭傳媒股份有限公司城邦分公司
聯絡地址：台北市中山區民生東路二段 141 號 6 樓
書虫客服服務專線：(02) 25007718．(02) 25007719
24小時傳眞服務：(02) 25001990．(02) 25001991
服務時間：週一至週五09:30-12:00．13:30-17:00
郵撥帳號：19863813　戶名：書虫股份有限公司
讀者服務信箱 email：service@readingclub.com.tw
城邦讀書花園網址：www.cite.com.tw
香港發行所／城邦（香港）出版集團有限公司
地址：香港灣仔駱克道 193 號東超商業中心 1 樓
email：hkcite@biznetvigator.com
電話：(852) 25086231　傳眞：(852) 25789337
馬新發行所／城邦（馬新）出版集團 Cité(M)Sdn. Bhd.
41, Jalan Radin Anum, Bandar Baru Sri Petaling,
57000 Kuala Lumpur, Malaysia.
電話：(603) 90563833　傳眞：(603) 90576622
email:services@cite.my

封面設計／也津
電腦排版／游淑萍
印　　刷／漾格科技股份有限公司
經 銷 商／聯合發行股份有限公司
電話：(02)2917-8022　傳眞：(02)2911-0053

■ 2023 年 4 月初版　　Printed in Taiwan

定價／350元

ISBN　978-626-7217-36-8

POPO城邦原創 www.popo.tw　　城邦讀書花園 www.cite.com.tw

本書如有缺頁、倒裝，請來信至service@popo.tw，會有專人協助換書事宜，謝謝！